KiWi Paperback

KiWi 514

*Über das Buch*
Die Ausgangssituation ist klassisch: Der Ich-Erzähler, gerade mal
Anfang zwanzig, ist soeben von seiner Freundin verlassen worden; nach vierjähriger Beziehung nun per Fax der Schlußstrich.
Ende, aus, vorbei. Natürlich ist der Verlassene im Moment des
Aus so verliebt wie in all den Jahren nicht. Trotz verschiedener
"Soloprojekte" in der gemeinsamen Zeit, trotz der gelegentli-
chen Gastrolle auf einer Single, sozusagen, fühlt sich der Erzähler
schlecht wie lange nicht, und merkt: ach, wie immer schon. Ge-
bührend wird der Verflossenen hinterhergetrauert: Er ruft sie an,
legt auf, geht joggen, sucht trinkend nach schnellem Ersatz, um
doch nur wieder zurückzufallen, auf sie, auf sich und auf: OASIS.
Denn natürlich hört er genau die Musik, die zu all seinem Unglück
noch gefehlt hat. Götter des Britpop! "You and I gonna live forever"? Von wegen.
"Soloalbum" erzählt von schönen Mädchen und blöden Parties,
von coolen Platten und steinewerfenden Greisen; sehnsüchtig und
böse zugleich. Das alte Lied vom Lieben und Sterben, von ster-
bender Liebe (und unsterblichen Popstars), kehrt in der Version
von Benjamin v. Stuckrad-Barre in die Charts der Gegenwartslite-
ratur zurück.

*Der Autor*
Benjamin v. Stuckrad-Barre, geboren am selben Tag wie die Aus-
nahmekünstler Mozart und Tricky: 27. Januar. Allerdings 1975 und
in Bremen. Er schreibt für verschiedene Blätter, die allesamt am
Kiosk ausliegen. Solch einen Kiosk findet man fast überall, Benjamin v. Stuckrad-Barre dagegen meistens in Köln, wo er lebt,
wohnt, arbeitet und nie weiß, was er anziehen soll.

Benjamin v. Stuckrad-Barre

# Soloalbum

Roman

Kiepenheuer & Witsch

Originalausgabe

19. Auflage 2000

Umschlaggestaltung: Philipp Starke, Hamburg
Umschlagfoto: Andreas Weiss, Hamburg
Umschlagfoto Rückseite: Quirin Leppert, Hamburg
Satz: Greiner & Reichel, Köln
Druck und Bindearbeiten: Clausen & Bosse, Leck
ISBN 3-462-02769-7

if love is the answer
what was the question
and can it cure my indigestion
baby?

*Carter USM/"The Music That Nobody Likes"*

und du bist nicht da
und wenn du da wärst
könnt ich das nicht
schreiben

*Jörg Fauser/"Solo Poem"*

# Soloalbum

A

# Soloalbum

**B**

# Soloalbum

A

# Roll With It

Gleich stehen sie vor meinem Bett. Gronkwrömmm. Das klingt nach Kieferchirurg, schwerer Eingriff, Kasse zahlt kaum was zu. Ein grauenhaftes Schmirgelgebrumm, und das kann ich nun nicht mehr ignorieren, schließlich kreischt das (was auch immer!) deutlich lokalisierbar direkt vor meiner Wohnungstür. Ich ziehe mir ein T-Shirt an, mache Licht und gucke durch den Tür-Spion. Draußen stehen viele Leute. Es ist ungefähr 2 Uhr nachts, die Leute tragen Uniformen, und ich glaube, gleich steckt der Bohrer oder die Dampframme, oder was immer das ist, direkt in meinem Bauchnabel. Sie klingeln übrigens auch Sturm, das wird aber durch das Gruselwerkzeug weitestgehend übertönt.

– Äh, hallo? sage ich vorsichtig, keine Ahnung, warum sie das hören, wahrscheinlich sitzt jemand mit einem Stethoskop an der Tür. Das Dröhnen erstirbt augenblicklich, die Uniformierten kommen näher an die Tür. Ich weiß nicht, WER sie sind und WAS sie wollen, bin tranig und verwirrt. Ich habe Angst.

– Hallo, hallo, ist da jemand? rufen die Menschen da draußen. Es hat keinen Zweck, entweder brennt es oder sie holen mich ab oder ich träume alles nur, das wäre schön, jetzt ist es sowieso egal, vielleicht wache ich ja gleich auf, jedenfalls mache ich dann mal die Tür auf. Vor mir auf dem Boden sitzt ein Mann mit einem riesigen Bohrer in der Hand, er guckt an mir hoch, als sei ich gerade irgendwo ausgebrochen. Hinter ihm stehen Feuerwehrleute, Polizisten, Sanitäter. Zwei Männer schieben mich zur Seite und laufen in meine Wohnung.

– Hier sieht's ja aus! murmelt der eine, der andere geht auf den Balkon, dann ins Bad und ruft immerzu:

– Hallo, ist hier jemand, hallo?

Offenbar reiche ich allein ihnen noch nicht. Einer guckt mir prüfend in die Augen. Wir hätten uns beide mal besser vorher die Zähne putzen sollen. Er leuchtet mir mit einer Taschenlampe direkt ins Gesicht.
– Sind Sie alleine, hören Sie mich, geht es Ihnen gut?
– Ja, danke, sage ich. Alles klar. Kann ich sonst was für Sie tun?
– Ich glaube, wir können gehen, sagen die Feuerwehrleute.
– Wollten Sie Ihre Freundin nicht reinlassen? fragt der Taschenlampenmann.
– Doch doch, sage ich, und da sehe ich Isabell, die im Arm einer Frau wimmert. Die Frau kenne ich nicht.
– Das ist die Polizeipsychologin, hätte ja sonst was sein können, erklärt der Mann. Und Sie sind wirklich o. k.? Wir haben hier Rabatz gemacht, das hätte Taubstumme geweckt. Und Sie haben uns nicht gehört, ja?
– Ich habe geschlafen.
– Dann haben Sie aber einen gesegneten Schlaf.
– Ja, vielleicht; ich dachte, ich träume.
– Und legen Sie mal Ihren Telefonhörer wieder auf, dann muß man Ihnen auch nicht die Tür aufbrechen.
(Und wie ich den aufgelegt hätte, wenn ich gewußt hätte, daß die Alternative so aussieht: Ein ungefähr 15köpfiges Expertenteam – wo sind eigentlich die Schlauchboote? – steht auf meiner Schmutzwäsche und beäugt mißtrauisch, dabei nicht desinteressiert, das Ergebnis von ein paar Wochen Depression und Trunksucht.)
– O jaja, genau. Und das Schloß, das ist jetzt, äh …?
– Jaja, das ist hin, das ist klar, da müssen Se 'n ganz neues montieren, das ging nun nicht anders. Naja, denn mal gute Nacht, nicht.
Der Trupp verabschiedet sich, bleibt noch Isabell. Sie lacht hysterisch. Sorgen hätte sie sich gemacht.
– Wir waren doch verabredet, und dann war unten die Tür

auf, und dein Telefon war dauerbesetzt, da dachte ich, es ist was passiert, ein Überfall oder so, ich habe doch so laut geklopft.

Hatte sie auch. Und tatsächlich waren wir auch verabredet gewesen. Aber ich hatte es mir einfach plötzlich anders überlegt, war zwar schon rausgeputzt und in froher Erwartung eines schönen Ablenkungsmanövers mit dieser durchaus passablen Frau – doch dann wollte ich niemanden mehr sehen, keinen Quatsch mehr hören und reden müssen. Einfach allein sein und vielleicht irgendwann schlafen. Ich hatte den Telefonhörer danebengelegt und mir ein Kissen über den Kopf gestülpt, gegen all die hallo, du bist doch zu Hause-Geräusche. Da will man mal seine Ruhe haben und mag einfach keine Menschen mehr sehen – und dann kommt sofort ein Mannschaftswagen und zertrümmert dir die Tür.

Ich bin jetzt hellwach, sage Isabell aber, daß ich sehr müde bin, und schicke sie nach Hause.

– Nein, ich bin dir nicht böse, war ja lieb gemeint.

Morgen früh will sie mit jemandem vom Schlüsseldienst kommen und Brötchen mitbringen. Jaja. Der Typ hatte recht – hier sieht's aus: Der Teppich ist nicht mehr zu sehen, überall liegen Zeitschriften und Wäsche und Platten, die Feuerwehr wird sich wohl geekelt und gesorgt haben angesichts dieses Infernos, so was haben sie wahrscheinlich lange nicht gesehen. Seit Katharina weg ist (3 Wochen und 2 Tage), habe ich große Schwierigkeiten, den Betrieb hier aufrechtzuhalten.

# Don't Look Back In Anger

Seit Monaten – ach, seit Jahren (das Ganze dauerte ja insgesamt 4 Jahre!) – wurde die Zweisamkeit wechselseitig immer wieder vernachlässigt, ausgesetzt, beendet und so weiter. Ich habe sie betrogen, ich habe mich anderweitig umgeschaut, mich nicht um sie gekümmert, schubweise dann wieder sehr – jedenfalls war es nie ganz zu Ende. Nun ist es das. Und zwar für immer und endgültig und nichts da mit nochmalversuchen, sondern viel schlimmer: *Laß uns irgendwie Freunde bleiben*. Das ist dann immer das deutlichste Signal für den finalen Genickschuß, das war's, aus, vorbei. Und jetzt? Ich habe keine Ahnung. So gerne würde ich die Liebe, die ich jetzt erst spüre, die sich jetzt erst freizusetzen scheint (im Moment der Ballabgabe quasi, wie bei der Abseitsregel), diese nie gekannte Zuneigung und Verbundenheit noch mal beweisen dürfen, aber ich darf SIE ja nicht mal mehr sehen. Was natürlich den klaren Hintergedanken hat: Sonst überlegen wir es uns noch mal anders und verlängern das Sterben durch kurzzeitiges Wiederauflebenlassen. Das ist schon alles durchdacht, sie hat ja auch recht – NEIN!, hat sie nicht. Ich liebe sie, bin der Beste für sie. Da ist kein anderer, das hat sie mir versprochen:
– Da ist niemand, darum geht es doch nicht.
Sondern um die alte Hitsingle der Verlassenen:
– Wir haben uns eben – und um dieses Wort kommt man wohl nicht herum – AUSEINANDERGELEBT.
Und wenn schon. Dann leben wir uns jetzt eben wieder zusammen, laß uns zusammenziehen, laß uns heiraten, in den Urlaub fahren, es versuchen, ein letztes Mal. Ich schreibe ihr Briefe, rufe sie an. Es hat keinen Zweck, das merke ich, und das stachelt meinen Ehrgeiz an. Lange nicht war ich so verliebt. Und das begreift sie nicht, das kommt ihr komisch vor:

– Ich hätte gedacht, daß es dir egal ist!

MIR!!!! EGAL!!!!

Der Mann vom Schlüsseldienst will 200 Mark für das neue Schloß.

– Oder 150, dann aber ohne Quittung.

Gar keine Frage, ohne Quittung, was soll ich mit einer Quittung? Jetzt wird die Einigelei auch noch richtig teuer. Einfach so: 150 Mark weg. Nur, weil ich niemanden sehen wollte, weil ich verrückt werde. Und einfach nur hier im abgedunkelten Zimmer liege und alles vermüllen lasse und nicht mehr ans Telefon gehe, aber doch wie ein Aasgeier auf den Anrufbeantworter schiele, denn vielleicht ist sie es ja. Die paar Anrufer legen auf. Oder es ist die Tante aus dem Büro, die fragt, wann ich denn wieder gesund bin, und ob ich an die Bescheinigung von meinem Hausarzt denke. Ich denke daran, Baby, aber ich habe weder Bescheinigung noch Hausarzt.

Unsere Hymne "Live Forever" kommt mir gerade recht. So simpel denkt man nun mal, wenn man alleingelassen ist. Ich höre sie immer wieder. Wahrscheinlich bin ich bald bei The Police angelangt – so lonely & so unaufregend ist alles. Ich weiß ganz genau, vor einem Monat noch fand ich ihren Hintern zu dick. Sie hat danach gefragt, immer wieder, seit Jahren:

– Ist er nicht zu dick, der ist doch wohl zu dick! und zunehmend undeutlicher habe ich halbwahr geschmeichelt:

– Nein, nein, Schatz, du siehst phantastisch aus, du und sonst keine.

Er war mir zu dick, darauf muß ich mich jetzt konzentrieren. Und erst ihre Eltern! Der Vater, der so dumm war und samstags immer betrunken vor dem Fernseher lag, schnarchend und mit offenem Mund, schon beim aktuellen Sportstudio, und der sonntags dann ballonseiden Tennis spielen fuhr. Mit dem BMW und ohne den Hauch einer Chance – gegen seine Tochter, seinen Bauch, meinen Haß. Er ist weg, ich muß ihn nie wieder sehen, nie wieder mit ihm gequält konversieren, es ist aus, vorbei, auch die fette Kuchenfreßmama ist somit weg und mit ihr der viel zu gut gepflegte Teppichboden und die Zinnkanone im sündteuren und abgrundtief häßlichen Einbauscheiß, wegwegweg. Außerdem hatte sie zu kleine Titten, hallo, wo guckst du zuerst hin, wenn du (nackte) Frauen siehst, was törnt dich an: Sind das breite Ärsche und kleine Titten, fette Väter und strotzdumme Mütter, Töchter, die "brauchen" ohne "zu" verwenden?

Kacke, es klappt nicht. Ihr Hintern war o.k., ihre Möpse auch, sowieso egal alles, wie auch die Eltern, SIE allein war es doch, sie war es, das war es.

Per Fax ist natürlich gemein. Dafür hatte ich das Ding nun wirklich nicht angeschafft. Bei aller Geringschätzung meine ich auch, man hat schon das Anrecht auf eine staatstragende Beendigungszeremonie mit Heulen und Umarmen und allem. Oder wenigstens ein Brief. Aber doch kein Fax! Warum nicht gleich per Sportflugzeugspruchband, oder Maren Gilzer dreht beim Glücksrad einfach mal "Aus die Maus" um. Das wäre doch toll.

So aber nur ein Fax, und auf 2 Seiten wurden einfach mal so in völlig nebensächlicher mir-doch-egal-Schrift vier Jahre letztgültig verhandelt und verurteilt, weg damit. Da fehlt der theoretische Unterbau, wird auch sie sich zum Schluß gedacht haben, das Fundament, die Legitimation. Und als könne das nun irgendwas nützen, hat sie einfach mal, völlig zusammenhanglos, ein Zitat von den Smashing Pumpkins dazugeschrieben. Ein Satz, der uns erfreut hat, von einer Platte, die uns viel bedeutet hat, DAMALS. Aber jetzt einfach so isoliert, die Bedeutung zahlt der Empfänger:

"The killer in me is the killer in you"

Gewiß doch.

Ich bin nun also allein. Diese Liebe war natürlich schon lange nicht mehr diese Liebe. Aber es war noch was. Plötzlich nun denke ich, es war das einzige überhaupt, das hatte ich vorher gar nicht gemerkt. Ich habe zwar einen neuen Job. Das Klischee wäre ja: Ich habe gerade meinen Job verloren. Und durch die Decke tropft es, und ich habe einen Kater, und der Kühlschrank ist leer, und im Briefkasten nur Mahnungen und Pizza-Prospekte. Stimmt auch alles, bis auf den Job.

Erst vor einer Woche hatte ich bei der Zeitschrift gekündigt, um bei einem Musikverlag anzufangen. Einfach so, damit mal wieder was passiert, denn eigentlich war es bei der Zeitschrift mehr als in Ordnung: Zwar hatte ich überhaupt keine Lust mehr, Leuten, die seit 20 Jahren dabei sind und die auch diese 20 Jahre älter waren als ich, regelmäßig mitteilen zu müssen, daß es nicht nur unnötig, sondern auch verboten ist, über neue Platten Sätze zu schreiben wie: Der Titel ist Programm, die pumpernden, durchaus zeitgemäßen Clubsounds gemahnen an das und das, die zuckersüßen, schwärmerischen Beatlesmelodien verzaubern, die Texte sind kantiger geworden, man darf gespannt sein auf die Tournee, doch klingt das Ganze inzwischen runder und somit auch poppiger, weniger gewagt als zuvor, die Mannen um die charismatische Frontfrau haben eine magische Bühnenpräsenz.

Diese Art Text kam jeden Tag aus dem Fax geschnurrt, egal von wem, egal worüber, das konnte einen schon runterziehen.

Dafür hatte man aber auch nur eine Woche im Monat wirklich zu tun, den Rest verbrachte man damit, Einladungen abzusagen, Post zu öffnen, neue Platten zu hören und sie dann irgendwie zu finden (gelungen oder enttäuschend, aufregend oder belanglos – ziemlich beliebig und unkontrollierbar, dieser Teil der Arbeit). Manche – viele! – Platten kamen auch ungehört auf den Stapel. Dieser Stapel wuchs dann und wurde, kurz bevor er schließlich umkippte, regelmäßig von einem völlig bekloppten, unseriösen (dabei aber grundfreundlichen) Händler entsorgt. Gegen Geld natürlich! Der ging von einem Redakteur zum nächsten – vier waren wir – und häufte alles auf einen Bollerwagen. Pro Stück gab es 5 Mark. Im Second Hand-Laden hätte man für den ganz besonderen Schrott von Bryan Adams oder Melissa Etheridge, Pearl Jam oder den Stones (oder wie die alle heißen, die man so haßt), natürlich um die 10 Mark gekriegt, aber diese Läden sind so wählerisch geworden und nehmen nur Bruchteile dessen, was man so pro Monat zu entsorgen hat. Gerade in einer Stadt wie Hamburg. Da gibt es ja mehr freie Journalisten als freiwillige Leser. Und noch bevor eine Platte veröffentlicht ist, exakt ab dem Tag ihrer Vorabverschickung an die Journalisten, kann man sie bei den etlichen Second Hand-Verbrechern finden. Diese werden dadurch immer anspruchsvoller und halsabschneiderischer. Außerdem sind es arrogante Idioten, die dich wie den letzten Dreck behandeln. Sie reden überhaupt nicht mit dir, fragen nur mal bei einer verkratzten Platte nach "Was ist denn mit der passiert?", wollen aber natürlich überhaupt keine Antwort. Wollen nur sagen: Du störst, Fremder.

Aber deine Platten nehmen sie. Der größte Genuß ist es ihnen dabei, die Ware qualitativ zu sortieren. Weil dieser Vorgang so langwierig und peinlich ist (und diese Typen solche Arschlöcher!), stöbert man derweil im Laden rum und tut so, als suche man was. Dabei entdeckt man zunächst mal all jene Platten, die man vor Wochen selbst rangeschleppt hat. Und bekommt fast Verständnis für die Schnöselhaftigkeit der Händler. Verstohlen blickt man zum Tresen. Gelangweilt stapelt die Sau. Unterhält sich mit seinen wenigen auserwählten Stammkunden. Die lachen verschworen, rauchen, trinken Kaffee (den er ihnen erst kocht und dann pausenlos nachschenkt!) und sind scheiße gekleidet. Aber du willst was von denen, sonst könnte man das ja mal vorbringen, und dann wäre Ruhe. Und Ebbe in der Kasse. Das muß man auch bedenken.

Während sie mit den Stammkunden reden, können sie natürlich nicht weitersortieren, und wenn irgendeine Studentensau eine *alte* (!das ist ganz wichtig!) Genesis-Platte (das ist dieser Irrglaube, daß die früher mal gut oder besser waren – die waren aber immer scheiße!) kauft oder sich nach irgendeinem verdammten Eierkopf-Elektro-Hype erkundigt, dessen Besitz ihn in Ränge maximaler Zeitgeistballhöhe katapultieren wird (hofft er), hält der Kassen-Arsch (der sonst alles ignoriert!) natürlich genußvoll inne. Er weiß ja, daß ich warte. Er haßt mich. Und ich ihn, natürlich. Noch mehr aber haßt er den nächsten sich so nennenden "Journalisten", der mit leeren Taschen (→ Geld) und voller Tasche (→ CDs) hereinspaziert kommt. Deshalb muß man samstags gehen, denn gen Mittag kommen sie (also: wir!) alle angekrochen, und dann gibt es schneller Geld, sonst wird das nie was, und zu lange will er uns auch nicht im Laden haben.

Dann die Abrechnung:

Für die 'nen 5er, für die 'nen 8er, für die 'nen 10er und für die hier sogar 12, und für die hier (das genießt er so, darauf hat er sich schon die ganze Zeit gefreut, der Wichser), also diese hier (der ganze Stapel, mehr als man mitgebracht hat, so kommt es einem vor) – die nehme ich alle nicht, kein Interesse.

Na, phantastisch. Dann gibt es zerknitterte Scheine, und man trägt Phantasiequatsch auf der Quittung ein. Wegen der Spuren, wegen der Steuer, wegen allem eigentlich. Und da wäre es ja nun ein Witz, wenn er, gerade er, in seiner unseriösen Trümmerbude auf die Einhaltung solcher

Formalien insistieren würde. Wäre ja völlig lächerlich. Wir wissen ja alle Bescheid. Und wir hassen uns. Aber wenn es Geld bringt. Ich kann sein zerknittertes Geld nicht ausstehen, aber es ist Geld, immerhin, und da wollen wir mal nicht so sein. Aber das frische Automatengeld finde ich viel schöner, das ist so schön steril, damit hantiert man viel lieber.

Der Bollerwagen-Mann hatte immer schönes, frisches Geld. Keine Ahnung, woher, ich habe ihn lieber nicht gefragt. Er war zwar verrückt, aber freundlich. Er hat beim Einpacken und Zählen einfach nur mit sich selbst geredet und bloß ganz manchmal auch uns irgendwas erzählt, von den Flohmärkten im Osten und dem weißichnich im Westen. Mit anderen Worten, man starb also nicht, wenn man mit ihm Kaffee trank. Und er sparte sich das mit der Quittung, außerdem kam er innerhalb einer Stunde und nahm *den ganzen* Schrott mit, da blieb man dann nicht auf Livealben von Toto, dem Best of Extrabreit oder neuen Versuchen der Rainbirds sitzen. Das war gut. Dem hat man sogar mal ein Ticket für Bob Dylan besorgt oder für irgendwelchen Weltmusikscheiß in einem ehemaligen Fabrikgebäude, aus Gefälligkeit, aus Geschäftstüchtigkeit, meinetwegen. Werbungskosten. Aber nicht mit Ekel. Das war in Ordnung.
Wenn er, den wir den Ossi nannten, obwohl er gar nicht aus dem Osten kam, aber dorthin verkaufte er unseren Müll, wenn der Ossi also dagewesen war, war natürlich gleich große Sause. Der Dealer konnte kommen, der Abend konnte kommen, im Prinzip konnte kommen, was wollte, und noch viel besser: Es konnte kommen, was wir wollten. Meist reichte das Geld – immer mehrere hundert Mark – nur für das Wochenende. Wir waren ja nicht blöd. Wir ließen ihn am Freitag kommen. Wenn es ganz eng wurde – und immer öfter wurde es eng –, dann kam er auch mal unter der Woche. Für einen Zwischenposten, dann gab es

auch wieder was Gutes zu essen. Der Dealer kam dann natürlich nicht, das ging ja nun auch nicht immer, wir mußten ja auch noch diese Zeitschrift produzieren.

Wir bestellten also Pizza und Koks, durchaus bei verschiedenen Lieferservice-Unternehmen!, und dann mal gucken, was eher da war. Kam das Koks zuerst, mußte das Essen leider weggeschmissen werden, weil man dann ja keinen Hunger mehr hat, das nun wirklich nicht. Manchmal habe ich mich gefragt, ob wir da eigentlich einem Bedürfnis oder einer Zwangsläufigkeit hinterherleben. Immer über Rockmusik schreiben und mit abgehalfterten Musikern plaudern über neue Platten voll alter Ideen, und da ist es einfach so, daß es immer um die Orgie geht, zumindest bei so einem Blatt, und dann macht man das eben auch, gehört sich wohl so.

# D'You Know What I Mean?

Ich mag nicht mehr unter Menschen, bleibe abends zu Hause, und damit das wenigstens teilerträglich ist, habe ich mir einen Receiver gekauft, verfüge nunmehr über unge- fähr 60 Fernsehkanäle und kann mit meinem Fernseher jetzt sogar Radio hören. Es gibt gute Radiosender, wer hätte damit noch gerechnet. Nachts ein Pet Shop Boys- Konzert. Live aus Rio de Janeiro!!, eine Stunde, einfach so. Ich bin begeistert, vielleicht zahle ich aus lauter Dankbar- keit dann jetzt doch mal meine Gebühren. Vielleicht. Nach wenigen Stunden ist allerdings auch klar, daß sich anson- sten nichts geändert hat im Fernsehen. Es sind ein paar merkwürdige Sender dazugekommen, die aber nur konse- quent weiterdenken und -werben, was SAT 1 und RTL vor 10 Jahren begonnen hatten, keine Panik also. Und RTL 2 trasht auch immer noch, so gut es eben geht – diese halb- seidenen Reportermagazine, die sind schon sehr lustig. Auf Sat 1 erzählt eine dicke Friseuse, wie sie in einem Jahr dank der "Flirt-Line", einem Telefonservice, bei dem nur Männer zahlen und Frauen einen Riesenspaß und eine Rie- senauswahl haben, wie sie da also in einem Jahr 29 Män- ner kennengelernt hat (=getroffen und gefickt), das hat sie alles säuberlich aufgelistet. Ulrich Meyer, die Drecksau, schmunzelt. Das Schmunzeln soll zeigen, daß er doch ganz schön Distanz hat. Sachen gibt's, sagt der Blick von Ulli Meyer; eigentlich sieht Ulrich Meyer so aus wie Roland Kai- ser, bloß nicht schnapstrinkend. Beim Schmunzeln Ulli Meyers kann ich nicht mittun – die Liste der Frau finde ich *tatsächlich* imposant. Eine ganze Din-A 4-Seite, und dabei nicht gerade groß geschrieben. Ich dagegen würde wohl mit einem Post it-Zettel prima hinkommen.
Wenn eine Band sich aufgelöst hat, hört man nach kurzer

Zeit von lauter Soloprojekten. Manchmal hört man auch schon kurz vor der Auflösung davon. Denn die Leute wollen ja auch weiterhin Geld verdienen. Was dann die neue Platte des "ehemaligen Schlagzeugers von" mit der alten Band zu tun haben soll (also über den Stammbaumhinweis hinaus), weiß keiner, bloß die Plattenfirmenleute, die das Ding verkaufen müssen. Soloalben sind fast immer scheiße. Während der Zeit mit Katharina habe ich verschiedentlich an Soloprojekten gearbeitet. Die hießen Isabell, Susanne, Katinka zum Beispiel. Die liste ich heute mal auf, um auf andere Gedanken zu kommen. So Durchhaltegedanken: Es geht doch auch anders, andere Mütter haben auch schöne Töchter und so. Momentan aber kann ich leider überhaupt nicht mehr nachvollziehen, was mich zu denen einst hinzog. Als es mit Katharina noch lief, war die Faszination, die von ihnen ausging, groß. Da hatte ich eine Homebase und konnte in Ruhe herumstreunen und -küssen. Das war schön. Und die waren schön. War ein Abend, ein Treffen dann mal quälend, war das ja nicht weiter tragisch, es war ja nur ein Nebenprojekt, eine Gastrolle auf einer Single, im wahrsten Sinne des Wortes, aber eben kein neues Album. Jetzt erst fällt mir auf, daß die alle nicht in Frage kommen. Ich höre immer von anderen Männern, die dann nach dem Ende einer Liebe erst mal flugs das Reserveregiment rekrutieren, und zwar der Reihe nach. Nichts liegt mir ferner.
Das wäre doch so einfach, das wäre doch so schön:

**Susanne:** Studentin, paarmal Sex, ist recht häßlich, aber irgendwie sexy. Hat überhaupt keinen Selbstrespekt (gut), ABER: Nichts für draußen.

**Franziska:** arbeitet in einem Kleidungsgeschäft, da haben wir uns auch kennengelernt, habe mehrmals versucht, mich in sie zu verlieben, sie wohl auch, das hat nicht geklappt, aber die Versuche allein haben immer mehrere schöne Abende gebracht, die wäre eigentlich gerade eine schöne Ablenkung.

**Isabell:** ist sexy, ein bißchen blöd. Hat mich geliebt, nachdem ich es aufgegeben hatte. Haben das beide noch nicht eingesehen, da ist noch Spielraum, nur eben nicht gerade jetzt, ich hoffe, sie ruft nicht an.

**Katinka:** war mir immer zu schön. Ist sehr schlau, haben uns mal geküßt, das war viel zu phantastisch, geradezu verdächtig, fanden wir, haben uns dann lange nicht gesehen, dann mal wieder geküßt. Solche pointenlosen Beziehungen machen mich immer etwas ratlos.

Ich glaube, ich kenne nicht genug Frauen. Diese vier immerhin könnte ich jetzt anrufen. Es würde aber nichts nützen. Deshalb lasse ich das. Dann ruft Isabell an, und ich gehe sofort hin. Wäre ja auch schön blöd, wenn nicht. Ich gehe am Croque-Laden vorbei, da kaufe ich manchmal nachts noch Getränke, bloß weil die Verkäuferin so schön ist, für die schwärmt der ganze Bezirk, vor kurzem hat sie sich die Haare abgeschnitten und sieht jetzt sogar NOCH besser aus. Heute bedient da aber eine hagere Häßliche mit Brille und Schwitzflecken auf dem ausgeleierten T-Shirt. Ich denke mal, wenn die Dienst hat, geht der Umsatz der Bude sofort um 80 % zurück.

Ich weiß ja, warum ich alleine wohne, denke ich. Sitze da bei Isabell, sie wohnen zu fünft in einem Haus, und es war exakt noch NIE dauerhaft friedlich, wenn ich da war, und ich war recht oft da, gerade in der letzten Zeit. Wo sollte ich sonst hin? Da wohnt außer Isabell noch ein Hippie, der IMMER in der Küche sitzt und schielend Zigaretten dreht.

Vielleicht kommt das Schielen auch vom Zigarettendrehen? Könnte sein. Der Hippie redet sehr langsam, wahrscheinlich hört er irgendwann ganz auf mit Sätzen und Wörtern, dann kommt einfach nur noch ein langgezogener Ton aus ihm raus. So langsam er auch redet, so ununterbrochen tut er das. Wahrscheinlich redet er quantitativ nicht mehr als alle anderen, nur eben zehnmal so langsam. Dann ist da noch ein hektischer Fahrradkurier, der ganz dünn ist, obwohl er pausenlos ißt. Er fährt circa 14 Stunden am Tag durch die Stadt, denn er hat einen Haufen Schulden bei dem Hippie, weil er im Winter wahnwitzig viel Telefonsex hatte, da gab es Riesenärger, und er konnte das nicht bezahlen, und seine Freundin kommt seitdem auch nicht mehr. Dann ist da noch eine Frau jenseits der 30 und auch sonst jenseits; sie spricht überhaupt nur mit ihren Katzen und ist, glaube ich, Pädagogin im Vorruhestand. Vorruhestand ist auch beim Hippie ein gutes Stichwort, es ist bei ihm aber eher der Nachruhestand. Da war nie was los bei ihm, doch, als er neunzehn war, da hat er mal für ein halbes Jahr in einem besetzten Haus in Hannover gewohnt, und das erzählt er mir immer wieder, immer ein bißchen anders. Die einzige Möglichkeit, in der Küche zu sitzen (in Isabells Zimmer kann man nicht sitzen, sondern nur auf dem Bett liegen, und das kommt dann bestenfalls und wenn überhaupt: später) und nicht zu hören, wie DIE BULLEN damals immer wieder versucht hätten, die ganze Bande PLATTZUMACHEN, und zwar ganz bestimmt VOLL FASCHOMÄSSIG, ist, mit Hippie-Klaus (der natürlich eine Schreinerlehre abgebrochen hat) Backgammon zu spielen. Das Backgammonspiel hat er selbst gezimmert, und da streicht er immer liebevoll über die Fugen. Mit dem Kiffen beginnt er selten nach 16 Uhr. Leider kann man nicht mitkiffen, obschon er es einem fortwährend anbietet: Seine Lippe ist so verknorpelt, daß man üble Krankheiten fürchtet.

Unterm Dach wohnt dann noch jemand, von dem ich lediglich weiß, daß er Matthias heißt. Viel mehr wissen die anderen auch nicht. Matthias ist der einzige, der im Kühlschrank ein eigenes Fach hat, da liegen immer ein paar Dosen Vitamalz drin und groteskes Gemüse wie Porree. Niemand weiß, was er damit macht. Aber er zahlt seine Miete und hält sich an den Putzplan, der mit SPD-Magneten am Kühlschrank befestigt ist, und dann ist es offenbar o. k. Heute abend gibt die WG ein Fest, und da bin ich schon immer ganz gern dabei, denn auf einem sehr großen Vordach haben sie einen schönen Balkon mit kleinen Bäumen und großen Holzkisten zum Draufsetzen. Nachts projizieren sie dann immer Filme an die Nachbar-Hauswand, und so gegen 10 Uhr ist verläßlich alles voll mit biertrinkenden Menschen. Ich warte, daß es 10 Uhr wird. Zu Hause, allein, habe ich es einfach nicht mehr ausgehalten, und deshalb spiele ich mit Klaus Backgammon. Heute ist Klaus für seine (schlechten) Verhältnisse extrem wach und kann sogar gleichzeitig von den wilden Tagen im besetzten Haus erzählen UND mich im Backgammon schlagen. Super, Klaus. Isabell hat gesagt, ich darf heute hier schlafen, und das heißt, wir können uns küssen, später. Es gibt Phasen in unserer Bekanntschaft, in denen wir uns wochenlang nicht anrufen, aber dann plötzlich eben doch wieder, und dann ist alles erlaubt. Ich denke, das ist eine moderne Liaison. Man könnte auch sagen: Wir sind beide auf der Suche, und wenn es uns ganz schlecht geht, dann übersehen wir die große Summe der Kompromisse, die unsere Bändelei einschränkt und eine tatsächliche BEZIEHUNG bis zum heutigen Tage wirksam verhindert hat. Heute ist so ein Tag, sie liegt gerade in der Badewanne, und Klaus ist gerade in Wackersdorf; leider nicht wirklich, sondern bloß in seiner Erinnerung. Er ist da, also hier, und kifft. Später gibt es noch Streit, weil irgendwer den Wein nicht gekauft hat, da-

für aber das Bier weg ist, naja, diese Sachen halt. Einblick ins Irrenhaus, ab und zu gerne, hier leben – niemals. Frischgebadet kommt Isabell dazu und fragt, ob wir nicht in ihr Zimmer gehen wollen. Ich will gerne. Wir küssen uns ein bißchen, und dann kommen lauter Menschen (es ist jetzt offenbar so 10 Uhr), gucken in das Zimmer und sagen:
– Huch, ach so, und gehen wieder raus. Nach dem fünften ungefähr gehen wir zu den anderen aufs Vordach, und da sagen die fünf:
– Schon fertig?
Klaus hat jemanden gefunden, der die Geschichte von dem Haus und den Bullen noch nicht kennt. Staunende H&M-Mädchen, die biertrinkend diesem Fossil lauschen. Klaus würde gerne mit ihnen ficken, aber das wird wohl nichts, denn jetzt hat die eine seine morschen Zähne gesehen und möchte gerne mal "nach Getränken gucken"; weg ist sie, und ihre Freundin auch, und da kommt Klaus auf mich zu. Zum Glück fängt jetzt ein Film an, dazu, weil ja kein Ton dabei ist, legt jemand Platten auf, der Film ist völlig unverständlich, aber das macht ja nie was, im Gegenteil. Neben sich steht Klaus, und neben mir steht nun ein armseliger, tja, wie soll man sagen, er nennt sich JOURNALIST. Nachts lauert er in Bars den Leuten auf, und wenn er jemanden zum Gespräch festgenagelt hat, zaubert er aus der Innentasche seines (einzigen!) Jacketts Computer-Ausdrucke seiner langweiligen Klugschwätz-Artikel über Popmusik. Die hat er kurz zuvor an Stadtzeitungen gefaxt und möchte nun offenbar gelobt werden. Wahrscheinlich haben die Stadtzeitungen ihn wieder nicht zurückgerufen, und jetzt braucht er das, was man wohl ein FEEDBACK nennt. Listig nuschelt er:
– Ich dachte, es würde dich vielleicht interessieren…
Wer kann dazu schon nein sagen? Ich gucke also ungefähr zwei Minuten auf das Blatt, ohne auch nur eine Zeile zu le-

sen. Zwischendurch schnaube ich zustimmend oder lache ein bißchen und murmele:

– Jaja, das ist gut, genauso ist es, oder so, und dann gebe ich ihm den Zettel zurück und sage:

– Das mußte mal geschrieben werden.

Der Typ ist eine arme Wurst. Er hat eine eigene Zeitschrift an die Wand gefahren, und jetzt geht er halt querbeet anschaffen, so richtig mag ihn niemand. Dauernd lädt er irgendwelche Musiker oder andere Kulturwichtigheinis zu sich nach Hause und bekocht sie. Auf seinen Anrufbeantworter spricht er auch gerne mal drauf, wen er heute alles zum Interview, zum Fototermin, zum Abendessen trifft. Wenn es mal wieder soweit ist, gibt es eine Telefonkette netter, nicht ganz so blöder Zyniker, und die rufen dann alle bei ihm an und jubeln ihm aufs Band:

– Du hast es echt geschafft, du Super-Journalist, du Top-Agent, erklär uns dein Geheimnis, besorg uns doch auch mal so einen tollen Auftrag usw.

Selbst das freut ihn noch, denn einmal mehr hat sich da ja jemand mit IHM auseinandergesetzt. Überhaupt nie wird er begreifen, daß er nichts weiter ist als ein nützlicher Idiot von Plattenfirmen, die ihn mit hier mal einer Flugreise und da mal einem Wichtig-Paß gefügig machen. Ich glaube, er hält sich für den Greil Marcus von Hamburg, der dazu noch gut kochen kann. Wenn er einem nicht gerade was von neuen Projekten, großartigen Geschichten oder sehrgutgelaufenen Exklusivinterviews erzählt, redet er über "hervorragenden Blattspinat" oder "phantastischen namenlosen Wein" aus weißichnich. Seine Angeberei ist wirklich grotesk in ihrem Nichtsdahinter – in einem länglichen Artikel über nichts weiter als einen alten Musiker streute er unlängst ein, daß "die Stadt seit Wochen in diesiges Licht getaucht" ist. Und mit dem "Kontorhaus gegenüber, das zwischen zwei Baulücken stehend den Eckpunkt einer großen Straßenkreuzung markiert" war auch irgendwas. Und als sei das noch nicht genügend Unfug, werfen die Häuser auch noch "Schlagschatten". Ich bin mir ganz sicher, daß er demnächst über klassische Musik referieren wird, das ist nicht mehr weit, Techno und Songwriter und Rock sowieso hat er alles durch. Und natürlich wird er dann nicht die Wahrheit sagen, daß er also über eine "Alfred Brendel-Collection" für 12 Mark oder so auf den Geschmack gekommen ist, nein, die Liebgewinnphase wird er einfach verschweigen und urplötzlich, als gebe es kein Gestern, von Symphonien daherreden, und zwar, das ist völlig klar, natürlich ganz genau "in der Aufnahme von"; von halt irgendwem, und nicht gerade Sir Georg Solti, weil den ja alle kennen. Vielleicht die Klavier-Sonaten von Alexander Scriabin in der Aufnahme von Vladimir Ashkenazy, das wär's doch, dann ist Ruhe, und alle beneiden ihn um seine kulturelle Tiefendurchwirktheit. Dann geht er nach Hause und stöbert im neuesten 2001-Schnäppchen ("50 Klassik-CDs für zusammen nur 79 DM") herum. Ganz heimlich natürlich.

Neulich hatte er ein Fax dabei, in dem eine Zeitschrift ihn bat, doch ein paar Plattenkritiken zu verfassen. Das hat er allen gezeigt. Wenn ich mal wieder im Plus bin, renne ich mit meinem Kontoauszug rum. Vielleicht begreift er es dann, aber das ist eher unwahrscheinlich (beides: daß ich im Plus bin und daß er es begreift). Er ist vollkommen pleite (nicht so wie ja alle, sondern überhaupt gar nicht mehr liquide, keine Mark mehr), ungewaschen und zunehmend realitätsentrückt. Er glaubt nicht bloß, was ja viele glauben, nämlich, daß bessere Zeiten nicht mehr fern sind, nein, er glaubt sogar, die besseren Zeiten seien just angebrochen, eine Glückssträhne geradezu. Je schlechter es ihm geht (was man sieht! und hört!), desto farbenfroher werden seine Ausführungen über neuerliche Karrierehüpfer. Arme Sau. Wenn ich ihn sehe, möchte ich ihm am liebsten 5 Mark zustecken und weitergehen. Aber da er einen sowieso dauernd um Geld angeht oder um Getränke, kann man das auch lassen.

Auf solchen Parties bin ich immer schnell traurig über die horrende Anzahl von schönen Frauen, die man niemals sprechen oder gar küssen wird. Mit einer ziemlich schrecklichen Frau komme ich dann ins Gespräch über den Film. Ich schätze mal, über ihrem Bett hängt in DIN-A 0 der sterbende Soldat, auf dem Boden steht eine Lavalampe. Sie hört gerne Reggae. Scheiß Pearl Jam findet sie "superintensiv", auf ihre CDs von Tori Amos und PJ Harvey hat sie mit Edding geschrieben "♀-Power rules", selbst einem Comeback von Ina Deter stünde sie aufgeschlossen gegenüber. Als Nachthemd dient ihr treu ein zerschlissenes "Abi 1987"-T-Shirt, neben ihrem Bett (einer Matratze!) liegen lauter Armbändchen aus Ecuador oder so, solche, die auch zuhauf an Wolfgang Arschgesicht Petry dranhängen, die sie aber zum Großteil hat ablegen müssen, weil sie auf den Dreck allergisch reagiert. Auch allergisch reagiert sie auf die Spice Girls, die findet sie völlig scheiße. Harald Schmidt ist ein Nazi, Pippi Langstrumpf und Che kleben auf ihrer Zimmertür, und sie raucht keine Zigaretten, bloß Hasch manchmal, und ihr Fahrrad ist ganz alt, weil einem neue Fahrräder ständig geklaut werden, und Taxifahren findet sie "dekadent". Wenn sie ihre Eltern besucht, ißt sie da nur Salat, damit die Eltern sich Sorgen machen, in der WG aber gibt es Folien-Fleischwurst, kein Problem. Im Sommer ist sie mehrere Wochen in Griechenland, und Herbert Grönemeyer mag sie nicht mehr so wie aber früher mal. Sie trinkt Apfelsaftschorle. Der Film ist einfach gaga oder auch dada, jedenfalls schwarzweiß, so viel ist sicher, der Rest sind kaputte Autos mit lachenden Chinesen drin, die Zeitung lesen und auf Holzschwänzen Flöte spielen, dabei mit den Füßen stricken und so. Sie will über Sexismus und Gewaltverherrlichung in der neuen deutschen Komödie reden, wenn ich das jetzt richtig verstanden habe. Aber das war doch gerade gar keine deutsche Komödie! Das scheint egal. Gut, also Komödie, neuer deutscher Film, Hitlerjunge Schweiger, diese Diskussion. Dann will ich aber auch spinnen und sage ihr, daß das ja alles sehr interessant sei für mich, weil ich vom Siemens Dialog-Center komme und mich mal so unter die Szene mischen wolle. Unter die Szene! Da guckt sie zunächst mitleidig bis angewidert. Aber sie ist schnell umzustimmen.

– Du guckst leicht irritiert, das bin ich gewohnt, aber wir bei Siemens lernen ja auch dazu. Ich sage immer: Wer kämpft, kann verlieren, wer nicht kämpft, hat schon verloren! Nich, so in der Art eben. Wir begreifen uns nicht länger als Rüstungskonzern, haha, sondern drängen jetzt verstärkt in Richtung Bindung zur Kultur, wo kann man sich einmischen, wo kann man Beziehungsfelder herstellen, wo kann man voneinander lernen, oder auch ganz profan – wo können wir als Weltkonzern mit dem entsprechenden finanziellen Background mit anpacken, wo gibt es Projekte, die wir supporten können, alles im Nonprofit-Rahmen versteht sich, das ist im Grunde nichts anderes als ein Vor-Ort-Kultur-Sponsoring. Da ist also ein event X oder eine Aktionsgruppe Y, und da stellen wir Know-how und auch geldwerte Leistung zur Verfügung – beispielsweise kann bei uns eine Zeitschrift gedruckt werden oder ein firmeneigener Bus für eine Exkursion geliehen werden – und im Gegenzug wollen wir nun natürlich nicht Einfluß nehmen auf die inhaltliche Ausrichtung, sondern eben einfach gucken, was da passiert, wie denken die Menschen heutzutage, auch und gerade die Kunden von morgen usw. usf. Wir haben da auch im Bayerischen Wald so ein Schulungs- und Tagungszentrum, da lassen wir also von der Laienspielgruppe bis zur Behindertenintegrationsvereinigung alle gerne rein für ein Wochenende zum Brainstormen und Socializing.

So kriegt man diese Menschen immer. Sie erzählt von ihrer Projektgruppe, die Stummfilme über verfallene Industrieanlagen erstelle und natürlich "meistens an dem Knete-Ding" scheitere. Leider hätte ich meine Karte nicht dabei, aber das sei prinzipiell kein Thema, kein Problem, sie soll mir ihre Nummer "oder habt ihr eine Broschüre" geben, dann melden wir uns, das erledigen wir, grinsgrins, auf dem kleinen Dienstweg. Natürlich hat sie eine Broschüre dabei, die ist so schlecht kopiert, daß man kaum was lesen kann, aber ich sage:

– Toll, hey hey, richtig professionell, gut, du, ich mische mich mal wieder unters Volk, man sieht sich ja wohl noch. Sonst, ist klar, wir telefonieren, hat mich gefreut.

Dann lege ich mich ein bißchen in Isabells Zimmer und gucke MTV. Da läuft "Don't Look Back In Anger". Als die Single in Deutschland rauskam, war schon Schluß mit Katharina. Da aber das Album ja schon lange raus war, hatten wir natürlich schon Sex mit diesem Lied oder besser: Sex ZU diesem Lied. Aber das Lied ist so phantastisch, daß man auch Sex MIT diesem Lied haben kann. Am Ende des Videos sitzt Noel mit roter Lennon-Brille hinten in einem Auto, und da muß man dann schon mal gerührt die Hände zum Gebet verschränken, wenn das Auto wegfährt. Ich gehe wieder zu den anderen.

Sie bemalen gerade die Balustrade mit einem irrsinnigen Spruch. Mensch, werden sie denken, Mensch, sind wir wild und frei und unkonventionell. Ich schätze mal, sie alle lieben Janosch. Und mit lauter bunten Pinseln patschen sie nun "Träume nicht Dein Leben – lebe Deinen Traum" an die Wand. Das finden sie total romantisch. Sie singen das Pipi Langstrumpf-Lied. Ich singe ein bißchen "Married With Children":

I hate the way that even though you
Know you're wrong you say you're right
I hate the books you read and all your friends
Your music's shite it keeps me up all night

There's no need for you to say you're sorry
Goodbye I'm going home
I don't care no more so don't you worry
Goodbye I'm going home

So wird's gemacht.
Bei mir gegenüber hat es wieder gekracht. Die Straße ist an der Stelle sehr eng, und ein ziemlich dummer Hausbesitzer hat sich irgendwann einen Protzerker an sein Haus gepappt, und da fahren jetzt mit schöner Regelmäßigkeit so alle sechs Wochen Busse oder andere Großfahrzeuge gegen. Unverdrossen wird der Erker jedesmal restauriert, bin gespannt, wie lange die Versicherung das noch mitmacht.
Ob meine Krankenversicherung Schlafmittel bezahlt? Dieses pochende Wachmüdesein halte ich nicht länger aus.

# Slide Away

Auf Fotos sehe ich immer scheiße aus. Dies zu erklären ist nicht allzu vertrackt: Das kommt daher, weil ich ja nun mal scheiße aussehe, ganz einfach. Denn Fotos sind Fotos, die bilden den Ist-Zustand ab, da gibt es nichts dran zu rütteln, Pech gehabt, Arschloch. Natürlich gibt es "nicht fotogen, nicht mein Tag, ach guck – noch mit der doofen Frisur" und solche Ausreden. Aber die braucht man ja nicht mehr für sich selbst, schon lange nicht mehr, bloß für die allgegenwärtigen Fotosammler, die dauernd alles abziehen und verdoppeln wollen, weil sie ihr jämmerliches Dasein gar nicht fassen können, so toll finden sie diese Einfalt, und das wollen sie minuziös festgehalten wissen, damit sie dann eine Woche später schon da sitzen können wie der Opa mit seinen Kriegstagebuchnotizen. Vorzeigen zu können, wie aufregend und pulsierend die Soße aus Pauschalurlaub, Wohngemeinschaft, Elterngeld und neuer Hose (neuer Freundin, neuer Wohnung, alter Scheiße) ist, das ist diesen Pennern alles. Ich hebe überhaupt keine Fotos auf. Die wenigen schönen, die mit den Frauen, mußte ich ja dann immer verbrennen, weil man sich ja nun mal so kindisch verhält, wie es gerade geht, wenn mal wieder alles den Bach runter gegangen ist.

Ich fühle mich schlecht wie lange nicht und merke, aha: wie immer schon. Um mich herum nehme ich bloß noch all die Menschen, Aldi-Menschen, mit ordentlichen Haaren (also mit einer Art Farbe und einer Art Sitz und überhaupt Form und Fülle, nicht so Drahtborsten wie ich) wahr, mit schöner weicher Haut und ohne Gewichtssorgen. Wie muß es denen gutgehen, wenn sie sich im Spiegel angucken, wenn sie sich auf Fotos sehen oder in der Schaufensterscheibe oder im Fenster der Straßenbahn, wenn die gerade im Tunnel ist und das Neonlicht anflackert. Zwei Drittel meiner Zeit sinne ich darüber nach, warum nun wieder der Pickel da (den ja alle pausenlos anstarren, das ist sicher!) und die Haare nicht dort und warum der Hintern so und nicht so in der Hose steckt, und wenn ich den Kopf senke, kann ich die Kinne zählen, jedes Jahr eins mehr. Wenigstens damit bin ich nicht allein: Die meisten Menschen sehen sowieso kacke aus. Eigentlich blöd. Gestern bekam ich ein Foto geschenkt, das in sehr günstigem Licht gemacht wurde oder so, keine Ahnung, jedenfalls sehe ich gut darauf aus, besser als sonst, als in Wirklichkeit. Ich gucke mir das Foto seitdem dauernd an. Ich habe sogar schon drauf onaniert, so übel ist es um mich bestellt. Das war jetzt übertrieben. Endlich mal wieder übertrieben.

Kennt man ja aus Filmen: Du bist allein, alleingelassen worden, genauer gesagt, und alle deine Freunde, wenn da noch welche sind, bemuttern dich und halten es sogar aus, wenn du garstig wirst und ungerecht usw., ihnen liegt eigentlich nur daran, dich wieder an Deck zu holen, in Schwung und Stimmung zu bringen, wohlmöglich gar irgendeiner Frau zuzuführen, der kleinen Schwester von soundso. Zum Glück habe ich keine Freunde. Also nicht dieses ganz Üble: einen Freundeskreis. Da hätte ich ja schon lieber einen Mitbewohner oder eine Haushaltskasse, ein Etagenklo oder einen Fernsehraum. Eine Mitfahrgelegenheit, was auch immer. Alles besser als eine Versammlung von Freunden, die sich pausenlos selbstreferentiell kreiselnd, ach was: greiselnd! auf der Stelle tretend an sich selbst zu freuen versteht. Braucht man nicht, lenkt nur ab. Diese Leute und ihre Kreise sind das Letzte – sie machen Kneipen und Kinos voll mit sich und verseuchen die Atmosphäre mit ihrer biederen Lebensfreude. Und sie bereiten den Nährboden für Pizza-Taxen, Videotheken, Magnum-Dreierpacks, Chips-Partytüten und solchen Dreck. Ich hatte so was auch schon, früher mal, und es ist schon ganz schön, wenn überhaupt immer *irgend etwas* los ist, du nie allein bist mit der trägen Masse deiner selbst, und immer klingelt es, das Telefon, die Tür, die Ohren. High Life. Eine Weile kann man das aushalten.

Wenn man dann verliebt ausschert, weil die Frau einem dann natürlich innerhalb weniger Sekunden vorführt, was man bisher verpaßt hat, ohne es zu vermissen, dann ist der Freundeskreis schneller vergessen als sonst betrunken. Man sollte diese Leute dann meiden. Die allerbesten Freunde gehören diesem Kreis, dieser Clique, diesem Kompost ohnehin nicht an. Die sind anderweitig vertäut oder im besten Fall ebenfalls gestörte Einzelkämpfer, was jetzt natürlich viel heroischer und glamouröser klingt, als es ist. Denn es ist die Hölle, aber eben die Wahrheit, was nun ein schwacher Trost ist.

Wenn man sich dann mit Freundin in diesen Kreis begibt, ist es so scheiße wie in ZDF-Serien oder anderen Pärchenmolochs (Jungs: Bier; Mädchen: Apfelschorle, später Batida di Coco). Also verabredet man sich extra ohne die Dame, nur mit Jungs, so richtig zum Herrenabend, und das ist ja auch krampfige Scheiße. Weg damit.

Trotzdem waren meine Freunde jetzt für mich da, alle drei. Tja, genauso sah es aus. 3 hatte ich noch.

**Martin:** koksender Alkoholiker, auch sehr großer Oasis-Fan, sitzt eigentlich immer rauchend zu Hause und liest oder guckt Fernsehen. Regelmäßige, sehr konsequente Exzesse.

**David:** studiert Jura in einer Kleinstadt, hört nur klassische Musik oder aber Plastiktechno, das schon sehr gerne. Ist viel dicker als ich, aber das nützt ja auch nichts.

**Christian:** Studiert auch, offiziell, ist aber eigentlich von Beruf Britpopper, operiert von Hannover aus. Sieht aus wie Jarvis Cocker, der hat's gut (der Christian – der Jarvis ja sowieso).

Ehrlich gesagt brauchte ich auch nicht mehr Freunde als diese drei, ich wüßte gar nicht, wann und wo und warum. Die Jungs sind da, kein Problem, und zum Glück reden wir nicht die ganze Zeit über Katharina. Ist ja nicht die erste Lebenskrise, die wir gemeinsam durchwandern, da haben wir schon Übung drin. Gespräche darüber sind oft in Ordnung, manchmal nützen sie sogar, aber wenn man sich später ihrer erinnert, wird einem manches bis alles allzu peinlich. Man verhält sich ja doch nur blödlangweilig und wie alle begossenen Pudel. Da ist es Essig mit all den Individualistenträumen, da wird man blödes Mitglied im Club der gebrochenen Herzen, vernichtet Fotos, ruft an, legt auf, fährt am Fenster vorbei, sucht trinkend nach schnellem Ersatz, hört genau die Musik, die gerade noch fehlte, zerreißt die Briefe und verbrennt lauter Krempel oder gibt ihn portionsweise dem Wind oder den Fluten mit. Es ist wie ein Bausatz, wie eine IKEA-Anleitung, nur eben viel verbindlicher, und es bleiben auch keine Schrauben über, und nix wackelt, alles hat seinen Platz. Man selbst auch. Abgemachte Sache. Aber alles natürlich hochdramatisch und großes Theater. Manchmal will man sich sogar umbringen. Das ist normal. Aber das sollte man doch besser für sich behalten.
Daß es ein Deo von den Spice Girls gibt, kann ich verkraften, ich finde das o.k., denn die Spice Girls sind gut und Pop, da gibt es gar nichts. Daß es einen Rucksack von "Gute Zeiten Schlechte Zeiten" gibt (das habe ich heute in der Fußgängerzone gesehen!), geht auch noch in Ordnung, da kann man nichts machen, muß man ignorieren. Aber daß Martin sich jetzt einen Decoder gekauft hat, um Pornofilme gucken zu können, erschüttert mich schon. Ge-

stern waren wir in einer Videothek, weil ich ihm zeigen wollte, daß man auch andere Filme sehen kann. Hinten in der Pornoecke (in der wir dann doch landeten) gab es einen Film mit dem Untertitel "Vom Psychiater gefickt". Da mußte ich lachen, zum ersten Mal seit einer Woche ungefähr.

David nimmt mich nun, da besteht er drauf, dauernd zu irgendwelchen Festen mit. Feste. Ich fühle mich auf so Festen nie ganz wohl, gehe entweder früh oder bin früh betrunken. Dann verhalte ich mich peinlich. Heute auch wieder. Erst waren wir bei ihm und haben getrunken, schnell, viel. Das war gut, da kann es einem schlechtgehen wie auch immer, es gibt irgendwann einen guten Moment. Der ist zwar verdammt kurz, und der Anweg ist beschwerlich und erst die Abfahrt, bis es einem dann wieder gutgeht, dauert es natürlich ellenlang, aber: egal. Für so ein Glücksgefühl macht man das mit. Und dann noch den obligatorischen Kaffee, wir schnüffeln auch noch an dem Fläschchen, das wir mal in einem Sexshop gekauft haben. Es riecht nach Klebstoff, und es zerreißt einem kurz die Schädeldecke, danach glaubt man, ganz gewiß 20 % der ohnedies nicht unendlich verfügbaren Hirnmasse vernichtet zu haben. Ist es schade drum?

Keine Ahnung, was jetzt noch kommt. Den Wochentag weiß ich, weil der Fernseher läuft, er läuft dauernd, ich schalte ihn nicht mehr ab. Ich schaue zwar nicht hin, aber er läuft, das weiß ich, das beruhigt mich. Leben in der Bude. Die Farbpsychologen, die die Farbigkeit der Nachmittags-Talkshow-Kulissen bestimmen, sind sich einig: Gelb beruhigt. Deshalb sehen alle Shows gleich aus. Ist praktisch alles nicht mehr voneinander zu unterscheiden, schon allein optisch, von Inhalten redet bei dem Dreck ja eh keiner. Einzige Chance: Man muß sich die Hackfressen der Moderatoren merken.

Im Prinzip geht es mir mit den Tagen der vergangenen Monate genauso. Was hat einen Montag im verkorksten Mai von einem Freitag im verkorksten Juli unterschieden?

Neuer Trick zur Ablenkung (und zum Vergnügen): Ich sammel die nackten Girls aus der *Bild*-Zeitung. Die grotesken Textpassagen trage ich in Tabellen ein. Als *Bild*-Redakteur ist das Leben ein Kampf gegen Nebensätze und große Erklärungen, denn dafür ist weder Platz noch Zeit. Alles muß einfach sein, und alles muß groß sein und laut, und knallen muß es. Sonst ist es nicht interessant für die *Bild*. Deshalb erschrickt man auch immer, wenn einem die Zeitung morgens ins Auge springt. Das ist gut so, für den Umsatz. Gut versteckt in all den pointierten Empörungen über die da oben, die da unten (wir, der kleine Mann) und die feinen Herren auf dem Fußballplatz (früher war alles besser!), finden wir jeden Tag auf Seite eins eine nackte Frau. Zum Gucken. Kalenderblätter aus den USA sind es zumeist, und nach 2 Sekunden hat man alles gesehen, da bedarf es keiner weiteren Erklärung. Doch einfach nur nackt zum Gukken, das ist natürlich ein wenig zu eindeutig und unverklemmt, das geht so nicht. Also erdichten die Redakteure haarsträubende Geschichten, abstruse Märchen über die Mädchen. Damit alles seine Ordnung hat und die Nackte nicht einfach bloß eine Nackte ist. Das ist geschickt, das rechtfertigt die Möpse. Außerdem haben die Damen auch immer irgendwas an, allerdings nie da, wo es hingehört. Aber ganz nackt ist ganz selten. Irgendein Name und irgendein Beruf, gekoppelt mit einer abseitigen Geschichte, die die Nacktheit erklärt, relativiert alles. Das ist dann schon fast Journalismus! Die Girls haben nicht etwa nichts an, weil der Photograph und der Auftraggeber, also wir, die Leser, das so wollen, sondern weil ihre Wäsche eingelaufen ist oder der "verflixte Rock" hochgerutscht ist. So ein Ärger aber auch. "Das Neue Testament in 20 Zeilen, das muß auch gehen", sagen *Bild*-Schreiber immer. Und ein Softporno eben auch. Und dann ist die doofe Realität auch schon wieder dran: Neben der Nacktkiste liest man stets unter der Zeile "Heute ist Montag" (oder eben Dienstag, Mittwoch ...) irgendeinen bedeutungsschweren Merksatz von Arbeitgeberpräsidenten, Jugendrichtern oder Vorstandsvorsitzenden bedeutender Industrieunternehmen. Die sagen dann mal rasch, wo es langgeht. Augen zu und durch. Da haben wir die Halbnackte und ihren verschwurbelten Lebenslauf schon wieder vergessen. Beibt noch der eigene. Schöne Scheiße.

**gute Namen:**
Fitneßbiene Jeanette
Meerjungfrau Caprice
propere Verena
süße Melinda
Schmusekatze Bianca
knusprige Steffi
kesse Nadine
hübsche Anna-Sue
kurvige Carmen
leckere Danny
aufgeschlossene Babsi
blonde Kara
Traumfrau Debbie

**erlernter Beruf:**
süße Zuckerbäckerin (→ weiß, was lecker ist)
eigentlich Arzthelferin (→ Wartezimmer ist gerammelt voll)
Musiklehrerin (→ gibt immer den Takt vor)
passionierte Hobbyköchin (→ empfiehlt: alles, wat 'n büschn scharf macht)
blonde Sekretärin
süße Sekretärin

Referendarin in der Schule
Sportpädagogin
Fremdsprachenkorrespondentin
Kosmetikerin
Azubi aus dem Fichtelgebirge
Miß Juni

**bestes Alter:**
21, 24, 23, 23, 25, 28, 25, 22, 27, 20, 25, 23, 22, 23

**gottgegebene Berufe (auch: Behufe):**
blonde Wasserratte
junge Italienerin mit Traummaßen
angriffslustige Raubkatze
appetitliche Schnitte (→ zum Anbeißen süß)
langbeinige Blonde
Mäuschen Bärbel (→ Postbote lockt sie mit einer Käsestulle)
Naturgirl
putzmunteres Powergirl
zuckersüße Praline
patente Zaubermaus
kesse Beachblondine
die blonde Engländerin
hübsche Blondine
kleiner Morgenmuffel
das Model
blonder schöner Engel

**Hobbies:**
steht voll aufs pralle Rangeln
hört abends gern Radio (→ ordentlich Boogi-Woogie –
Bässe und Schenkel zucken)
Last-Minute-Urlaub (→ kommt in letzter Minute)

**Grund für die Nacktheit:**
der verflixte Rock rutschte hoch (→ nur gut, daß sie ihr Höschen anhatte)
braucht keinen Fön bei der heißen Sonne
weiß nicht, was sie anziehen soll
Wo sind bloß meine Wintersocken?
kommt gerade aus dem Dampfbad
beim Ballwechsel mit knackigem Tennislehrer ordentlich ins Schwitzen gekommen
schlechte Erfahrung mit dem Kochwaschgang (→ alles zu heiß gewaschen!)
sucht vergeblich nach ihrem BH
sonnt sich auf heißen Steinen
genießt ihren Job als Model für den neuen RMC-Kalender
das Oberteil hat das Model gestern abend im Eifer des Gefechts im großen Bett verloren
Yoga in der Sonne – kam mächtig ins Schwitzen (→ probierte alle Stellungen aus)

**Zurufe der Redaktion:**
Petri Heil!
Einmal Nachschlag, bitte!
Zeit zum Heizen, Monica!
Schubidu & Tralala!
Labamba, gibt's hier auch Kokosnüsse!
Falleri-Fallera-Fallehoppsassa!
Juhu, bitte einmal drehen!
Wer hat Dich so zerzaust, Dany?
Hey!
Uns ist's recht, Uschi!
Veronica, tu Dir keinen Zwang an!
Erika, noch mal tief durchatmen!
Mein lieber Scholli – da muß wohl der Techniker ran!
Viel Glück, Kara!

**Was passiert gleich?**
bei dem blinkenden Köder beißt auch sicher bald ein flotter Hecht
sie schnurrt vor Vergnügen
uns wird's warm ums Herz
wir haben auf ein gemischtes Doppel spekuliert
Da wird's auch uns ganz warm ums Herz!
Wer wäscht Michelle bloß nachher noch das Salzwasser von der Haut? Freiwillige vor!

Soweit die Girls aus der *Bild*. Und meins?

# Some Might Say

Ich würde gerne lauter sinnvolle Dinge tun. Also, ihrem Wesen nach sind sie sinnvoll: aufräumen, den Papierscheiß erledigen (oder doch wenigstens damit anfangen!), ein und sogar auch zwei Bücher lesen, sich mit klugen Menschen treffen, abwaschen, staubsaugen, Sport treiben, es mit einer Frau treiben, lüften, Altglas weg, Altpapier gleich mit. Aber zu all dem bin ich heute nicht in der Lage, war es gestern nicht, wage gar nicht an morgen zu denken. Sonst ja auch nicht, aber dann fällt es mir nicht weiter auf. Heute türmt es sich, nicht nur das Geschirr, das ist normal, nein, ständig liste ich all diese formalen Versäumnisse auf. Um mir so alles zu erklären. Vielleicht ist es auch bloß ein niedlicher Versuch, dem schütter ausgefransten Dahingelebe Struktur überzustülpen, das ist ja ein beliebter Trick. In der Pubertät überkommt einen zum ersten Mal der Gedanke, daß das ständige An- und Ausziehen, Gewinnen und Verlieren, Schmutzigmachen-Saubermachen, Ver- und Entlieben, Kaufen und Verkaufen – daß es einen zum Wahnsinn treibt. Man fragt dann pathetisch: WOZU? Und ist damit auch Teil der Soße, das ist ja vorgesehen, daß man sich so benimmt, eine Zeitlang. Und der Gedanke allein ist Pubertät, wird von der Umgebung nachsichtig abgewiegelt, irgendwann auch von dir selbst. Schlimm, daß er trotzdem bleibt. Und je nach Großwetterlage wieder auftaucht und sein häßliches Antlitz an die kahle Wand nietet. Hallo, ich bin's. Scheiße, ja.

Jetzt aber. Ich nehme eine Aspirin (habe keine Kopfschmerzen), höre die Brandenburger Konzerte (mache mir gar nichts daraus), sortiere Rechnungen und Formulare (habe nicht mal Schubladen oder gar Ordner und erst recht keinen Sinn dafür, werde damit untergehen, irgendwann bricht alles zusammen, und dann fehlt Blatt Nummer 2 von Zuschrift Nummer 4, und dann stehe ich da und sie haben mich). Ob andere Leute dies im Blick, im Griff, im Ordner haben? Ich wage nicht mal mehr, Freunde zu fragen, ob und wie sie das machen; die höchstwahrscheinliche Antwort würde mich ziemlich verrückt machen.

– Ja, nee, das muß man schon beieinander haben, hier habe ich Klarsichtfolien, und wenn du dich einmal überwindest, dann ist das im Prinzip überhaupt keine Aktion, kein Thema, und ist ja auch besser, als wenn du es immer aufschiebst.

Und so weiter. Ich denke den ganzen Tag daran, wenn ich nicht gerade onaniere oder betrunken auf dem Balkon stehe. Und wenn ich arbeiten gehe, dann natürlich auch nicht. Zerstreuung ist die Arbeit allenthalben. Hätte ich sie nicht, die Arbeit, hätte ich sie vielleicht noch, die Dame. Denn alles konkurriert ja miteinander, läßt sich selten nur parallel abhandeln. Du setzt einen Schwerpunkt und triffst damit auch gleichzeitig eine Entscheidung GEGEN etwas anderes. Hatte noch nie Glück in der Liebe und ZUGLEICH bei dem, was die Arbeit ist. Entweder oder, und der Erfolg hier ist bloße Kompensation des Mißerfolgs dort. Wenn man sie morgens in der Bahn sieht, die Eiligen, die kaum älter sind als ich, so dicht aneinander gedrängt, im Cocktail aus Schweiß und brünftigen Rasierwässerchen die Pest der Gemeinschaft inhalierend – dann weiß man ja, daß sie keine Oasis-Platte kennen, nur "Wonderwall" vom Kuschelrock-Sampler. Und Jungs mit Kuschelrock-Sampler kuscheln garantiert nicht. Und wenn, dann macht die Frau eine Lehre und will schon bald ein zweites Sofa und ein erstes Kind und Marmelade einmachen oder wenigstens zu viert in den Urlaub oder am Fenster säuselnd, in den Himmel guckend den Jahreswechsel "ganz gemütlich" begehen. Und sie gucken alle "Marienhof" und "Verbotene

Liebe" und finden es *sensibel*, wenn ihre idiotischen Anhängsel das zumindest dulden, nie kritisieren und bestenfalls sogar mitgucken. Am Samstagnachmittag kommen auf RTL lauter saudoofe amerikanische Serien, in denen Highschüler nichts erleben. Sie fahren in teuren Autos ihre teuren Fressen spazieren und gehen auf sogenannte Parties, aber wenn es mal lustig wird und einer säuft oder Drogen nimmt, dann wird sofort ein mehrköpfiges Sondereinsatzkommando zur Rückholung des entglittenen Schäfleins einberufen, und sorgenvoll werden die von keiner irdischen Niederlage je auch nur ansatzweise angeknautschten Visagen gerunzelt. Dann kommt Werbung für die Zielgruppe, also Shampoo und Pickelwunderkacke, die ja doch niemandem hilft. Wie man das aushalten, ja sogar freiwillig einschalten kann, ohne sich hinterher sofort umzubringen (oder zumindest andere), werde ich nie begreifen. Und wenn sie sich hernach darin suhlen und abends in ihren strunzbiederen Trefftrinkhallen die neuesten Windungen des nichtigen Geschehens aufsagen, und daß sie sich das "sowieso schon gedacht" hätten, dann wird ihnen warm ums Herz, und sie rufen "kultig" und sind froh, daß ihnen keiner die Wahrheit sagt. Dann tanzen sie schreiend zu deutschem Schlager, und ein paar Reporter kommen rein und sorgen mit ihrer nicht endenden Berichterstattung über "dieses Phänomen" gewissenhaft dafür, daß dieser Wahnsinn niemals endet.

Natürlich hat Katharina sich diesen Dreck auch angeguckt, fasziniert und dann auf Gnade hoffend.

– Findest du mich jetzt kindisch?

– O nein, Süße.

Ist das vielleicht ein Weg, sie zu hassen? Immer an Samstagnachmittag denken, ich mit Erektion im Nebenzimmer, spielte an mir oder verdrosch ein bißchen die Katze, konnte nicht lesen, konnte nichts tun, weil die von jedem

klugen Gedanken bereinigte Verblödung, die aus dem Fernseher auf die junge Dame sich ergoß, mich so unglücklich machte und jedes Argument nur Silbensalat war und nie ankam, immer nur als unsensibel empfunden wurde? In ihrer Not und ihrem Post-Trennungsdesinteresse gab sie den schmalsten Gedanken mir zu Gehör, den eine solche Situation nur hervorbringen kann: "Versuch mich zu hassen!" Und infam hintangestellt: "Du hast allen Grund dazu", und blöd wie man immer ist, falle ich darauf hinein, hoffe auf mindestens eine dramatische Träne, aber da kommt nichts, und so sage ich's trocken:
– Ich liebe dich doch, wie soll ich dich da hassen?
Nehme noch eine Tablette. Um mir Schaden zuzufügen, vielleicht. Tabletten nehmen ist schöner als alles andere, Spritzen sind eklig, Tropfen stechen unangenehm in der Nase, aber Tabletten sind großartig, und es sieht auch immer ein bißchen nach verzweifelter Morgenmantelwitwe mit Cognacschwenker aus.
Ich gehe nach draußen. Ich habe nie Geld zu Hause, nur 50-Pfennigstücke für die Waschmaschine im Keller und andere unnütze Kleinmünzen (keine silbernen), die einem aus den Taschen fliegen, wenn man schlafen geht. Die kommen auf einen Haufen, und irgendwann werfe ich sie weg. 2-Pfennigstücke haben ja mit Geld nun wirklich nichts mehr zu tun, ich glaube, man sollte alle 1-, 2- und 5-Pfennigstücke einschmelzen und daraus irgendwas machen, vielleicht eine Mauer bauen oder einen Lärmschutzwall oder Gitarrensaiten für Jugendheime in Ostdeutschland. Jedenfalls stinken sie, und man kann damit nichts kaufen, und sie machen einem einen fetten Arsch, wenn man zu viele im Portemonnaie hat, und nicht mal der türkische Obstverkäufer freut sich noch über solches Kleingeld.
Herrlich wird das bei der Einführung des Euro: Am ersten Umtauschtag werde ich mich im schwarzen Anzug um

8 Uhr 30 vor meine Sparkasse stellen und das ganze blöde Kleingeld da hinschütten. Dann gehe ich schnell weg, bevor sie mir neue unnütze kleine Euroscheiße dafür geben können. Ab 50 Pfennig aufwärts aber ist Geld natürlich so willkommen wie vonnöten. Wenn mein Portemonnaie leer ist, gehe ich zum Automaten. Ich war seit 3 Jahren nicht mehr am Schalter, ich habe immer Angst vor dem Stirnrunzeln der Angestellten, wenn sie meine Kontobewegungen sehen. Aber vom Automatenraum aus gucke ich natürlich immer mal unauffällig rein in die Geschäftsräume, und da sieht es in den meisten Banken immer noch so aus wie in den Filialen, die in "Aktenzeichen XY ungelöst" immer so schön dramatisch überfallen werden – häßlicher Teppich, Falschholzmöbel im "Servicebereich", komische Wand-Täfelung, eine antiquierte Wanduhr mit Datumsanzeige, und irgendwo lehnt ein Papp-Ehepaar, das für Bausparen wirbt, dazu überall Grünpflanzen, in Hydrokultur-Tonkügelchen. So sicher wie der grüne Daumen. Der Automat ist gut. Zwar kann auch er den Kontostand anzeigen, aber diese Option wähle ich nie. Immer zack die Geheimnummer, die weiß ich besser als jede Telefonnummer, nie würde ich sie vergessen, und dann den Betrag, die grüne Bestätigungstaste, und dann das kurze Warten bis zum erlösenden Banknotengeschnatter. Noch schnattert es, keine Ahnung, wie lange noch. Natürlich war auch schon mal "Zur Zeit keine Auszahlung möglich". Automatendeutsch ist so diskret. Das Hüsteln und Was-machen-wir-denn-da der Filialenmenschen bleibt einem erspart, einfach nur Geld oder nicht, zur Not, wenn es wirklich eng an der Toleranzgrenze ist, kann man auch den Betrag verringern, und dann ist der Automat seinerseits auch bereit, einzulenken und auszuschenken, und mit frischgebügelten Scheinen in der Hand geht es los und vor allem: weiter. Wenn Geld erst mal in der Tasche ist, hat es keine Chance mehr. Ich hebe deshalb im-

mer nur kleine Beträge ab, sonst ist der Durchlauf zu hoch. Das Abheben ist trotz des anonymen Vorgangs immer noch ein Moment der Reflexion, und wenn man da an einem Wochenende zum dritten Mal sich an der Tastatur ertappt, dann gelobt man inniglichst Besserung und nicht allzubaldige Wiederkehr, und das ist wichtig für die Haushaltsplanung. Die schwebt ohnehin im Spekulativen, denn Kontoauszüge hole ich mir nie. Das sieht ja so schrecklich aus und ist ja so manifest und unumstößlich, der Anblick erfordert schon Mut. Oder soliden Lebenswandel; ist beides leider gerade aus. Mit dem neuen Geld gehe ich sofort in den Plattenladen.

Dort kaufe ich ein Oasis-Bootleg ("Wired and inspired"/ Glastonbury 1995) und zwei Pet Shop Boys-Vinyls:

**Domino Dancing**
A-Seite: Disco-Mix (7:41!!)
B-Seite: Don Juan
        Alternative Mix

**What Have I Done To Deserve This?**
A-Seite: Ext. Mix
        A New Life
B-Seite: Disco-Mix (8:08!!)

Beides ziemlicher Sammlerquatsch, da man Bootlegs ja allenfalls einmal ganz durchhört und ich gar keinen Plattenspieler mehr habe für die Vinyls. Aber Fansein verpflichtet zu solch Nebenwidersprüchen. Wenn ich unter Oasis oder Pet Shop Boys nach CDs suche, ist das eigentlich immer ziemlicher Unsinn, da ich ja ALLE erhältlichen Alben und Singles (zumindest auf CD) besitze. Trotzdem, manchmal gibt es einen unnützen Japan-Import, nicht immer ganz schlechte Bootlegs, und außerdem gucke ich mir gerne die großartigen Alben an und stelle mir vor, ich würde sie mir kaufen, sie zum ersten Mal hören dürfen, noch mal dieses große Gefühl haben. Ich beneide immer Menschen, die aus irgendeinem Grund JETZT ERST eine dieser Platten kaufen. Wie muß das großartig sein, mitten am Ende des Jahrtausends plötzlich "actually" zu entdecken. Kann man sich gar nicht vorstellen. Ich war eigentlich nie ein sehr versierter Ladendieb; nicht weil ich ein so ausgeprägtes Rechtsempfinden hätte, überhaupt nicht, aber ich würde mir einfach vor Angst in die Hose pissen. Schon so habe ich bei diesen Pieps-Schranken immer Angst, obwohl ich NIE Platten klaue. Erst einmal habe ich es ausprobiert – auf einem Flohmarkt in Camden, und zwar gleich mit einem so erschreckend grandiosen Ergebnis, daß ich es nun nicht mehr tue, sonst würde ich ja irgendwann nur noch klauen: Die "Go West"-Maxi-CD, ganz normal ausgewiesen mit drei Versionen (Album-Version, Farley and Heller disco mix und Kevin Saunderson tribe mix), Track 1 aber ist: die eigentlich ja B-Seite "Shameless". Eine Fehlpressung! Besser geht es ja nun nicht. Was ich allerdings immer mal wieder ganz gerne klaue (das ist ziemlich risikolos, da es nicht piepen kann, und gewiß auch straffrei bleibt), sind die sogenannten "Lagerfachkarten" – also diese überall anders beschrifteten (optimal zum Sammeln!) Plastikscheiben, die die Pet Shop Boys von zum Beispiel Robert Palmer zwar ordnend trennen, jedoch nicht annähernd dem breiten Coolness-Graben zwischen beiden Künstlern Rechnung zu tragen vermögen (hinter den Pet Shop Boys zumeist: Tom Petty; vor ihnen fast immer ein gewisser Ray Peterson, irgendwann kaufe ich mal aus Spaß eine CD von Ray Peterson, der nervt nun wirklich schon jahrelang). Ich bin zwar der Meinung, daß Ocean Colour Scene eine eher verzichtbare (dabei gewiß nicht schlechte) Band ist, aber seit die hinter Oasis stehen, ist mir viel wohler, als dort dauernd auf (das ist mir schon passiert!) Uwe Ochsenknecht, Sinéad O'Connor oder Mike Oldfield zu stoßen. Da kriegt da man sonst gleich so schlechte Laune.

Aus reinem Interesse, ach Quatsch, aus purer Bosheit erkundige ich mich, wie viele Kuschelrock-Sampler es inzwischen gibt. Die Frau an der Kasse sagt:

– Ich glaube 17, aber es kommt bald ein neuer.

Ich sage der Frau, daß ich den dann noch abwarte und mich darauf freue, ob denn wieder Phil Collins dabei ist und Rod Stewart. Sie glaubt schon. Ich glaube auch. Vor dem Haushaltswarenladen, der "tausend praktische Dinge" bereithält, nur gar nichts, was für mich praktisch wäre, plärrt ein festgeketteter Fernseher. Alfred Biolek kocht in seiner Küche, um sein Buch zu verhökern und neuerdings sogar auch Gläser, und zwar "Original" (also die aus der Sendung?). Und die Leute kaufen den Schund in solchen Mengen, daß der Laden sogar einen eigenen Biolek-Tisch eingerichtet hat. Bald werden sie auch Nickelbrillen verkaufen und vielleicht auch Bio-Tonnen oder Bio-Sphären, wer weiß. Jedenfalls steht da dieser Fernseher, und Biolek kocht und kocht, jeden Tag, dauernd, es ist eine Endlos-Schleife – und blanker Terror. Strafverschärfend wirkt sich aus, daß IMMER nur die doofe Lottotante, auch FEE genannt, Karin Tietze-Ludwig und Frank Elstner im Wechsel kochen. Da wird man ja völlig rammdösig, sitzt gerade mal kurz der Illusion auf, die Erde drehe sich vielleicht doch, es tut sich was, Times are changing, und die Jahre ziehen ins Land – doch dann gehst du an diesem Laden vorbei, und wieder schiebt die Tietze-Ludwig ihr Zeug in den Ofen, und wieder klugschwätzt der bemitleidenswerte Frank Elstner über Wein. Und Biolek, das sabbelnde Repetiergewehr, kriegt sich gar nicht ein vor lauter Konsens:

– Hach, alles so lecker, köstlich, huhu, ganz heiß, und wenn mir mal was danebengeht, dann stelle ich mich auch schon mal dumm und lasse es liegen, nicht bis es sich festtritt, aber wenn man hinterher einmal gründlich saubermacht, das reicht ja, also, das ist für mich unheimlich wichtig, eine saubere Küche.

Und die abkommandierten, gerade-nicht-so-Prominenten sekundieren, eher tragisch sich fügend als glücklich, der galoppierenden (dabei wiehernden!) Demenz. Natürlich wäre es nicht weniger unzumutbar, wenn nun in hübscher Abwechslung auch mal Ralf Bauer oder Hape Kerkeling ihre Rezepte zum Kochen bringen lassen würden, hier, mitten auf dem Fußweg; aber ob es regnet oder schneit, IMMER Frank Elstner beim Weintrinken zuzusehen, der dabei ein Geschirrtuch in der anderen Hand hält – das ist schon zermürbend.

Gestern habe ich einen guten Witz gehört. Ich habe vergessen, wie er ging. Aber er ging. Dann geht's ja.

Heute war ich bei einem, so steht es in den Prospekten, die er mir im Bündel mitgab ("für Ihre Kollegen und Freunde!"): "Unternehmens- und Wirtschaftsberater". Jawoll.

– Das war Ihr Leben, würde der absolut großartige Schaumeister Dieter Thomas Heck raunzen.

"Ich war beim Wirtschaftberater" klingt zwar gut, viel besser zum Beispiel als "Ich war beim Zahnarzt". Aber es war natürlich schlimmer, der private Ärger weitet sich aus zum umfassenden Debakel, und jetzt wird es vollkommen übel. Die Formularträgheit, die ich über Jahre mit mir rumschleppte (weg damit, sieht offiziell aus, wird schon nichts passieren, mache ich mal in ruhigeren Zeiten, hat jetzt keine Eile), rächt sich nun bitterlich, und jetzt geht es los: lauter Anträge und Versäumnisentschuldigungen, und eigentlich bin ich am Ende. Das trifft sich ja gut und mich in der Mitte, voll in die Eier.

Das Büro liegt unseriösestens in einem Hinterhof, man muß an einer Verkaufsstelle vorbei, wo windige Idioten amerikanische Autos zu unglaublichen Preisen anbieten. Genug Vorstadtprolls fallen drauf rein, herzlichen Glückwunsch. Dann die Sekretärin mit Kaffee, und der Mann gibt mir eine Flasche Sekt, "damit unsere Partnerschaft unter einem guten Stern steht", ja, so wurstig drückt er sich tatsächlich aus, und das kann ja was werden. Es wird natürlich nichts. Als er das Ausmaß der Katastrophe in Ansätzen zu begreifen beginnt, möchte er den Sekt wohl am liebsten gleich wieder einsacken, als Anzahlung für seine Leistungen, denn da ist ja nichts zu holen bei mir, das hat er jetzt wohl kapiert. Seine Anzughose sitzt schlecht, und die Strickjacke umspannt einen werdenden Bauch, und im Prinzip ist er jetzt schon tot, aber er kann auch noch 5 Jahre warten, bis es ihm reicht mit Betrügen und Zimmerspringbrunnen, ohne Frau, statt dessen mit kaum zählbaren, verwaschenen Karohemden und schlechtem Atem.

# Hey Now

Ich habe Gallseife gekauft. *Form follows function* wird der Behältnis-Designer gesummt haben bei der Arbeit: eine handliche Plastiktube mit einem Schwämmchen oben dran, "Pre Wash" heißt das Ding und hat 5,59 DM gekostet. "Original Dr. Beckmann", dann ist ja gut, der ist ja bekannt für seine Verdienste auf dem Pre Wash-Sektor, der gute alte Dr. Beckmann, jaja, eine Kapazität. Ich schleudere das Geld raus, so gut es geht, spare nichts und vergleiche überhaupt nie Preise. Wenn das Geld weg ist, dann ist das Geld weg, so unsentimental sollte man das sehen.

Sobald man ein bißchen Geld verdient – und ein bißchen meint hier ein bißchen! –, erhöhen sie deinen Dispokredit ins Unendliche, und du Depp schöpfst das natürlich nach Möglichkeit aus. So wird man an den Kapitalismus gewöhnt, bald zerren sie dich mit nie endenden Ratenzahlungen in den Abgrund, und dann kommt es dicke: Schuldnerberatung und Konzepte zur Entschuldung, Entschuldigen Sie mal!, und schwupsdiwups ist das auch Konzept für dein Leben, dann läufst du dem Geld hinterher und sie dir, und wenn du ankommst, bist du tot.

Aber für Sachen wie Gallseife gebe ich normalerweise nie Geld aus, da bin ich sparsam. Oder neue Schuhbänder oder mal eine neue Kaffeemaschine bzw. überhaupt eine. Oder Plastikdosen für den Kühlschrank, all diese Nutzgegenstände, dafür ist kein Geld da in meiner abstrusen Haushaltsplanung. Es wäre schon da, und problemlos könnte ich anderweitig Einsparungen vornehmen, aber ich tue es eben nicht. Man möchte ja auch nicht allzu saturiert leben, lautet die ratlose Ausflucht.

Heute habe ich dann also diese beschissene Gallseife gekauft, wahrscheinlich dachte ich ernsthaft, somit würden aber mal flugs Struktur, Ordnung und heile Welt wieder Einzug halten. Solches geschieht nicht. Statt dessen weiß ich nicht mal mehr, wozu ich die Gallseife eigentlich brauchte, wozu man überhaupt solchen Scheiß braucht, und dann sitze ich hier und gucke wieder an mir runter, zerre das Hemd aus der Hose, sitze gekrümmt und gucke voll Verachtung und voll Abendessen auf meinen Bauch, der sich behäbig über den Hosenrand schürzt. Einziehen nützt auch nichts, da ist zuviel Masse, da muß ganz viel weg, wenn das erst weg ist, dann ist sie auch wieder da, logisch, das hat miteinander zu tun, der Neue, ach, sie hat ja ganz bestimmt einen Neuen, so eine Frau wird nicht ein Wochenende in Ruhe gelassen, zack, der Nächste, und bald hat sie mich vergessen, obwohl ich der Beste war, für sie allemal, aber er ist bestimmt Sportler, und sie freut sich gerade auf und an seinen Muskeln, während ich hier sitze, und mein Bauch schwappt, und es ist zum Kotzen. Ich beschließe eine Diät. Kein Alkohol erst mal mehr, für – sagen wir – 4 Wochen. Noch mehr Obst. Fleisch esse ich sowieso schon lange nicht mehr, aber nun auch keinen Toast mehr, das macht dick, Mensch, macht das dick, und muß man überhaupt abendessen? Muß man nicht. Wasser trinken. Ganz viel Wasser. Ist sogar gut für die Haut, habe ich gehört, habe ich gelesen, habe ich geglaubt. Und dann über Frauenzeitschriften lachen, jaja. All die Ammenmärchen krame ich hervor, keine Nahrung mehr nach 19 Uhr, oder war es 20 Uhr, sogar 18 Uhr? Nie mit Hunger in den Supermarkt, statt dessen Sport, viel Sport, und danach keine Cola, das macht nur Hunger und auch wieder dick, und dann geht es immer so weiter! Sport! Meine Güte, natürlich. Es geht mir noch nicht ganz schlecht, könnte ich sagen, ins Fitneßstudio gehe ich noch nicht, so weit kommt es noch bzw. soweit eben kommt es nicht, also so nun auch nicht, nicht zu den Idioten mit dem Öl auf den Armen und den Tabletten im Schlund, zur Kontaktbörse, zum Vitamindrinkstand, zum Refreshment, zum Aufbautraining – ohne mich. Die Wahrheit aber ist schäbig und schlicht: Ich traue mich da nicht hin, dünnes Hemd und dicker Bauch, wie sieht das denn aus, eingezwängt in Gerätschaften aus blitzblankem Terrorchrom. Zumindest in den Prospekten trainieren sie halbnackt, damit man die zu stählenden (was gibt es da noch zu stählen, frage ich mich) Muskeln auch sieht und neidisch wird und ihnen dann die Bude einrennt. Denn natürlich geht wieder alles nur ums Ficken. Mir ja auch, aber man muß das ja verschleiern, wegen Bildung, Herkunft, Kinderstube – diesen Ballaststeinen aller Kinder aus den Lehrervierteln (so schlecht geht es dem Land ja schon, daß dies die gehobenen Stände sind, die *upper class*). Ums Ficken geht es einem, trotz Täuschungsmanöver mit Rollkragen und Brille, mit Klavierunterricht und Studium, mit Fahrradhelm und weißichnicht. Ums Abitur herum fuhren meine triebgeplagten Freunde immer mit dem just ergaunerten Auto in den Osten, da sollte alles anders sein, es sollte, es mußte doch! Die Autos waren Erbschaften zu Lebzeiten, um die Steuer zu umwandern, die Omas wollten ja noch sehen, was sie sich da vom faltigen Munde abgeknapst hatten, von ihrer Trümmerfrauengage, jahrzehntelang gelebt wie Mittellose, Arbeitslose, Landlose, Rubbellose – und dann fährt der schnöselige Enkel die Tausender in den Osten, um dort – und genauso war es – "Prollweiber zu ficken". Nächtelang standen sie in ehemaligen Scheunen und versuchten die Mauer-auf-Tanten in ihren unsäglichen Jeans, mit den widerlichen eingeflochtenen Zöpfen und den Daunenjacken "flachzulegen". Ich hatte damals eine feste Freundin, sonst wäre ich mitgekommen, ganz klar, so eine OSTBRAUT, das wäre es gewesen; freilich ist es nie was gewesen – immerhin hatten wir schmutzige Phantasien, dabei aber eine so saubere Weste.

Denn reüssieren konnte keiner, war alles nur Gerede, vereinzelt wurde von "einem blasen auf der Rückbank" oder "Alter, die war rasiert unten" schwadroniert, aber wer wollte das glauben? Na, wir natürlich! Und Omas Auto brachte auch am nächsten Wochenende wieder 6 volltrunkene Dummis über die Grenze, in die Scheunen, zur rückständigen Rumsgazongmusik, zum schalen Bier, zum Kotzen, denn das ging immer: zum Kotzen.

Das mit dem Sport. Ich könnte joggen gehen. Direkt am Fluß lang, nur ein paar Schritte aus der Tür raus, schon könnte ich losrennen, habe sogar noch Turnschuhe. Laufen ist im Prinzip als Sportart sehr angenehm, man braucht keine Geräte, kann die Zeit selbst wählen, und – das ist das wichtigste – man kann es alleine tun, ist niemandem Rechenschaft schuldig über Kondition oder Tempo, nur sich selbst, das ist nicht allzuviel, man ist da nachsichtig. Ich werde jeden Tag laufen. Vielleicht sogar abends und morgens, dann purzeln die Pfunde, das ist wohl der Satz der Sätze, *dann purzeln die Pfunde*, und ich purzel zurück ins Leben, kriege Muskeln, alles wird ganz knackig, ein besseres Leben beginnt. Und die Frau kommt zurück. Gestählt werde ich ihr gegenübertreten, sie wird meine starken Arme suchen und vor allem finden, das wird die Auferstehung. Morgen fange ich an. Sagen alle fetten Leute. Also doch: heute.

Schon an der Ampel tun mir die Beine weh. Ich schwitze fürchterlich und muß immerzu ausspucken, was ja neben Sackkratzen der schlimmste Männerbrauch ist, Ausspucken ist das Letzte, vom Geräusch über den Gestus bis hin zur Konsistenz des Hinfortgeschleuderten. Ich muß stehenbleiben, straffe Sportler an mir vorbeischnellen lassen, leichten Schrittes, manche unterhalten sich gar dabei. Das bißchen Selbstqual, dachte ich, sei heilsam, aber es ist erniedrigend. Ich gehe nach Hause. Ich halte den Dusch-Schlauch an meinen eigenen, und irgendwann passiert was, der Restkörper schrumpelt sich schon zusammen, will jetzt raus aus der Dusche, aber es regt sich was, und naja, also noch ein bißchen, geht doch. *So geht es nicht weiter,* ist danach immer ein ganz beliebter Gedanke. Und richtige Liebe will man wieder und richtiges Leben und sonst gar nichts. Dann kann man sich abtrocknen.

In der Zeitung wollen sich im Kleinanzeigenteil Leute kennenlernen, es geht auch hier nur ums Ficken. Aber ein paar Seiten weiter wollen die Leute ausnahmsweise mal nicht sich verkaufen, sondern ihre überflüssigen Besitztümer, Stereoanlagen oder Bürostühle, Hochzeitskleider und Aquarien. Ein Zweizeiler ist besonders hübsch: "Alles zu verkaufen" – und dann die Telefonnummer und die Adresse. Es ist bei mir um die Ecke, der Wahnsinn rollt an, kommt näher, hereinspaziert. Später gehe ich da vorbei. Die Gardinen sind zu, ein kleines graues Häuschen, entweder ein Witz, oder es ist schon alles weg. Ich klingele, und niemand öffnet. Alles verkauft. Dabei brauche ich ein Fahrrad, denn ich will ja dünner werden. Fahrradfahren ist sehr gut. Man muß ja ständig irgendwohin, auch wenn gar nichts passiert, und da ist ein Fahrrad sehr bequem, viel schneller als ewiges Gehen, und es verbraucht auch allerlei Kalorien, das weiß man ja. Ein Fahrrad. Ich muß es woanders probieren, es gibt ja auch genug, wirklich, Fahrräder wollen sie alle loswerden, wahrscheinlich nützen die doch nichts, oder die sind alle kaputt.

Ein "Damenhollandrad" für 130 Mark, das klingt gut, "neuwertig" soll es sein, ich also hin, ein Opa öffnet die Tür.

– Hallo guten Tag, ich hatte angerufen!

– Ach, Sie kommen wegen dem, nein, DES! wegen DES FahrraDES.

Ein komischer alter Herr ist das.

– Jaja der Genitiv und im Keller, warten Sie mal.

Es riecht nach Staub und Kartoffeln, man muß trocken her-
umhusten.
– Jaja, sagt der Opa, könnte auch mal wieder 'ne Grundreinigung vertragen.
Grundreinigung, meine Güte – immer gleich alles und zwar
ganz und gar sauber, das ist diese Hitlergeneration. Da
steht das Fahrrad, ich will ihm schnell das Geld geben, will
raus.
– Ja, wollen Sie es denn gar nicht probefahren?
Nein, will ich natürlich nicht, aber muß ich ja jetzt, er will
wohl noch ein bißchen Konversation, für den Preis soll er
die haben. Also Fahrrad raus ans Licht und scheiße – bin
ganz dreckig wegen der Nicht-Grundreinigung. Hat also
doch recht, der Opa. Er selbst ist ganz sauber, er wußte,
wo die Spinnweben hängen. Mir fällt ein Witz ein mit Jesus
und Steinen im Wasser, aber warum sollte ich diesem Opa
einen Witz erzählen? Ich fahre im Kreis vor seinem lausigen
Reihenhäuschen rum und rufe immer:
– Toll, wirklich, tue ihm den Gefallen und bremse stark und
sage:
– Super in Schuß! Dann lasse ich den Dynamo an die prallen Reifen schnappen, und das Licht geht natürlich, sogar
hinten, alles in Ordnung, der Opa lächelt und hat eine Flasche Öl in der Hand, wo die herkommt, weiß ich nicht.
– Ich öle Ihnen noch die Kette, sagt er, und dann plötzlich,
was ja eh klar war:
– Es ist das Rad meiner Frau, ich trenne mich nur ungern
davon, aber sehen Sie, ich kann es auch nicht länger bei
mir behalten, gestern habe ich sogar ihr Strickzeug, ein
Pullover sollte es wohl werden, für meinen Geburtstag, erst
aufgeribbelt und dann sogar – verbrannt!
Ja, was soll ich da sagen, natürlich tut es mir leid für ihn,
obwohl ich vom Tod, wenn auch nur sehr indirekt, aber
durch das Fahrrad ja nun doch profitiere, also so gesehen.

Ich möchte weg. Eigentlich sollte ich noch versuchen, den Preis runterzuhandeln, das gehört sich so bei Kleinanzeigengeschäften, 20 Mark runter kann man immer, aber jetzt mit diesem Opa feilschen, das halte ich nicht aus.

– Ja, sagt er, sie war eine gute Frau, sehen Sie dieses Fahrrad, das hat sie 5 Jahre gehabt, und es ist wie neu, wie neu ist es.

Immer wieder murmelt der Greis das "wie neu", und ich will weg und sage nur:

– Jaja, wie neu, und drücke ihm die Scheine (wie neu, die Scheine) in die Hand, abgezählt, nun nimm schon, Opa, er nimmt sie und steckt sie sich irgendwohin, wahrscheinlich dahin, wo er vorher die Ölkanne hergezaubert hat, keine Ahnung, will ich gar nicht wissen, fahre los, werde schneller.

– Halt! ruft er, die Luftpumpe!

Und da rufe ich bloß:

– Ach, die Luftpumpe ist egal, und er dreht sich um und wankt ins Haus, und ich fahre fast in eine Lottoannahmestelle rein. Die ist aber geschlossen. So ein Glück aber auch. Sonst hätte ich gleich Bier gekauft. Ich fahre nach Hause und gucke in den Schaufenstern verstohlen meine Beine an, sehen schlank aus, wie auch ich im Ganzen auf dem Fahrrad, es fährt sich gut, es fährt mich gut, das ist großartig, die Oma ist mir jetzt schon egal. Hauptsache, die Pfunde purzeln. Abends versuche ich einen Witz, ich rufe eine Freundin in London an und sage ihr: "Die Pfunde purzeln!" Sie solle sich auf den Euro freuen. Sie lacht nicht. Wie auch, es war ja nur der Anrufbeantworter dran. Außerdem ist "Freundin" übertrieben, aber wir mochten uns mal gerne, und das war, bevor sie nach London zog. Ich finde es weiterhin chic zu behaupten: Ich habe eine Freundin in London. Die Freuden des dicken Mannes. Ich will gerne sterben. Ich benehme mich wie ein 12jähriger. Nur nicht ganz so cool.

# Headshrinker

Irgendwann helfen auch Jalousien und Kopfschmerzen nicht mehr. Es ist zumeist ein banaler Schlüsselreiz, der einen sonntags dann doch aus dem Bett hievt: Man hat Durst oder das Gegenteil davon, oder man hat Hunger, oder es hat sowieso alles keinen Zweck mehr, selbst wenn man noch mal einschlafen kann, erholt das kein bißchen. Oder das Telefon klingelt, und nach langem Hin- und Herüberlegen hastet man doch zum Apparat – kommt natürlich zu spät, aber dann hat man also das Bett verlassen, und da macht es auch kaum Spaß zurückzukehren. Dann ist der Sonntag da. Da darf man nicht liegenbleiben, egal, wie erledigt man ist, denn der Sonntag will irgendwas von dir. Der Sonntag schreit geradezu nach der "Erledigung" von "Liegengebliebenem".

Doch am besten schreit man zurück und tut was anderes. Aus Western-Filmen weiß man ja, daß "erledigen" auch immer töten bedeuten kann, und die Liegengebliebenen sind ohnehin erledigt. Mit diesem wenig stabilen Ausredenkonstrukt steht man da, meist unter der Dusche. Kopf und Wasser rauschen. Und es ist wirklich wie im Western: Sonntags alleine aufwachen macht dich zum Cowboy, und deshalb nix wie raus aus der Wohnung, raus in die Prärie, unter die Leute. Wichtig aber: unter Leute, die man nicht kennt und nicht kennenlernen wird. Sei allein am Sonntag. Ist besser so. In der Regel haben die vorabendlichen Amüsiertätigkeiten Übermut und Energie auf kümmerliche Restbestände zurechtgestutzt, so daß euphorische Luftsprünge an Sonntagen eher die Ausnahme bilden; es sei denn, man hat sich neu verliebt, aber das passiert ja nun auch nicht alle Tage. Mir schon gar nicht.

Genug geredet hat man allemal, wahrscheinlich auch wieder zuviel getrunken. Eigentlich ist man stolz auf jede Bewegung, jeden Gedanken. Der Grundgedanke ist: Ich kann nicht mehr. Und dann denkt man auch jedesmal, wie dumm das im Grunde ist, montags immer ganz erschöpft zu sein. Es ist gar nicht so abwegig, Menschen mit Kassettenrecordern zu vergleichen: Sonntags funktionieren zumeist weder Wiedergabe noch Aufnahme – und dann drückt man halt "Pause". Das beste wäre, man könnte vorspulen. Und dann schleicht man durch den drögen Tag und spult bestenfalls zurück: So war das und deshalb so nicht und die sah aber gut aus. Wie gesagt, man ist allein.

Ganz gut ist es dann, sich in einer Stadt mit mehr als 100.000 Einwohnern Richtung Hauptbahnhof aufzumachen. Dort herrscht gerade am Sonntag ein außerordentlich reger Betrieb, man muß nicht direkt teilnehmen, aber wird doch durch Energiefelder oder was auch immer in einer Art auf die Welt zurückgeholt; was gut und unabdingbar ist. Kleinstadtbahnhöfe aber sind zu meiden, sonst bringt man sich vor lauter Imbißtristesse noch um oder verprügelt einen Hund, was zwar in englischen Slackerfilmen immer recht in Ordnung, ja sogar phantastisch cool wirkt. Aber die Wirklichkeit sieht natürlich ganz anders aus. Auch das ist so eine Sonntags-Grunderkenntnis.

In Großstadthauptbahnhöfen ist es sonntags recht wirklich und trotzdem erträglich. Dort kann man allen möglichen Menschentypen beim Überleben zusehen, alles Menschennötige kaufen, und man muß dabei nicht sprechen. Darauf sind Hauptbahnhofsmitarbeiter eingestellt! Man kann die *Bild am Sonntag* lesen und sich freuen, daß dort auf der "Pop-Seite" wieder einmal eine neue Platte gelobt wurde, weil sie "von gefühlvollen Balladen bis zu kraftvollen Uptempo-Rockern alles" beinhalte; und solche Schlichtheit erfreut, welch schmaler Kosmos: von Balladen bis Uptempo-Rocker. Weiter muß man sonntags keineswegs denken, bedenklich aber natürlich, daß dies ja während der Woche geschrieben wurde. Aber nicht dein Problem, nicht am Sonntag.

Dann gibt es in jedem guten Großstadthauptbahnhof einen Bereich, der Menschen zu einem ihrer scheußlichsten Rituale verführt: dem öffentlichen Essen. Die Menschen sind oft in Eile, und deshalb tropft und schlabbert ihr Essen, und ständig wischen sie mit Papierservietten an sich rum. In Hamburg heißt dieser Bereich "Schlemmermeile", und ähnlich wie beim Schlager-Grand-Prix hat hier eine jede Nation Platz und Gelegenheit, sich zu präsentieren. Und so unbegreiflich und unerträglich die Liedbeiträge bei diesem Wettbewerb oft sind, so erstaunen auch Personal und Eßwaren in der Schlemmermeile gesammelt durch Abwegigkeit.

Doch das macht dem Sonntagsmenschen nichts aus, schließlich wird man satt und dadurch sowieso nachsichtig, und man kann Menschen beobachten, die man sonst niemals sieht, und kann ihnen zuhören, wie sie über Musicals debattieren. Fußball ist dann auch mal ein Thema, wann denn auch nicht. Einige übriggebliebene Schlachtenbummler sind auch meist da, sehr betrunken und latent aggressiv, weil ihr Verein wohl verloren hat, stehen sie da mit ihren Fahnen und einer Fahne. Hamburg ist nicht gut zu seinen Fußballanhängern. Aber zu seinen anderen Sonntagsmenschen. Wenn die dann aufgegessen und dem debil dauergrinsenden Personal grundgütig ein paar lausige Pfennige zurückgelassen haben, wird noch irgendwas Dickmachendes "auf die Faust" mitgenommen, und beim Schaufensterangucken, Blumen- und Zeitungskaufen essen die Menschen dann eben weiter. Sie hören eigentlich nie auf zu essen.

Dringend erforderlich zum sonntäglichen Halbglück in solch einem Hauptbahnhof sind auch ganz und gar schlecht sortierte Plattenläden. Dort kann man den Menschen zugucken, wie sie die schaurigen deutschen Charts ermöglichen. Schön ist es, Pärchen bei Diskussionen zu belauschen: Oft will ER eine Maxi-CD von irgendeinem VIVA-Geplansche kaufen, und dann hakt SIE sich bei ihm ein und mahnt, ihn leicht hin und herschaukelnd:

– Die haben wir doch schon auf dem und dem Sampler!

Daraufhin stellt er die Maxi zurück, nicht ohne vorher aber noch irgendwas von "anderen Versionen" gemurmelt zu haben. Oft kaufen solche Pärchen dann nur Videoleerkassetten. Ich kaufe, da es dort ohnehin nichts aktuell Aufregendes gibt, immer irgendeine CD, die ich früher gerne gehört habe, aber nur auf Vinyl oder Kassette besitze. Dann kann ich, wieder zu Hause angekommen, nostalgisch sein, wozu ja der Sonntag ohnehin einlädt. Die alten Platten helfen dabei. Ebenfalls stark empfehlenswert ist der Besuch eines nicht minder unsäglichen Buchladens im gewöhnlichen Großstadthauptbahnhof. Zwar muß man dort, obwohl man WIRKLICH darüber stolpert, nicht Hera Lind, Rosamunde Pilcher oder Küchen-, Garten- oder Lebens-Ratgeberbücher kaufen – dort gibt es manchmal auch tatsächlich notwendige Ratgeberbücher von Oscar Wilde oder so. Doch will man am Sonntag ja trashen, und deshalb kauft man lieber ein Buttermandelhörnchen und liest wieder in der *Bild am Sonntag*.

Die neben der Pop-Seite erbaulichste und am stärkten redundante Rubrik ist die Kolumne von Nachrichtensprecher Peter Hahne. Dort steht wacker Woche um Woche, wie menschlich man sein kann und sogar muß. An einem Sonntag, an dem man allenfalls mit halber Kraft vorauseilt, ist dies erheiternd und gerade noch auszuhalten. Montags würde man Peter Hahne wohl erschießen wollen. Doch sonntags ist man friedfertig, weil kaputt. Vielleicht kauft man auch noch Obst und Wasser, weil man ja nun endlich mal gesund leben möchte, und es ist einem scheißegal, daß eine Kiwi statt der 25 Pfennig im Supermarkt hier nun 95 Pfennig kostet. Im Supermarkt ist man selbst bei minimalen Preiserhöhungen nicht davor gefeit, Mitmenschen bei peniblem Nachgerechne beiwohnen zu müssen, doch im Hauptbahnhof am Sonntag hören alle auf zu rechnen und grinsen und schütten ihre Portemonnaies aus. Sonntags weiß man nicht, was einen schon montags wieder plagen wird; man weiß kaum etwas, nicht, WOFÜR man am gestrigen Abend all das Geld ausgegeben hat, und nicht mal, wie genau man Portemonnaie schreibt.

Dann kann man nach Hause gehen. Das – übrigens sehr schöne, wenn nicht gar *kosmetische!* – Licht der Bahnhofspassage läßt man hinter sich. Und der Sonntag ist überstanden. Denn ab ungefähr der Lindenstraße kann man durch Telefonieren und Lesen ja wieder mit der Zeit umgehen. Vorher aber muß man den anderen beim Leben zugesehen haben. Dann fällt mir mein Gewicht wieder ein, panisch greife ich mir an den Bauch, ziehe ihn dabei reflexartig ein, aber so leicht lasse ich mich auch wieder nicht täuschen, da gibt es noch eine Menge zu tun und nicht zu essen. Ich ziehe mir ein altes T-Shirt an und die Schuhe und abgeschnittene Jeans, hoffe, niemanden zu treffen, und hetze am Fluß entlang. Lauter Hunde sind unterwegs, sogar solche mit vier Beinen, ich habe Angst vor Hunden, hatte ich immer schon. Viele bleiben kurz stehen und rennen dann hinter mir her, reiben sich an meinen Beinen. Ich sterbe fast vor Angst, zucke zusammen. Aber laufe weiter, bloß nicht stehenbleiben. Einer dieser Rentner, die immer ein halbes geschnittenes Vollkornbrot in der Hand haben und einen Knirps-Regenschirm unter den Arm geklemmt, guckt mich aufmunternd an und ruft:

– Hopp Hopp!

Das ist ja nun das Allerletzte. Weiter. Da ist ein Bootsanleger, eklige Mirgeht'sgut-Fressen sitzen in ihren kleinkarierten Hemden da und trinken irgendwelche Schorlen, und reden tun sie auch bloß Schorle, von allem ein bißchen, nichts richtig, dünner als Pisse und dreckiger als Wasser. Aber sie haben Frauen dabei, jeder eine, ziemlich genau. Und sie freuen sich, keine Ahnung worüber. Wahrscheinlich, daß alles so gut klappt, der Beruf, die – oha! – Geschäfte, das mit der Eigentumswohnung, der Grillabend bei Beatrix und André, die Steuererklärung, die Liebe. Alles in Butter. Ich glaube, sie machen Witze über mich. Ich hoffe, keine guten. Wieder zu Hause habe ich nicht mal Hunger, das ist gut, nur Durstdurstdurst, habe noch Eiswürfel, verreibe sie auf dem Körper, mein Bauch kommt mir noch dicker vor als vorher, wahrscheinlich, denke ich, rutscht alles in die Mitte beim Laufen, ganz klar. Wollen wir's hoffen. Vielleicht kaufe ich mir eine Waage. Der Anrufbeantworter blinkt nicht, ich müßte ihn gar nicht anstellen. Niemand ruft an, und selbst wenn – SIE gewiß nicht.

Es ist natürlich müßig, im Rahmen des großen Katzenjammers Stilfragen zu diskutieren. Es ist ja immer dieselbe Leier: Das Faktische, das Schlußaus kann man nicht wegreden, aber WIE sie das gemacht hat und daß sie sich jetzt GAR NICHT MEHR meldet und meine Briefe nicht beantwortet, sogar schon den Telefonhörer auflegte, bevor ich es tun konnte – das ist natürlich überhaupt nicht einzusehen. Oder doch? Als gäbe es die saubere Methode und den für alle Beteiligten kommoden Weg, das gegenseitige Einvernehmen.

Ein Fußballtrainer wird entlassen. Und dann beschwert er sich hinterher, daß ihn die lokalen Medien und das Präsidium und einzelne Spieler gemobbt haben. Recht geben wir ihm, dem Armen, die fiese Mafia, so was aber auch. Daß er scheiße trainiert hat oder was auch immer, daß jedenfalls was passieren mußte und man nie eine Mannschaft, immer nur den Trainer rauswerfen kann und irgend jemanden halt rauswerfen mußte, damit alle wieder ein bißchen ruhig sind, das vergessen wir. Und jetzt beschwert sich der Trainer über den brutalen Rauswurf, während die Verbleibenden über das Schmutzige-Wäsche-Waschen klagen. Das finden sie jetzt gar nicht o. k. Daß die Wäsche schmutzig ist, bestreitet niemand. Aber daß sie gewaschen wird, vor aller Leute Augen, das ist nicht in Ordnung. Das ist Verrat. So haben alle Gründe genug, sich weiter ungut zu verhalten.

Ich werde sie jetzt auch nicht mehr belästigen, sie wird schon sehen, was sie davon hat, gestern wieder mal ein finales Gespräch, schlimm war das, hätte alles keinen Zweck, sie würde mich ja lieben, eigentlich, aber nun sei eben alles danebengegangen, und ich (!) solle es ihr (!) doch BITTE nicht so schwer machen. Jaja. Jedenfalls ist da nun DOCH ein anderer, aha.

– Aber wirklich erst, *nachdem* schon Schluß war, ehrlich!

Es ist egal, und es ist auch völlig klar – der Übergang war fließend. Natürlich ist unsere Beziehung nun nicht zum ersten Mal zu Ende. Aber wohl zum letzten Mal, das spürt man ja. Es gibt strategische Beendigungsrituale, da weiß man gleich, alles klar, das dient bloß der Durchsetzung bestimmter Interessen, aber nach ein paar Tagen wird unter großem emotionalem Gelärme der Betrieb wieder aufgenommen, die Lügen schwellen wieder an, und für kurze Zeit macht sogar der Sex wieder Spaß, es ist aufregend und erfüllend, und so gesehen hat alles Sinn und Zweck, völlig klar.

Natürlich unternehme ich allerlei Murks, um die Realität umzubiegen, aber nützen wird es nix, allein – ich kann nicht anders. Wie habe ich sie monatelang gehaßt und fortgewünscht, doch standen in meiner Vorstellung bei der schmerzhaften und kräftezehrenden, mäandernden Endeausphase Aufwand und effektives Wohler-Ergehen in keinerlei Verhältnis, sonst wäre alles längst vorbei, und ich würde mich jetzt nicht grämen. Ich hätte dafür viel Zeit veranschlagt – sie dagegen macht es klüger, sie macht gar nichts. Das Schlimmste ist wohl, daß nicht ich das Licht ausmachen durfte – das allein suggeriert mir doch, daß überhaupt noch eins brannte. Und mit jedem Tag der Verklärung wird es heller und somit zum Monatsende ungefähr in Neonhelligkeit erstrahlen, und dann sitze ich da im Schatten, und gut wird es mir nicht gehen. Ich gehe frühstücken, führe überhaupt keinen Haushalt mehr, nix mehr im Kühlschrank, nicht mal Bier, das kommt mir auch nicht mehr ins Haus, eine Flasche hat mehr Kalorien als eine Scheibe Brot, und wenn man sich da abends sinnlos einen Laib in den Leib schüttet, muß einen die zunehmende Wölbung kaum wundern. Also kein Bier mehr. Etwas in Alutütchen portionierter Kleinbürgercappuccino ist noch da, mit Amarettogeschmack, na herrlich. Nachts, wenn der Durst kommt, kriegt er von mir Leitungswasser, das in Blumenvasen und Biergläsern lose im Raum verteilt ist. Ich habe nie gekocht, aber wenn Katharina kam, dann nahm ich das immer zum Anlaß, den Kühlschrank zu füllen, auf daß wir es uns lecker machen konnten daheim und mehr im Bett sein konnten und uns nicht ständig mit der Nahrungssuche aufhalten mußten. Eine gute Strategie. Aber nun nicht länger vonnöten, ich weiß genau, daß sie dieses Bett nicht mehr betreten/belegen wird. Na schön. Ich gehe in das Schwulencafé, da schmeckt es am besten, und manchmal kommen sogar Frauen, die keine Lesben sind. Ansonsten haben die Schwulen inzwischen begriffen, daß ich hier nur Nahrung gegen Geld will, sonst gar nix, ein bißchen Zeitunglesen noch und etwas Geselligkeit, die nicht in Konversation zu münden droht, zu keiner Zeit, einfach nur schönes, manchmal etwas zu schnattriges Hintergrundgesumme, das

braucht man manchmal. Ich mag die Schwulen und ihr Café ganz gerne – sie hören immer so hysterische, bedeutungsvolle Musik (schön Pet Shop Boys oder Sinatra oder Marianne Rosenberg, irgendwelche donnernd prätentiöse Marschklassik oder Liza Minelli), malen ausladend mit ihrem Eßwerkzeug in der Luft rum und reden über alles, was von eigentlicher Bedeutung ist: Sex, Liebe, Kleidung, Frisuren und Gewicht. Niemals gibt es Streit über gesellschaftliche oder gar politische Themen, das ist denen egal, ihr kleiner Kosmos ist doch viel zu aufregend, und gestern hat Eddie den Karl im Darkroom gesehen und danach wieder mit Frau und Kindern, also der hat vielleicht rote Öhrchen gekriegt. Jaja. Rote Öhrchen. Ein paar Existentialisten sitzen auch immer da mit Rollis und Büchern, doch im Verlauf ihrer Kaffee-Einnahme vergessen sie umzublättern. Heute ist auch ein komisches Heteropärchen da, offenbar in Unkenntnis der geschlechtlichen Ausrichtung des Publikums, und es ist schön, wie ihnen langsam all die AIDS-Schleifchen und geschminkten Münder, die Kondolenzlisten und Kondomfotos die Erkenntnis aufzubürden scheinen, daß hier nun gerade nicht der wahrscheinlich eh unselige Fortbestand der Menschheit vorangetrieben wird. Sie erschrekken, nachdem sie die Indizien langsam zusammengepuzzelt haben, und dann, nach kurzem Kikerikie schnellen sie aufrecht in Positur und denken:
– Ach ja, Toleranz, oho, und werden arschfreundlich und gucken mitleidig bis zoolüstern umher. Zum Glück fragt der Junge nicht, ob er mal einen echten Schwulen anfassen darf, denn das würde der echte Schwule ihm garantiert nicht verbieten, und dann aber puh. Jedenfalls beeilen sie sich jetzt, einen Diskurs anzuzetteln, der möglichst diametral vom dargebotenen Monogeschlechtlichsein davonstrebt. Sie reden wie im Sozialkundeunterricht. Im Feuilleton der *Süddeutschen Zeitung* wird gerade in loser Regelmäßig-

keit eine Debatte darüber abgehalten, WAS eigentlich deutsch sei. Das ereifert die beiden nun. Diese ganze Diskussion sei "verlogen und neofaschistisch". Aha. Es würde auch "alles schöngeredet". Die Bundeswehr. Es folgt ein so kurzknapper wie vollkommen kenntnisfreier Exkurs zur Fragestellung, ob denn nun eine Berufsarmee von Vorteil sei oder nicht. Nachdem dies in seiner Verworrenheit bemerkenswerte Geplänkel ("Ich meine, einerseits wäre das schon ein korrekter Ansatz, andererseits darfst du halt auch nicht vergessen, wie das Ganze historisch verankert ist, also, da sind wir natürlich auch vorbelastet, wobei ich halt auch finde, daß man da" usw. usf.) sogar den beiden irgendwann Mißbehagen zu bereiten scheint, schnell zurück ins Abstrakte, Unverfängliche, ja, was ist denn deutsch? Und jetzt haben sie's, ich kann rhythmisch mitklatschen, zielgerade enden sie in dem Standard-Lösungssatz auf eigentlich alle Fragestellungen, und sie sind stolz, denn das ist so schön nonkonform, wenn man alles hinterfragt:

– Im Grunde ist das Allerdeutscheste ja die Fragestellung selbst, das ist ja das Dilemma!

Das ist nun aber mal wieder ein Weitwurf, da sind sie aber zufrieden. Sie guckt begeistert und wiegt den Kopf, damit der Ohrring baumelt vielleicht, zum Nachdenken jedenfalls nicht, wie sie postwendend belegt:

– Nee, haste recht, klar, klingt erst abgedreht, aber ist ja logisch, hammermäßig.

Absolut. Ich würde gerne noch das Wort "faschomäßig" hören, aber ich muß los. Ich weiß gar nicht wohin, aber das fällt mir erst draußen auf. Wohl einfach nur weg.

# Cigarettes & Alcohol

Abends ist eine Party, und es ist ja so, daß eigentlich nie Parties sind. Zumindest in meinem Leben äußerst selten. Wer sollte einen auch einladen? Natürlich gibt es allerlei halboffizielle Anlässe, dauernd eigentlich, aber sind das Parties? Heute abend nun IST eine Party. Ich hole Alf ab, und dann gehen wir zusammen zu dieser Party, also PARTY ist auch hier zunächst nicht das richtige Wort, wir sind die ersten und wissen nichts zu sagen. Die Gastgeber sind zehn Jahre älter als wir und haben gerade eine frische Wohnung bezogen. Die geht über 2 Etagen, und überall Stahl und Glas und Werbespotambiente. Natürlich ein großer Edward Hopper im Flur. Und Charlie Chaplin auf dem Gästeklo. Das Paar (wissen auch nichts zu sagen) ist vollkommen übertrieben glücklich, und – völlig klar! – ein Kind haben sie auch, und das darf sogar noch wach bleiben, weil es nachher ja Pizza gibt für alle, und da wollen wir heute mal eine Ausnahme machen. Wir geben unseren Wein ab und sagen, daß wir später wiederkommen, wichtiger Termin noch und die ganze Scheiße, und zack sitzen wir wieder bei Alf. Er mixt uns einen Martini-Cocktail und spielt erwachsen. Seine Wohnung ist darauf vorbereitet, mit jedem verrückten Quadratzentimeter darauf präpariert, nachts volltrunken mit einer Frau heimzukommen. Am nächsten Morgen darf sie dann französische Zeitschriften entdecken und leger drapierte großartige moderne Platten überall und eine lustige Lampe und hippe Sessel und einen ganz famosen Spiegel, in der Küche Barbie-Nudeln und im Bad irgendeinen Krieg der Sterne-Mist. Und wo liegt sie denn da, oho in einem Himmelbett… Ja, so. Aber ich glaube, Alf kommt auch meistens allein nach Hause, wozu der ganze Tand also. Er wird es irgendwann auch feststellen, einstweilen kriege ich halt einen Cocktail und tue ihm den Gefallen und sage "Wow!" oder so. Es schmeckt mir überhaupt nicht, ich mag das Zeug nicht, finde Flaschenbier, anständigen Wein oder Wodka auch viel leckerer und nicht weniger chic, aber wem sag ich das. Ich bin der Gast, halte die Schnauze und sehe zu, daß ich mich halbwegs amüsiere. Nachdem ich seinen Akademieschnöselelektrodreck eine Weile angehört und mehrmals ergeben "cool" gezischt habe, ist nun Zeit für die großen Hymnen, ich bin ein wenig angetrunken, und da müssen Gitarren ran, alte schöne Platten, erst mal die Pixies, Breeders, Ramones, L7, Charlatans, und da hinten liegt sogar Carter USM, der Abend ist erst mal gerettet, später werde ich auch die 2-Etagenfeier überleben, da bin ich ganz sicher. Ich will es mir gutgehen lassen. Ich hoffe, das merkt keiner. Oberflächliche Freundschaften können einem das Leben retten. Man darf das aber nicht dankbar vorbringen im Suff, das ist lächerlich. Wir trinken weiter, jetzt, da die Gitarren einmal lärmen, ist es wohl auch o. k., wenn ich den Zahnstocherscheiß stehen lasse und Bier trinke. Wir hören "Dogs of Lust", und alles scheint gut. Im natürlich schwarz-weiß (die 80er!) gekachelten Flur steht ein Mountainbike und ein Skateboard. Ich kann mir beide im Zusammenhang mit Alf nicht erklären, aber sonst wohnt hier keiner, ist also nur wieder für Besuch zum oha denken. Unfaßbar, was die Leute so alles auftürmen, um ein aufregendes Leben zu simulieren. Ich gucke an mir runter und merke, daß ich – wenn ich allein wäre – auch ganz anders angezogen wäre: Das ist ungefähr dasselbe, und es entlastet Alf. Ich werde mild. Gleich soll sogar "eine Freundin" kommen, vielleicht, wahrscheinlich, sagt Alf. Er geht ins Badezimmer. Kommt wieder raus, riecht jetzt sehr gut, sie kommt wohl wirklich, ich suche die neue CD von den Manic Street Preachers, er hat sie, das weiß ich. Jeder sollte sie haben. Da ist sie, und da ist auch das Mädchen, wo ist mein Bier – Reizüberflutung. Ich setze mich hin und muß schon wieder aufstehen, es ist so ein Mädchen, das immerzu küssen möchte; zum Hallosagen, zum Süßfinden und zum Weißichnicht. Dauernd Kuß rechtslinksundnochmal. Ich finde das gehörig albern, aber warum nicht, bin ja betrunken und einsam, und sie sieht zweifellos grandios aus. Die Welt plötzlich auch, ich höre ihr (der Dame) ein bißchen zu, sie redet einfach so los, und dann in einem durch, ohne Pause, ist mir ganz recht, erst mal zur Ruhe kommen, dann wird alles ganz klar, wie immer gen Ende der ersten Rauschphase. Es gibt drei Sorten Mensch.

Die einen machen viel zuviel falsch und sind deshalb völlig indiskutabel. Sie sind in der Mehrheit, eindeutig, sie umzingeln dich allerorten, meistens kann man nichts machen. Man wundert sich, woher man das so genau weiß, woher die Sicherheit, daß nicht doch man selbst alles falsch und die alles richtig machen, schließlich können die sich immer auf eine ziemliche Masse beziehen. Aber es nützt nichts. Sie taugen nichts und reden nur dumm daher und haben falsches Zeug an und setzen völlig falsche Schwerpunkte, plagen sich mit komplett uninteressantem Scheiß herum. Das ist so. Das sind die einen. Die anderen machen viele Fehler *nicht*. Sie wirken sympathisch, mit ihnen ist Kontakt nicht ausgeschlossen, kommt manchmal zustande und hält selten, aber doch immer mal wieder, was er versprach, und es ist so ganz o. k. mit diesen Leuten. Ihre Fehler sind evident, jedoch niemals in der Überzahl (diese Leute natürlich auch nicht!). Und dann sind da noch ganz wenige, die nicht nur manches *nicht falsch*, sondern vieles, man ist versucht zu denken: ALLES!! richtig machen. Man ist da nicht knauserig, weil man die Distanz nicht hat, mag sein, daß da Fehler sind, aber wenn dann – wo? Und die ist so eine. Man, ist die großartig. Sieht sehr prima aus und redet schlau daher, so scheint es, und jetzt pfeffert sie ihre Tasche in die Ecke, eine Unterhose und Penatencreme purzeln raus, das ist natürlich wild und super (und Kalkül, muß man annehmen, aber bitte! Und: danke!), und sie fragt nach Bier und dreht die Musik: lauter. Das gibt es gar nicht. Sie singt mit. Sie kennt "Everything Must Go", die neue von den Manic Street Preachers. Lang ist die noch nicht draußen. Und sie singt nicht (wie Jungs es allzuoft tun) ausschließlich, um irgendwas zu zeigen, Kompetenz und Ausschluß der doofen Masse, neinnein, sie mag die Musik und summt und singt, dabei redet sie und trinkt und macht den obersten Hosenknopf auf, sie ist großartig. Dann holt sie ein bißchen Koks raus, und das ist so beruhigend und aufregend zugleich – she's kaputt, too! Und sieht aber trotzdem super aus, das macht Mut. Es geht noch drunter! Und drüber sowieso. Es ist phantastisch. Wir kippen hintereinander hintenüber, und dann brabbeln wir und schniefen, und die Welt klang lange nicht so gut. Ich singe, weiß nicht, ob leise oder laut:

You could wait for a lifetime
To spend your days in the sunshine
You might as well do the white line
Cos when it comes on top …
You gotta make it happen!

Ich denke nicht an Katharina, weder rachsüchtig noch sehnsüchtig, ich denke einfach NICHT an sie, ich denke lauter anderes Zeug. War klar, daß das nur ein Mädchen bewirken kann. *So ein* Mädchen. Dann kann ich ja wieder aufhören mit dem Sport. Es endet aber natürlich leider auch wieder bloß alles im Inferno.

Aber erst mal machen wir it happen. Wir gehen noch mal auf die Party, da bin ich dabei aber nicht zugegen, ich kriege nichts mit, bin mit mir selbst beschäftigt, der Rausch hebt alles an, auch die Sicht, ich sehe nur noch Wolken. Dazwischen in Watte Menschen, irgendwelche Konversation, ich glaube, ich bin zu laut oder so, jedenfalls ist es wohl peinlich, aber nicht mir, nur denen, und bald sind wir da raus, wir drei, und mit dem Taxi geht es ins Vergnügungsviertel. In einem Keller kaufen wir mehr Zeug, lassen uns betrügen, klar, Menge und Qualität stimmen nicht ansatzweise, dafür höllenteuer, aber was willst du machen. Dann stehen wir in einer Lagerhalle, irgendeine Ausstellungseröffnung mitten in der Nacht, die Leute denken wohl: nun aber mal Kultur, wir sind der Untergrund, wir sind kreativ, wir sind der Gegenentwurf. Ein Dreck sind sie. Aber es ist ganz nett, mit irgendeiner Frau rede ich über Bier, wir tanzen ein bißchen, ich schwitze sehr, aber tanzen geht ganz gut heute abend, wir lachen, und dann ist sie weg, ich trinke Cola, wir sitzen auf irgendeiner Autorückbank und hauen uns den Rest rein. Den Rest vom Fest, es ist mehr die Illusion, die uns vorantreibt, faktisch ist das Milchpulver, Babypuder oder so, keine Ahnung. Dann gehen wir noch durch die Bars, wie viele es sind, weiß ich nicht, es muß auch schon spät sein, kann nicht auf die Uhr gucken, Zeit – was ist das. Was das ist, merke ich später. Wir sitzen zu dritt in einem Auto, ich frage nicht, wem es gehört. Die beiden fangen an, sich zu küssen, und ich sitze blöde da, auf der Rückbank eines 2-Türers. Kann nicht raus. Beiße auf einer Zitrone rum, habe mein Glas mit rausgenommen, sie haben keinen Anstand, ich leide, ich will küssen, darf aber nicht, sie reibt ihre Hose an ihm, am Sitz, an allem, ich habe einen Ständer. Daran reibt keiner. Ich auch nicht, das wäre ja das Allerletzte. Ich gucke raus, gelbe Straßenlaternen wie in Belgien oder bei Fotoshootings. Man sieht gut aus in dem Licht. Vorhin besorgte mich noch ein Pickel, der tat weh, der war groß, ich mußte ihn dauernd angucken, dachte, jeder würde mich immer bloß als Anhang dieses

Pickels sehen, jetzt spüre ich ihn nicht mehr. Gucke in den Rückspiegel, das gelbe Licht balsamiert die Ansicht, es sieht ebenmäßig aus, keine Ahnung, wo der Pickel ist, wenn ich ihn jetzt suche mit den Fingern, habe ich verloren. Da ist er. Ist noch da. Die beiden küssen und denken an, naja, woran wohl, an meinen Pickel sicher nicht. Dann hören sie plötzlich auf, entschuldigen sich. Bei mir. Das ist dann der Untergang. Ich sage, ich hole was zu trinken. Ich renne los, winke einem weiteren Taxi (wieder viel zu teuer der Abend). Zu Hause schreibe ich irgendwas an das Mädchen von eben. Ich schreibe, daß ich sie sehr liebe. Ihren Namen weiß ich auch noch. Ich versuche zu schlafen. Geht nicht. Onanieren auch nicht, kommt nichts, bemühe mich stundenlang, so kommt's mir vor, mir kommt's nicht. Irgendwann bin ich eingeschlafen. Dann, nicht viel später, stehe ich auf und lese entsetzt den Quatsch durch, da stehen so Wendungen drin wie "vollkommene Liebe" und "niemals für möglich gehaltene Offenbarung" oder "von einem anderen Planeten". Ich zerknülle dieses unselige Geleier und bin froh, daß ich keine e-mails verschicken kann. Das Korrektiv der Verzögerung ist wichtig. Noch mal eine Nacht drüber schlafen oder einen Tag. Aber mit wem? Naja, immerhin hat sie ja laut die Manics gesungen, auch und gerade "A Design For Life", das war also von vornherein klar (ihr!):

We don't talk about love
We only want to get drunk

Ich gehe frühstücken und dann in die Kunsthalle. Ich interessiere mich überhaupt nicht für Kunst. Ich gehe durch die Hallen, die Schrittgeräusche werden auf Nimmerwiederhören geschluckt vom Gemurmel der, ach die sind das, *Bildungsbürger*. Sie sehen alle sympathisch aus. Ich gehe aufs Klo. Das Klo ist sehr schön. Marmor. Ich muß aber gar nicht, gar nichts. Und dann denke ich wieder an Katharina. Zum ersten Mal seit 20 Stunden oder länger noch. Neuer Rekord. Ich verabrede mich mit Martin zum Abendessen. Danach denke ich wieder an meinen Bauch. Es geht alles immer weiter. Man kann gar nichts dagegen machen. Ich glaube, das beruhigt mich. Dann gehe ich noch für 10 Mark Auto fahren in der Spielhalle. Das macht Spaß. Einmal werde ich sogar erster. Im Ziel springen Bikini-Girls mit wackelnden Brüsten und Champagner und einem Pokal um mein Auto herum. Meine Figur wirft immer die Arme in die Luft. Er kann sich noch freuen. Die Bild-Auflösung, das fällt mir jetzt erst auf, da die Damen hüpfen und ich genau hinsehe, ist ziemlich schlecht. Die Damen haben Würfel-Titten. Ist ja nur ein Spiel.

# (I Got) The Fever

In 10 Tagen hat Katharina Geburtstag. Wir haben seit 3 Wochen nichts mehr voneinander gehört. Ich habe durchgehalten. Was mache ich zu ihrem Geburtstag? Wie ärgerlich, daß nicht ich zuerst Geburtstag habe, so muß ich mich also nun irgendwie verhalten, und wie ich es auch mache, es sieht alles unsouverän aus, auch das Ignorieren. Fuck. Es ist ja am Ende einer Liebe so wie bei "Wetten daß?" – du kannst dich auf bestimmte Eckpfeiler einfach verlassen: Auch in 20 Jahren noch werden Bands bei "Wetten daß?" inmitten von rauchenden Autowracks stehen, deren Blinker noch funktionieren, oft sogar wischt auch der Scheibenwischer unmotiviert herum. Dazu die niemals gute Musik. Und ebenso werden sich noch in 100 Jahren Menschen sagen, daß man doch *befreundet* bleiben kann. Muß! Einen Scheiß muß man. Was schenke ich ihr?

Es ist ja das Allerletzte, daß man sich mit genau den Dingen gedanklich am meisten beschäftigt, die man aktiv am wenigsten betreibt. Ich will abnehmen und denke beim Essen daran. Und danach. Und beim Biertrinken. Meine vage Hoffnung: Wenn ich mich wieder dauerhaft und konsequent sportlich betätige, denke ich währenddessen vielleicht an die schwindenden Kilos und wachsenden Muskeln, drumherum aber kann ich vielleicht auch mal wieder irgendeinen Gedanken fassen, der nicht irgendwann in dieser Frage mündet.

Man übertreibt es dann ja gleich immer. Ich gehe jetzt also jeden Tag joggen, zweimal die Woche schwimmen, esse nur noch zweimal am Tag, keine Süßigkeiten mehr, trinke kein Bier mehr. Alles klar. In meiner Phantasie. Alle Hemden werden wieder reingesteckt in die erst schlabbernde, später zu ändernde Hose. Das Dumme ist: Ich glaube mir.

Ich meide Aufzüge und mache den ganzen Terror mit, den die Frauenzeitschriften aussäen.

Ich bin unglücklich. Ich stehe vor dem Spiegel, strecke den Bauch raus und lege das Kinn so auf die Brust, daß ich auch garantiert mindestens der mit den drei Kinnen bin. Sind sogar vier. Wenn mich jemand in den Arm nimmt, das passiert ja trotz allem noch manchmal, rein freundschaftlich, zucke ich zusammen und spanne die Muskeln an. Naja, was heißt Muskeln. Jede Mahlzeit ist von Selbsthaß begleitet. Es ist natürlich paranoid, sagt David. Andere seien viel dicker und eigentlich alles Koketterie. Er versteht nichts. Das mit Katharina versteht er ganz gut:

– Hat sie das überhaupt verdient? fragt er mich. Diese Frage hat sich mir gar nicht vorgestellt. Guten Tag, liebe Frage, mein Name ist Vollidiot, und jetzt hör mal gut zu: Ungefähr 3 ganze Tage habe ich damit zugebracht, Katharina ein schönes Geburtstagspaket zu packen. 20 Geschenke in einen Karton. Weil sie ja 20 wird. Jedes einzelne mit Liebe ausgesucht und durchdacht. Und keine Forderung damit verbunden, zumindest keine direkt formulierte. Nicht mal eine weinerliche Grußkarte, nix mit "Schade, daß wir uns an diesem Tag nicht sehen können". Ich werde es auch nicht als Vorwand nutzen, sie erneut heimzusuchen. Ich werde ihr das Paket einfach schicken, da kann sie dann gar nichts machen, und die Zeit zum Auspacken wird sie sich wohl nehmen, sind ja auch richtiggehend *Sachwerte* drin oder wie man das nennen will. Es wird sie freuen. Sie ist die Schönste, die Beste, das wird mir immer klarer. Wenigstens höre ich auf, dauernd aufzulisten, WANN die Beziehung WORAN scheiterte, und WIE das WANN von mir hätte erkannt und verhindert werden können. DAS ist vorbei, nicht aber die Liebe, die wächst wohl jeden Tag. Naja, das Paket. Mühe und Geld hat es mich gekostet, vielviel – doch wer will nachrechnen, wenn Liebe im Spiel ist? David

will, David kann. Das sei alles vergebene Liebesmüh, aufwachen solle ich und zu mir kommen, jawohl zu MIR, und weg von ihr, das sei ja alles obsolet, könne ich vergessen, das sei Nachgelaufe und im Grunde lächerlich, rührend natürlich, aber mal ganz ehrlich:
– Willst du rührend sein?
Das will ich ganz bestimmt nicht. Aber nie ist man ja so, wie man sein will. Also bin ich wohl rührend im Moment. Nicht schüttelnd. Außerdem, fällt mir dabei ein, pisse ich, seit sie weg ist, immer ins Waschbecken, das habe ich früher nicht gemacht.

In der Stadt passiert mir nur schreckliches Zeug. Zweimal schon lief ich an Frauen vorbei, die nach Katharina rochen. Man, habe ich mich da erschrocken. Ist ja nur Parfum, aber ich habe gleich wieder den ganzen Ärger, denke den ganzen Tag bloß an sie, wie gut sie roch. Gerüche sind so wahnsinnig assoziationsbeladen, zum Glück bin ich nicht blind, dann wäre das noch schlimmer. Leider bin ich auch nicht taub.
– Du siehst gut aus.
– Das ist wegen dem Make-up.
– Nee, aber trotzdem, das sieht ja auch nicht immer gut aus.
– Du siehst aber auch anders aus, was hast du denn mit deinen Haaren gemacht?
So sprechen die Frauen vor mir im Bus. Ich fahre Bus, ich hasse Busfahren, aber ich kann mir keine Taxen mehr leisten, und es ist zu kalt zum Fahrradfahren. Der Bus stinkt, die Luft ist feucht, die Fenster beschlagen, Kinder malen mit den Fingern verunglückte Figuren und schreiben, wer nun alles doof ist. Würde ich da mal anfangen mitzuschreiben, da würde der Bus gar nicht ausreichen. Obwohl es ein Gelenkbus ist, ein sehr langer. Die Menschen sitzen da

drin, und es macht ihnen alles nichts mehr aus. Sie steigen irgendwo ein und dann wieder aus. Sie drücken die "HALT"-Knöpfchen, ächzend flappen die Türen auf, und die Leute gehen raus, und wenn mal ein Stau ist, kommen sie eben etwas später. Dann müssen sie noch was besorgen und dann nach Hause und am nächsten Tag wieder dasselbe. Ich finde es unglaublich, wie ruhig sie alle noch sind. Verunsichert zwar, das schon. Mir kommt es vor, als seien sie einfach froh, wenn das alles bald vorbei ist. Nichts macht mehr Spaß. Man bezahlt einfach, niemand fährt mehr schwarz, das ist ihnen doch egal. Und dann stehen sie da, obwohl noch etliche Sitzplätze frei sind, und atmen einander griesgrämig ein, die Plastiktüten schneiden sich in die Hände, der Blick ist trostlos, wie der ganze Rest, draußen regnet es sowieso meistens, und wenn nicht, dann nicht. Sie wollen alle nur noch durchkommen. Von außen sieht ein Bus immer lustig aus. So viele Menschen und kein Geräusch. Wie ein Aquarium. Blubb. Vor kurzem haben sie Zeitungsautomaten im Bus montiert. Aber niemanden habe ich da je eine Zeitung ziehen sehen. Die Leute fahren ja nicht zum Vergnügen Bus. Bald werden sie die Automaten wieder abmontieren und es woanders probieren. Der Busfahrer ist wie immer ein Sadist – er fährt so ruckartig, daß alle ständig durch die Gegend kippen. Es beschwert sich aber niemand. Dann steigt ein Vollidiot ein. Genauer: noch einer. Ich schätze mal: Theologe, eine fette Frau mit unrasierten Beinen, mindestens zwei ungewaschene Kinder. Natürlich mit einem Trekking-Rad, mit dem man mühelos die Taiga durchqueren könnte, aber er muß damit natürlich durch die Stadt fahren (Helm auf, ist klar!) und uns allen zeigen, daß es auch ohne Auto geht. Warum er dann allerdings mit seinem Fahrrad in den Bus steigt, ist mir nicht ganz klar. Wahrscheinlich, damit die Einkäufe nicht naß werden. Denn natürlich hat er eingekauft, die Frau liegt wahrscheinlich schon wieder schwanger auf dem Sofa, hat keine Lust auf Sex und riecht nach Gemüserülps. Für die nächsten Rülpse ist gesorgt, der Fahrradkorb hinten ist voll mit lauter Frischundgesund. Einkaufen gehen heißt für diese Menschen immer nur: Fressen ranschaffen, und zwar möglichst günstig oder aber möglichst verträglich für Mama Erde und für die Familie, dann gerne auch teurer, was muß, das muß. Vorne ist natürlich auch noch ein Fahrradkorb, denn das ist bei so Idiotenfahrrädern so, damit man Babys und Fressen in je großer Menge transportieren kann. Vorne ist heute ein Zwölferträger Klopapier drin. Hakle Kamille. Lecker.

Er setzt sich neben mich. Es sind noch mindestens 10 Einzelbänke frei, aber natürlich muß er irgend jemandem auf die Pelle rücken, weil Menschen ja zusammenhalten müssen und es keine Fremden gibt, man muß sich angrinsen und "Huch, 'tschuldigung" japsen, wenn man sich berührt. Er guckt so beseelt, daß es eigentlich schon eine Unverschämtheit ist. Warum bloß? Wäre ich Christoph Schlingensief, würde ich ihn jetzt anschreien:

– Wir haben 6 Millionen Arbeitslose, hören Sie auf zu grinsen.

Ich hoffe, daß Christoph Schlingensief nicht allzuoft gesagt kriegt, wie großartig er ist. Damit er's bleibt.

Der Typ grinst weiter. Grinsgrins. Seine Helly Hansen-Jacke hat ungefähr 50 Taschen und wahrscheinlich auch noch einen integrierten Fallschirm, für alle Fälle. Sein Bart ist nicht besonders ehrgeizig konturiert. Einfach wachsen lassen, tolle Sache. Seine Hose rutscht an seinen weißen, stark behaarten Beinen hoch, obwohl er doch extra so reflektierende Neonbinden an die Hose gebunden hat. Damit die gute Cordhose nicht in die Speichen kommt und gleichzeitig die Autofahrer den wackeren Naturfreund sehen. Er schlägt eine Stadtzeitung auf, hinten, die Kleinanzeigen.

Liest er Kontaktanzeigen? Plant er etwa fremdzugehen? Irre. Nein, er liest bloß die Wohnungsanzeigen. Solche Typen suchen dauernd Wohnungen. Wahrscheinlich ist die alte zu klein und die Alte schon wieder dick, wie gesagt. Ich habe eine Wohnung. Vielleicht darf ich mal in die Kontaktanzeigen gucken? Irgendwann steige ich aus. Er biegt devot die Beine zur Seite und fragt "Geht's?", obwohl er doch sieht, daß es geht. Immer redenreden, diese Blödfressen.

Höre nachts irgendwas Lautes auf dem Anrufbeantworter, schlafe aber weiter. Wer könnte es schon sein – David aus einer Bar? Martin auf Koks? Christian mit Sensationen aus Popland (da ist er gerade)?

Am nächsten Morgen höre ich mir das Gelärme an, ist eine Frau, ist, ah ja, diese Freundin von Katharina. War ja der Geburtstag gestern, und das hört man auch, laut ist es, und betrunken ist sie, 1:39 Uhr war es, zeigt der Anrufbeantworter.

– Hallo, Süßer, also, die Katharina, die hat sich ganz doll (kicher) gefreut über dein wahnsinnig liebes (kicherkicher) Paket. (Lall) Du bist echt ein ganz Süßer. Die Katharina hat sich so gefreut. (Riesenhallo im Hintergrund). Sie hat aber jetzt gar keine Zeit mehr für dich, weißt du, du armer …

Mein Anrufbeantworter hat ihr das Wort abgeschnitten, Sprechzeit zu Ende. Gut so. Das war ja nun mal in der langen Liste der Tiefschläge ein ganz besonders schöner Eintrag. Immer drauf. Wieder alles umsonst.

# Stand By Me

Ich arbeite in einer hippen Firma, habe ich in der Zeitung gelesen. In einem Jubelporträt über den Chef dieser Ladens stand eigentlich nichts anderes, 2 Seiten lang. Die hätten ja auch mal recherchieren können. Aber nein, sie haben ihm alles geglaubt, was er immer wieder gerne, ohne rot zu werden, daherquatscht, über "Unterstützung einer musikalischen Gegenbewegung", "ein junges, engagiertes, szeneangebundenes Team" und "unkonventionelle Vertriebs- und Marketingaktionen". Wenn die "Gegenbewegung" ein fetter HipHop-Neger ist (vorbestraft wegen schwerer Körperverletzung) oder ein Technoschlager namens "Robby Roboter", oder der Richard Clayderman des Techno (Robert Miles), dann ist ja gut. Richtig ist: Wir beschäftigen uns mit der Entdeckung und Vermarktung durchaus zeitgemäßer Musik und sind, genau, wenigstens das: alle ziemlich jung. Morgens sind wir immer alle ganz ruhig und verdattert (der Vorabend! die Szene! haha!), und dann wird konferiert und gesabbelt und telephoniert und übertrieben – und es wird immer lauter. Am frühen Abend sind alle wieder bei Laune und Kräften, und oftmals geht die Arbeit direkt über in etwas, das sich auch noch bemüht, zumindest Job-assoziiert zu wirken, aber nichts anderes ist als laute Musik und laute Menschen und lauter ungesunde Sachen. Das macht Spaß. Man muß sich um nichts mehr kümmern. Zu Hause sieht es grotesk verwüstet aus, aber das ist zu ertragen, zumal ich ja nie dort bin. Ich habe zu keinem Zeitpunkt das Gefühl, einer Arbeit nachzugehen, dabei sitze ich jeden Tag viele Stunden am Computer und muß umherreisen und so tun, als hätte ich eine Idee. Ganz viele Ideen! Es ist nichts anderes als eine Wohngemeinschaft mit einem durchgedrehten Seitenscheitel an der

Spitze, der sich für Bill Gates hält und dem das Geldverdienen irgendwann die Lust am Sex geraubt hat. Anders ist seine Geilheit auf Erfolg und hiernoch'nmarkt und da noch'nenische nicht zu erklären. Am besten sind die zahlreichen Goldverleihungen. Wenn irgendein Arschgesicht von einem infantilen Stückchen Technoscheiße 250.000 Stück an wahllos zuschnappende Blödis verkauft hat, wird sich selbst gefeiert, daß es nur so kracht. Die meist sehr fetten Produzenten stehen da mit ihren Interpreten-Dummerchen und freuen sich, daß sie jetzt noch mehr Geld für häßliche Autos, Goldketten und Sweatshirts haben. Weil man das nüchtern nicht erträgt, sind alle schon gegen 9 Uhr volltrunken, und dann kommt das Büffet, und wieder ist ein Abend rum.

Wir können unseren Job alle nicht. Und wenn wir es mit den durchweg 20 Jahre älteren, 40 Kilo schwereren Vertriebsmenschen zu tun haben, knallen die gegenseitigen Kompetenzanzweiflungen schallernd durch den Raum; aber so lange es insgesamt erstaunlich gut läuft, ist tatsächlicher Krieg überhaupt nicht sinnvoll, sind unsere kleinen, eher rituellen Scharmützel nichts weiter als Brunftgeschrei und Versuche gegen die Langeweile. Trotzdem, gelernt haben wir nichts, zumindest nicht dies. Natürlich gibt es einige Hühnchen, die den seriösen Weg beschritten haben und konzernintern ausgebildet und später wieder- und weiterverwertet werden. Die wissen auch komplizierte Dinge auf dem Computer zu lösen oder wie das nun funktioniert, wenn man eine Katalognummer braucht oder ganz schnell ganz viele Weißpressungen für DJs oder mal eine ganz aufwendige Verpackung für ein neuerliches Hitprojekt. Das wissen die, das können die. Sonst wissen die nix. Aber für diesen kurzen Moment lang können sie sich überlegen fühlen. Über uns Amateure. Sie sind die Profis, wir die Idioten, aber wir sind in der Überzahl, und so verkehrt sich das Machtverhältnis, das ist ja immer so.

Natürlich kann ich auch ohne Katharina leben. Oder? Ich tue das nun immerhin schon drei Monate. Denke dabei dauernd an sie, zählt das dann auch? Zwischendurch geht es mir gut. Ich befeuere dieses tapfere Ist-ja-auch-besser-so mit dem Lesen alter Briefe, aus schlimmer Zeit wohlgemerkt. All dieser Druck, das Unverständnis, dieses "Wir müssen uns öfter sehen!" und "Irgendwas ist anders geworden", das zerrte an mir. Das ist jetzt weg, freu dich, Junge! Freue mich aber kaum. Ihre Schrift zu lesen, heißt ihr Gesicht zu sehen, und dann ist es ohnehin wieder zu spät. Heute habe ich mir im Second Hand-Laden einen Anzug gekauft. Ich hasse Second Hand-Läden, aber ich liebe Anzüge. Daß ich diesen Satz mal würde sagen wollen und können – ich liebe Anzüge. Das klingt wie: Im Herbst ist Sylt sehr schön. Naja. Anzüge sind einfach das perfekte Kleidungsstück, alles ergibt sich, das Hemd, die Schuhe, sogar der Mantel, Schluß mit langem Kombinationsherumgedenke, die Hose, die Jacke, alles klar, vielleicht sogar eine Weste, und schon ist man gepanzert, und so soll es sein. Second Hand-Sachen riechen immer muffig, aber neue Anzüge kann ich nicht bezahlen derzeit. Weil ich mir so viele Anzüge gekauft habe.

In der Innentasche des Jacketts fand ich eine Einladung zu einem Leichenschmaus und eine Quittung. Quittiert wird ein Abendessen bei einem offenbar teuren Italiener. 330 Mark, und die Quittung ist von 1984. Der Anzug ist beige, die Hose zu weit, das ist ein gutes Zeichen. Ich lasse sie vorerst nicht ändern, ich werde ja noch viel dünner! Bald.

Heute nacht bin ich aufgewacht, weil ich mich im Schlaf auf die Fernbedienung gelegt hatte. Es war noch gar nicht spät. Günter Jauch fragte auf RTL ein operiertes Kind aus dem Sudan oder so:

– Wie gefällt dir deine neue Nase?

Günter Jauch ist eine unmoralische Sau, glaubt aber, sehr

einfühlsam zu sein, und spricht dabei wie mit einem Bekloppten oder einer alten Oma. Das Kind ist aufgeregt und
sieht aus wie ein Baukastenfehlschuß, da paßt nix zusammen, aber die Nase, die findet es selbst auch gut. Das Publikum klatscht, hat wohl auch gespendet, keine Ahnung.
Selten wurde ich unsanfter geweckt. Jetzt kann ich nicht
schlafen und finde doch nur wieder mal die Welt und alles
verkommen. Weil es jetzt auch egal ist, rufe ich bei Katharina an, und sie ist sofort dran, und dann wird geschwie-
gen. Es gibt nichts mehr zu sagen. Ich gehe ins Badezimmer und versuche zu kotzen. Es geht nicht, ganz rein, den
Finger, das kann ich nicht, das tut weh. Ich lege mich in die
Dusche, mit angewinkelten Beinen geht das gerade so.
Der Duschvorhang glitscht trüb auf mir rum, sieht aus wie
ein Leichentuch. Ich habe keine Badewanne, das Bad hat
nicht mal ein Fenster. Meine Wohnungen werden immer
besser, die Badezimmer aber immer kleiner, tatsächlich. In
der WG, in der ich wohnte, nachdem ich mein Elternhaus
verlassen hatte, paßte sogar noch eine Waschmaschine ins
Bad, und eine Wanne natürlich auch. Wir waren dort zu
fünft, und entweder haben sich alle gehaßt oder alle nur
mich, das weiß ich bis heute nicht. Ich habe nie mit ihnen
gekocht und gespielt und ferngesehen, nie geputzt und
nie eingekauft. Ich ging in diesem Haus nur pissen (im Sitzen) und habe dort geschlafen und gelesen, mehr wollte
ich von dieser Heimstatt, die bloß Schlafstatt war, nicht.
Nach 3 Monaten bin ich rausgeflogen, meinen Umzug
habe ich mit einem Einkaufswagen gemacht, keiner hat mir
geholfen. Katharina hatte mich in der WG zweimal besucht.
Sie hat gefragt, ob man eigentlich auch mal schreien dürfe
beim Sex, da hab ich gesagt:
– Ja gerne.
Kurz danach schon wummerte es an der Tür. Katharina
sagte, eine WG hätte sie sich aber anders vorgestellt in so

einer Großstadt. Ich auch. Jetzt wohne ich allein. Als ich hier einzog, war der Duschvorhang noch ziemlich weiß.

– Die Wirklichkeit jedoch sieht ganz anders aus.

– Trügerisches Idyll.

Diese beiden Ausrufe läuten in nahezu jedem boulevardesken Magazinbericht im deutschen Fernsehen die Rubrik "grausam, unglaublich, eklig, unmenschlich, das gibt's doch gar nicht" ein. Wir sehen zunächst in Zeitlupe turnende Mädchen von beachtlicher Grazie. Doch die Realität sieht anders aus – Schwenk auf ein Krankenhaus, ein Labor, ein weinendes Kind. In dem Büro, in dem ich anschaffen gehe, könnte man auch so einen Film drehen, das ginge ohne weiteres. Man sieht lauter junge, straffe, modern gekleidete junge Menschen umherhüpfen, darunter spricht ein Rasierschaumwerbungsmann:

– Diese jungen Leute bereiten den Boden für Rekordumsätze in der Dancemusik. Dank ihrer Kreativität, ihrer unkonventionellen Herangehensweise und ihrer Hingabe starten jeden Monat Hitprojekte durch und gelangen an die Spitze der Hitparaden. Schöne, schnelle, laute Welt. Alle haben gute Laune.

!Doch die Realität sieht anders aus!

Schwenk auf mich. Schwank von mir:

– Erstens machen meine Projekte allesamt keinen Umsatz, zweitens bin ich nicht gutgelaunt, und drittens trügt das Idyll. Punkt. Die furchtbar ungebildete Alles-aufschreib-Tante, mit der ich in einem Raum sitze, wird jeden Tag fetter. Es gibt umsonst Schokolade hier, in Massen, und um ihr schlechtes Gewissen zu beruhigen, reicht sie eine neuangebrochene Tafel immer erst mal rum, so als wolle sie *uns* etwas Gutes tun. Mehrmals am Tag. Wenn jemand anruft, sagt sie:

– Ich grüße Sie!
Oder "dich" vielmehr, denn natürlich trägt zwar das Idyll,
aber generell geduzt wird sich schon, das wenigstens
stimmt. Wenn jemand im Urlaub war, weiß sie das genau
und fragt dann am ersten Arbeitstag den Heimkehrer:
– Und, wie war's?
In die ersten Antworttöne fällt sie ein mit:
– Ach, schön!
Denn Urlaub ist für sie das Allergrößte, also am besten
wäre das ganze Jahr Urlaub – Jahresurlaub. Von mir aus
kann sie meinen "Resturlaub" haben. Jeden Montag kauft
sie Blumen und stellt die doch tatsächlich in dieses völlig
verdreckte, chaotische Zimmer. Ihre Ecke wenigstens ist
aufgeräumt, es sieht aus wie bei Hans-Jochen Vogel auf'm
Sofa. Aber in meiner Ecke quillt alles über, wie zu Hause,
und wenn sie mal mahnend und scheinbar im Scherz fragt:
– Sieht es bei dir zu Hause auch so aus?
bleibt mir nur zu sagen:
– Ja!
Den ganzen Terror, der von ihr ausgeht, halte ich noch maxi-
mal einen Monat aus. Wenn ich morgens deutlich nach 10
ins Büro komme, sagt sie bösartig: "Mahlzeit". Was die Sache indessen ganz gut trifft, denn sie ißt ja schon wieder. Neben ihr steht ein Radio, das quäkt die ganze Zeit. Egal, was
passiert, das Radio plärrt. Nie kommt da ein schönes Lied
raus. Wie Leute so Musik hören können, werde ich nie begreifen: Es ist zu laut zum ganz Ignorieren, und zu leise, um
überhaupt Musik sein zu können. Es ist nur Geräusch, und
wenn man mal hinhört, ist es immer "Madness" oder irgendein Proll-HipHop von dicken Jungs in Daunenjacken, die
mehrheitlich hochdramatisch Hilfe von Gott beantragen,
wenn ich das richtig verstehe. Man darf das Radio auch nicht
ausstellen, sonst wird sie laut und böse. Mittags frißt sie in
der Kantine lauter eklige Beilagenscheiße, in der Zeit kann

man dableiben und wenigstens dann mal das Radio austreten. Schön ist das. Hungrig zwar, aber in Frieden gelassen. Es ist 14 Uhr, und ich sitze allein im Büro. Die Tante ist fressen. Das Telefon klingelt, und bevor ich launig reinsummen kann, sehe ich die Nummer auf dem, jaja, *Display*. Es ist IHRE Nummer. Das ist Katharina, verdammt, was nun? Ihre Eltern, da wohnt sie ja noch, das Küken, die Liebe, jedenfalls haben diese unfaßbar gräßlichen Eltern irgendeinen Betrieb, nicht sehr akademisch, was mit Autos undsoweiter, jedenfalls haben sie auch so ein ISDN-Telefon, und deshalb sieht man die Nummer. Und das ist sie nun. Verdammt. Ich trete das Radio wieder an, endlich könnte es mal was nützen, da läuft aber gerade Sprache, sind Nachrichten oder Verkehr oder gar, ja genau, Radio-Comedy, die Hämorrhoiden des Hörfunks, das auch noch, drehe zum anderen Sender, das gibt Ärger nachher, egal jetzt, da Musik, das sind die Spice Girls, so ein Glück, ich liebe nämlich die Spice Girls und auch Katharina, jetzt hat aber das Telefon schon aufgehört zu läuten. So ein Dreck. Ich trinke Eistee. Den gibt es hier auch umsonst. Hier ist alles umsonst, auch die Bemühungen, irgendwas Intelligentes zu tun. Bald werden sie mich rauswerfen, egal, bis dahin Prost auf den Dreck, der nun mal soviel Geld bringt, weil die Menschen da draußen sich ja offenbar alles andrehen lassen, wenn man nur lange und laut genug dreht. Der Eistee beruhigt und erfrischt, denn der Schweißausbruch eben, der war echt, jaja. Und jetzt rufe ich zurück, ich darf, sie hat angefangen damit, wiederangefangen, seit 14:05 Uhr wird zurückgerufen!
– Du hattest angerufen, ich war gerade in einer Besprechung, das ist aber eine schöne Überraschung, wie geht's, wie steht's?
Im Radio jetzt schon wieder Sprache, da kann man nichts machen.
– Ihr hört da ja laut Radio.

– Äh, das ist im Nebenzimmer, ich könnte mich dabei nicht konzentrieren.

– Ach so.

Sie ist betrunken. Heute war die letzte Prüfung, alles bestanden, alles super, Abitur in der Tasche, jetzt fängt noch das wochenlange Gezelte und Gesaufe und Querdurchdengartengepaare an, dann müssen die ersten zum Bund, die letzten fahren Essen zu Alten oder wischen irgendwas ab, die Mädchen gehen für zwei Monate nach Paris, und überhaupt fahren alle noch mal zusammen für eine Woche nach Amsterdam oder nach Dänemark, zum Zelten, sie bemalen sich T-Shirts, hören saudoofe "Crossovermusik" (so Dog Eat Dog und Rage Against The Machine, dieses irrelevante Zeltplatzgelärme eben) auf einem überaus unkultivierten tragbaren *Soundwürfel* oder so und glauben, diese Reise würde nun der Höhepunkt des nicht für möglich gehaltenen Gemeinschaftsgefühls, dann aber zerstreiten sie sich vor Ort unrettbar, schon am zweiten Tag, nachts vielmehr, und dann werden sie auseinandergehen und sich schämen für diese herbeigetrunkene Kumpanei, und dann wird alles wieder normal. Könnte ich ihr ja gleich sagen, sie an meiner Erfahrung knabbern lassen und gleich zu mir einladen, da hat sie's besser; aber solche Deckelung und Besserwisserei kommt nie gut an, statt dessen rede ich irgendwas von Gratulation und Freiheit und toller Leistung. Sie ist ganz gackerig und sektig, raucht, das tut sie sonst nie, am Tag zumindest nicht, vermißt habe sie mich, und zwar *sehr*, soso, einfach so dahin sagt sie das, bis ihr auffällt, was sie da anrichtet, und schon wird sie wieder distanzierter und will auflegen. Meinetwegen. Bis bald dann mal. Heißt: Ruf mich nicht mehr an (sie) und bis morgen, Schatz, ich komme, ich habe zwischen den Zeilen, zwischen den Rülpsern gehört, du willst mich und zwar wieder und zwar schnell (ich).

Und dann kommt die dicke Tante wieder rein und hat sich sogar auf dem Weg von der Kantine hierher noch ein Schokoladenbrötchen reingeschoben, Krümel auf dem T-Shirt, igitt, und jetzt gibt es Ärger wegen des Senderverstellens:
– Finger weg von meinem Radio!
Irgendwann schmeiße ich es aus dem Fenster, das Telefon gleich hinterher, das Telefon ist gefährlich für Verlassene, es macht alles noch schlimmer.
Heute werde ich nichts mehr essen, morgen fahre ich zu ihr und bin fit und geistreich, und dann wäre es doch gelacht, wenn nicht. Am Morgen gehe ich sogar noch in die Sauna. Danach hat man ja immer ganz weiche Haut und ist entschlackt und so weiter. Als ob es darauf ankäme. Vielleicht kommt ja Günter Jauch mit, und der kann dann ein für allemal klären: Wie gefällt dir seine neue Figur?
Der Zug, der mich zu ihr bringt, ist zwar langsam, aber dafür ziemlich modern inneneingerichtet. Sieht aus wie im Kinderzimmer einer Pädagogenfamilie: lauter Pastellfarben und Vorhang hier und Spiegel da und lauter Streifen. Ist alles sehr sauber. Ich lese, versuche es, aber blättere nicht ein einziges Mal um, ich begreife nicht, was da steht. Dann ziehe ich mich im Abteil zweimal um. Einmal stehe ich da gerade ohne Hemd, und eine Kontrolltante kommt rein und sagt:
– Uiuiuiui, Strip oder was?
Am Bahnhof schon überkommt mich trotz allem eine solch immense Vorfreude, beinahe glaube ich, alles könnte sich wieder finden. Mit dem Taxi zu ihr, sie öffnet die Tür, zum Glück nicht die Eltern, aber die sind natürlich auch da. Katharina hat nur eine Unterhose an und ein T-Shirt (von mir!) und sagt:
– Wußte ich's doch!
Schön, wenn man soviel Freude auslösen kann. Scheiße. Sie hat mich in der Hand, das ist unwürdig, es wird alles nichts, das ist klar, also IHR ist das klar. Ihr Vater sitzt da in

seinem schrecklichen Kaufhauspullover und guckt mich ungläubig an. Als hätten wir nie zusammen gefrühstückt, der
Arsch.

– Was macht er denn nun wieder hier?

Sagt er, einfach so, natürlich zu ihr, nicht zu mir, mich gibt
es ja formal nicht mehr. Das nun immerhin ist Katharina
sehr peinlich, und mir erst, und ab in ihr Zimmer. Sie hat
noch einen Kater von gestern und lag im Bett, hat aber das
Taxi gehört, und wer sonst sollte das sein. Auf dem Boden
liegt ein Herrenpullover, den ich nicht kenne, oder aber so:
der nicht meiner ist. Im Schrank steht aber kein Liebhaber,
der nicht ich bin, immerhin, doch kontrollieren mußte ich
das natürlich. Ab jetzt ist alles, was ich tue, ein weiteres ein-
leuchtendes Gegenargument gegen eine gemeinsame Zukunft. Ich habe Champagner mitgebracht, ja wirklich. 40
Mark. Zur Feier des Tages, ich bin ein verdammter Idiot. Sie
will nur schlafen (allein natürlich). Wenn sie das schon
riecht. Ich dachte, wenn sie was getrunken hat, ist es vielleicht leichter. Sie nimmt einen Schluck. Bah. Mag sie nicht.
Ich trinke die Flasche allein aus und lege mich zu ihr. Das ist
jetzt fast schon sexuelle Nötigung, würde ich sagen. Egal.
Wir liegen da, und irgendwann holt sie was zu essen, und
wir diskutieren ein bißchen, und es hat ja doch alles keinen
Zweck. Ich ziehe den Restbauch ein.

– Du hast ja abgenommen, kommt das vom Laufen?

Das habe ich dummer Gockel ihr natürlich am Telefon stolz
erzählt, so aber ist es nun vollkommen peinlich.

– Abgenommen, ich? Wirklich, ist mir gar nicht aufgefallen.
Kann aber sein.

Ich weiß nicht weiter. Ich fange an, sie zu küssen, sie macht
mit, ein bißchen, es wird gemütlich, kann man so sagen.
Ich knie über ihr, und es ist schon eigentlich sehr angenehm, das können wir ja gut – wenn man mit einer neuen
Frau zu solcher Konkretion vordringt, wird das zwar gerne

als "aufregend" bezeichnet, tatsächlich aber ist es immer schwierig und heikel und selten ein Vergnügen und eigentlich nie: ein großer Erfolg. Aber nach all dem Training, all den Jahren, sitzt hier jeder Handgriff, das ist nicht Routine und langweilig, das ist einfach großartig. Ich vergesse sogar, den Bauch einzuziehen, das ist ein so gutes Zeichen, es wäre natürlich auch ein bißchen schwierig in dieser Körperhaltung, naja, ihre Hände machen schöne Dinge und tasten sich vor dahin, wo es dann später vielleicht drauf ankommt, und nun kommt es mir aber doch komisch vor: Sie tastet und fühlt, das ist keine Stimulation oder so, das ist ein Check-up, ein Vergleich wohl gar, noch allzugut hat sie in Erinnerung, wie SEINER in ihrer Hand lag (gestern? VORHIN?), und nun will sie das mal direkt vergleichen. Das stehe ich dann also mal im Wortsinn nicht durch. Muß ich auch gar nicht, denn plötzlich – ich meine, daß es so was wirklich gibt! – dreht sie den Kopf weg, schiebt mich von sich runter und sagt theatralisch:

– Ich kann nicht.

Ich könnte schon, sage aber, das bin ich dem Klischee schuldig:

– Verstehe ich.

– Bist du jetzt sauer/nein, warum denn/bist du wohl/ach Quatsch –

Dieses ganze zähflüssige Geseier nun noch. Nachts versuche ich es mit Weinen. Sie schläft aber weiter, schläft endlich mal, wahrscheinlich zum ersten Mal seit Wochen wieder länger als 5 Stunden und schon vor Mitternacht und nicht obwohl, sondern WEIL ein Mann neben ihr liegt, und zwar speziell dieser – ich. Ich werfe mich umher, so heißt das wohl, suhle mich im Laken, ist viel zu warm, viel zu unwürdig das alles. Bin müde. Aber jetzt schlafen, das ginge nicht, das wäre so vertan – es wird die letzte Nacht neben ihr, das spüre ich, also wenn nicht noch was passiert. Es passiert nichts mehr. Morgens um 5 mache ich Licht und packe mein Zeug, und sie schläft weiter. Ich packe alles noch mal aus und wieder ein, diesmal lauter, irgendwann blinzelt sie und fragt, was denn los sei, und ich sage diesmal, diesmal sage ich es, nicht sie:

– Ich gehe weg, ich kann nicht mehr.

Es stimmt sogar beinahe. Das geht aber nicht, sie hält mich auf. Wie ich es geplant hatte. Eine andere Begründung hätte ich mir allerdings gewünscht als diese:

– Dann wachen meine Eltern auf, geh bitte erst später.

Später gehe ich. Sie fährt mich zum Bahnhof, ich fühle mich wie ein abgeschobener Asylbewerber. Muß jetzt wieder ins Krisengebiet, wo ich verfolgt werde, und zwar von meiner Vergangenheit, die hat noch eine Rechnung offen, die steckt mich sofort in Beugehaft, wenn ich da ankomme, Hilfe. Ich weine noch mal, klappt inzwischen auf Zuruf. Sie sagt:

– Armer Schatz.

Sie will nichts mehr ändern, nichts mehr überlegen, die Sache ist gegessen, der Fall klar, die Kuh vom Eis, Ende der Durchsage. Sie wartet nicht mal mehr den Zug ab, sonst müsse sie auch noch weinen, lautet ihre vorerst mal letzte Heuchelei, die vielleicht gemeinste. Dann kommt der Zug, und ich werfe mich nicht davor, weil ich feige bin. War das nun die Frau, um die es geht? Dieses Monster? Ist wie Lindenstraßengucken nach langer diesbezüglicher Enthaltsamkeit: Die Fressen sind dieselben, aber sie haben alle ein neues Leben, eine neue Krankheit, einen neuen Partner, neue Probleme, neue Obsessionen, eine neue Sprache. Man begreift nichts mehr. Bald wird es mit uns beiden dann so sein wie mit den täglichen Vorabendserien – wenn man da mal ein paar Wochen verpaßt hat, kennt man nicht mal mehr die Fressen. Da wieder reinzukommen, ist völlig utopisch.

# Be Here Now

Jetzt bin ich wieder zu Hause, wenn das das Zuhause ist – da, wo ich wohne. Meine Eltern sagen: Du warst lange nicht zu Hause. Damit meinen sie die Stadt, in der sie leben, in der ich lebte, früher. Mit "wie zu Hause" meinen die Leute: vertraut, angenehm, zum Bleiben einladend. Wenn mir jemand sagt, ich solle mich doch bitte wie zu Hause fühlen, weiß ich nicht weiter. Am Bahnhof bin ich vielleicht zu Hause, da habe ich immer so ein Gefühl: ach ja, genau. So sieht es aus. Die Männer mit den Zeitungen, mit den Rosen, die Junkies, die dicken Frauen von der Brötchentheke. Aber da kann man nicht bleiben. Ich gehe in die Stadt. Das war früher der Unterschied, in seligen Schulzeiten: Die, die in die Stadt *fuhren*, waren die armen Würstchen, die Buskinder, die Nahverkehrsopfer. Sie beklagten ständig mangelnde Mobilität. Und am Wochenende mußten sie Fahrgemeinschaften bilden oder von den Eltern viel zu früh und viel zu genau kontrolliert abgeholt werden. Wenn nachmittags noch unterrichtet wurde oder Sportqual auf dem Plan stand, mußten sie in depressionenfördernden sogenannten Aufenthaltsräumen herumsitzen, Brötchen essen, sich immergleiche Geschichten und Witze erzählen, aus Langeweile ein Paar werden. Diese Schüler waren es auch, die während dieser verlorenen Mittagsstunden alles, was ihnen zwischen die Finger kam, mit schwarzen Filzstiften vollsauten. Der Hausmeister haßte sie. Manchmal lauerte er ihnen auf, widerstandslos rieben sie dann ihre armseligen Poeme und Schlagwörter mit Pinselreiniger oder anderen hochgiftigen Substanzen fort. Das waren die Indiestadtfahrer. Die Indiestadtgeher hatten es immer besser.

Gut, ich GEHE also in die Stadt. Es gibt eigentlich nur zwei

Möglichkeiten: Entweder ich achte jetzt, da ich mich selbst dem völligen Beklopptsein unaufhaltsam nähere, verstärkt darauf, oder es ist einfach so eine Tendenz und die Leute werden WIRKLICH immer verrückter. Ich meine nicht die Normalverrückten, die immer nur böse grummelnd Kaufhäuser leerkaufen und frikadellenessend durch die Fußgängerzonen schleichen. Die fallen überhaupt nicht mehr auf, vielleicht nur noch positiv, da von ihnen keine unmittelbare Gefahr ausgeht. Man ist ja so froh, wenn einen die Leute wenigstens in Ruhe lassen. Aber ständig wachsend und überhaupt nicht mehr ignorierbar ist die Zahl der richtig und komplett, unwiderruflich Verrückten: alte Menschen, die einfach laut schreiend an Häuserecken stehen, stundenlang, und – dafür oder dagegen, was auch immer – von hilflosen Flaneuren Kleingeld zugeworfen kriegen. Es ist ein ganz normaler Tag, ich gehe die Straße lang und notiere einfach mal der Reihenfolge nach:
– Eine Oma auf einem Tretroller in nichts als Strumpfhosen und Nerzmantel
– Ein sehr tragischer Opernsänger, der das Münzgeld, das die Leute ihm hinwerfen, zornig fortschleudert, dabei die Darbietung jedoch keineswegs unterbricht
– Irgend jemand malt alle Werbeplakate in der Stadt mit vollkommen verschimmelten Politweisheiten und Sponti-Kalendersprüchen voll. Ein Plakat der Firma WEST wird unter Einbeziehung des Firmen-Logos wie folgt komplettiert: "Der WEST-Block braucht die UNO nicht/Die USA sind das Weltgericht"
– Eine völlig verwahrloste Jesustante, die immer schreit "Das Wichtigste, JESUS! Das Wichtigste" und auf Bauch und Rücken ein Transparent mit wirren Zeichen spazierenträgt
– Zwei Typen – garantiert Studenten – in riesigen Paprikahüllen aus Plastik, die einem Chips aufdrängen

– Ein zerfurchter Wandersmann mit Gitarre (der sitzt da jeden Tag), der NIE ein anderes Lied spielt als immer bloß "All Along The Watchtower", und das weder ganz noch richtig, er kann nur den Anfang vom Refrain, und den kann ja sogar ich fast, ohne je eine Gitarre in der Hand gehabt zu haben. Neben ihm steht eins von diesen Thermojackengirls und sagt den super Satz "Ey, schade, daß du 'Summertime' nicht kennst". Und dann fängt der Refrain auch schon wieder an

– Mädchen, vielleicht zwölf Jahre alt, die immer "Sex! Sex!" rufen, und dann an ihren schon irritierend stark entwickelten Brüsten herumarbeiten, nicht mal lachen dabei, sonst würde man es ja noch begreifen

– Ein verwester Endzwanzigjähriger mit Kopfhörer und irrem Blick, der einen Vortrag über Tee hält, den es gar nicht gebe, englischen nämlich, den gebe es nicht, nur indischen, und scheiß Kaffeefaschisten und so

– Ein älterer Herr mit McDonald's-Kaffeebecher, aus dem er Steine holt, die er Passanten hinterherwirft. Dabei ruft er: "Ich bin Fußgänger aus Ingolstadt!"

– Ein auf den ersten Blick normaler "'n paar Groschen für was zu essen"-Rufer, der allerdings (DIREKT VOR einem Supermarkt stehend!) ausgerechnet mich dann fragt, ob ich ihm aus dem Supermarkt eine Flasche Wasser (!) holen könne, er "bezahle das auch" (!!), die Sache sei eben die, er stünde da jetzt gerade so gut (!!!). Ich weiß dann immer nicht, ob ich solche Leute ganz besonders schrecklich finden soll (dreist, jawohl die Höhe und so, halt diese ganzen Passanten-Vokabeln) oder ob ich mich freuen soll über die geglückte Variation über den Satz "Ham Se mal was Kleingeld für was zu essen (oder, auch immer gerne: "für den Hund", was bei mir allerdings das denkbar ungeeignetste Argument ist, da gebe ich nie was, für den Hund, denn ich finde Hunde ganz, ganz schlimm)

– Eine Frau an der Bushaltestelle, die sich die ganze Faust in den Mund gesteckt hat und schwankend herumbrüllt. Ich glaube, sie will kotzen (das kann ich verstehen), aber es klappt nicht so ganz. Wenn sie so weitermacht, kotzen aber alle anderen gleich
– Marktforscher, die einen nicht mehr freundlich zu sich reinbitten, sondern fast abkommandieren
Dann ist mein Block voll.

Ich gehe mit einer Marktforschungsfrau mit. Wir gehen in ein Hochhaus, hier entlang, sagt sie, und im Fahrstuhl mustere ich sie erstmals, man guckt die Leute auf der Straße ja nicht mehr an, es sind ja alle so häßlich oder verrückt oder beides. Oder viel zu schön. Sie ist eine von den viel zu Schönen. Ich halte ihrem so überlegenen Blick nicht stand, fange an zu schwitzen, und dann sehe ich an ihrer engen Hose die Ränder der Unterhose durchschimmern und frage mich, wann das aufhört, vielleicht, wenn ich wieder eine Freundin habe? Ich glaube, ich werde nie wieder eine Freundin haben, und deshalb wird das auch nie aufhören. Hier entlang. Es geht um Margarine. Ich weiß auch nicht, warum ich mitgekommen bin, wahrscheinlich wegen der engen Hose, das ist die einleuchtendste Erklärung. Der obligatorische Piccolo-Sekt jedenfalls war es nicht, hoffe ich, bete ich.

Ich muß unter Aufsicht Fernsehspots angucken, ist ja kein Problem. Sie schließt irgendein Kabel an meinen Puls an. Es wird was gemessen, wahrscheinlich die Erregung, die ist aber lediglich durch die Hose der Vorführdame zu erklären, der Spot ist o.k., aber egal, natürlich ist der egal. So einfach aber ist das alles nicht, wie denn sonst so mein Buttereinkaufsverhalten sei, werde ich noch gefragt. Und ob ich rauche und ob ich Journalist sei, denn dann dürfe ich gar nicht mitmachen. Ich sage immerzu nein und dann einmal ja – als sie mich fragt, ob ich öfter an so was teilnehmen möchte. Es scheint mir wichtig, die nächste Zeit zu verplanen, wegbleiben kann ich immer noch, Hauptsache, ich habe was vor, zwingen kann mich so eine Margarinefirma im Zweifelsfall ja wohl zu nichts. Nächste Woche soll eine Gruppendiskussion stattfinden "zum Thema Internet", da wollen sie irgendwas rausfinden, da gibt es dann sogar 80 Mark. Ich werde hingehen. 80 Mark kommen auch gerade recht. Dann muß ich mal einen Tag nicht zum Automaten, ich denke, das wird meine Befindlichkeit erheblich verbessern. Ich bin naiv. Dann gehe ich wieder raus, und die Jesusfrau immerhin ist nicht mehr zu sehen, vielleicht haben sie sie abgeholt, wollen wir's mal hoffen.

Gestern haben wir telefoniert. Mit WIR meine ich weiterhin (vielleicht sollte ich das mal lassen?) Katharina und mich. Es war einmal mehr der schlimmste Terror. Natürlich habe ich sie angerufen. Und noch ist sie zu höflich, zu mitleidig, um einfach aufzulegen. Wir seufzten beide. Und das dauerte. Ich wagte nicht aufzulegen, obschon ich ja merkte, daß es überhaupt gar keinen Zweck hatte, da ist nichts mehr zu holen, wird alles nur noch schlimmer. Und dann – ich glaube einfach nicht, daß es ohne Absicht geschah – sagte sie kaltblütig:

– Ach, Stefan.

Zu mir, ganz recht. Und dann aber (denn Stefan bin ja nicht ich, Stefan scheint also ER zu sein, der Neu-ich, der ist ein Surfer, soviel weiß ich schon, das reicht ja eigentlich auch):

– Oh, Gott. Ich bin so eine blöde Kuh, so gemein. Das wirst du mir nie verzeihen können.

Und so. Damit ich sie endlich in Ruhe lasse. Es war für mich keineswegs der schlimmste Moment, neinnein, der doch nicht. Aber das Signal war klar, Männer am Abend heißen nicht mehr so wie ich, die haben nunmehr einen anderen Namen. Stefan. Ein Scheiß-Name.

– Mach keinen Scheiß! sagt sie noch, weil sie wohl glaubt,

daß man das unbedingt sagen muß. Ich drehe ein bißchen durch und sage irgendwas Hochdramatisches und lege auf, bespreche meinen Anrufbeantworter dramatisch mit:
– Ich bin weg!
und dann setze ich mich daneben und warte. Er springt an, das muß sie sein, sie muß einfach, sie ist es, sie schreit, ich soll rangehen, es ist das reinste Bauerntheater. Dann ist Ruhe. Und dann rufe ich wieder an.
– Ja, ich bin es.
– Mach so was nie wieder.
– Selber.
Wir werden uns eine Zeit nicht sprechen, das befehle ich hiermit, mir selbst, für sie ist das ohnehin klar. Ich mache mich lächerlich, ich halte es nicht mehr aus, ich habe sie nie so geliebt wie im Moment. Nicht als ich sie hatte. Reicht diese Erkenntnis, um aufzuwachen? Nein. Sie hat einen anderen. Hallo, jemand zu Hause? Sie hat einen anderen, sie ist nicht nur weg von dir, sondern auch hin zu einem anderen, das müßte doch nun zu verstehen sein, oder? Da bin ich skeptisch. Ich verhalte mich, wie sich ein verliebter, verlassener Idiot eben verhält: Ich schreibe ihr einen Brief, sechs Seiten, sieben Seiten, dann höre ich auf zu zählen. Dann nehme ich ihr eine Kassette auf. Seite eins: alte Hits, die niemanden – und sie schon gar nicht! – unberührt lassen können. Seite zwei: neue Hits, die zeigen: es geht weiter, er bleibt nicht stehen, du hast einen modernen Freund, also: EXFREUND, aber das wird schon wieder. Auch eine Art, den Abend rumzukriegen. Immerhin bin ich am nächsten Tag vernünftig genug, dieses neuerliche Unterwandern aller noch verbliebenen Stolzbarrieren nicht abzuschicken.
Mein Rücken tut weh, weil ich dauernd auf Asphalt laufe mit alten, kaputten Turnschuhen. Ich gehe in ein Sportgeschäft. Zuletzt war ich mit ungefähr 14 in so einem Geschäft. Alle anderen hier SIND ungefähr 14, wahrscheinlich auch

der Verkäufer. Der redet mit jungen Mützen-Idioten über Schuhe und Basketball, wenn ich das richtig mitkriege. Woher die alle das Geld haben. Ich stehe an der Sonderangebotswand, "Ausläufer" steht da drüber. Früher habe ich mich mal für Marken von Sportartikeln interessiert. Meine Mutter hat mitten im Laden imposante Wutausbrüche gekriegt, weil ich partout die teuren Schuhe haben wollte. Ich mußte die Differenz dann von meinem Sparkonto bezahlen, so sah es aus. Ich glaube, manche Menschen in meinem Alter haben immer noch ein Sparkonto, da gehen die ganzen Gelder aus der Verwandtschaft und das sogenannte Monatlich-zur-Seite-Gelegte drauf. Bei mir geht es anderweitig drauf. Weg damit. Nun die Schuhe, ich sehe jetzt ein, daß billige Schuhe auch o.k. sind, was heißt billig, aber 80 Mark reichen ja wohl. Da kommt das Fachpersonal, und es kann mir *weiterhelfen*, vielmehr besteht es darauf. Verdammt. Ich will ja eigentlich nur Schuhe. Wenn das mal so einfach wäre – er will mich sogar auf ein Laufband stellen. Nein, bloß das nicht. Ich schwitze so schon. Fühle mich komplett deplaziert. Weg hier. Er gibt mir einen ziemlich teuren Schuh, also deutlich mehr, als ich ausgeben wollte, kostet der. So ein Schuh müsse es aber schon sein, wenn man viel läuft. Er guckt mich beinahe mitleidig an:
– Oder viel laufen will.
Auch das noch, das war nicht fair, ich nehme den Luftpolsterscheiß, 179 Mark, und nur um nichts mehr sagen zu müssen, stecke ich auch noch das Schuhshampoo ein, das er mir "wirklich empfiehlt" – für außen und für innen, für alles eigentlich; was es für Dreck zu kaufen gibt, Geld hin und raus, endlich. Ich habe mich von einem Sportgeschäftsauszubildenden veralbern lassen. Noch schlimmer: Er meinte das ernst und ehrlich, und ich muß abnehmen. Schnell. Kein Abendbrot, kein Abendbier, traurig

ins Bett und auf Anruf gewartet. Kein Anruf, Post sowieso nicht, wer rechnet denn mit so was noch.

Rufe bei Thomas an, einem alten, ich würde mal sagen: Wegbegleiter, der ist schon über 30, und ich muß ihm nichts mehr erzählen, die Liebe und so, diesen unglaublichen Wahnsinn, den ich gerade durchlebe, den hat er hinter sich. Glaubt er. Er erzählt von einer Frau gegenüber. Das macht er immer. Er tut den ganzen Tag lang eigentlich nichts. Er macht Geschäfte, das schon, aber ich habe ihm dabei oft zugeguckt und mich immer gewundert, daß er davon leben kann. Ich würde mal sagen, er veranstaltet Konzerte und Lesungen und schiebt irgendwelche Rechte durchs Land, was weiß ich. Jedenfalls sieht sein Tag so aus: Rauchen, Kaffeetrinken und Lesen. Dann fängt am Nachmittag das Telefon an zu klingeln, und ab dem späten Nachmittag geht er auch ran. Am frühen Abend fängt er selbst an zu telefonieren. Irgendwie ist sein Konto immer im Plus. Wahrscheinlich ist er ein Bohemien. Wenn man mit ihm spricht, kann man denken, daß er einer von diesen Projekte-andenken-Wichsern ist, ist er aber nicht. Zwar klappen die Sachen, von denen er dir das ganze Jahr über erzählt, in der Regel nicht, aber dann klappt immer irgendwas anderes. Er wartet da wie ein Raubtier, ich weiß nicht, wie man so ruhig sein kann, wahrscheinlich kommt das bei mir auch noch irgendwann, das will ich mal hoffen. Dauernd will er umziehen und sogar einen Verlag gründen oder eine Zeitschrift, alles mögliche, muß man gar nicht hinhören, er braucht das nur, um sich unter Druck zu setzen, und irgendwas funktioniert dann eben. Er hat auch hin und wieder eine Freundin, aber es ist dann immer schnell vorbei, die Frauen halten das, ihn, nicht aus.

Bei ihm gegenüber wohnt also eine Frau. Wenn man bei ihm ist, muß man sie die ganze Zeit beobachten. Da besteht er drauf. Genau wie darauf, am Telefon eben das

Neueste aus ihrem Leben zu berichten. Das ist wie eine Seifenoper. Die beiden sollten sich unbedingt kennenlernen, aber er kennt sie ja schon, fast:

Sie ist so Mitte 20 und sieht, natürlich!, großartig aus, so durch 2 Fenster. Sie tut so, als fühle sie sich unbeobachtet. Und führt vor: uns und ein paar Kunststücke.

Da ich ja nie zuhöre, wenn er über seine Projekte redet, kommt es mir so vor, als rede er NUR von ihr: Wahrscheinlich ist es auch so. Sie hat ein Klavier mit Kerzen dran und einen Gummiball statt eines Schreibtischstuhls. Er hat sie schon nackt gesehen, behauptet er. Und natürlich sieht sie nackt kosmisch aus, sagt er. Sie ist immer allein, sie spielt manchmal Gitarre, nie Klavier, und gestern hat sie sogar jongliert. Keine Ahnung, wie sie heißt, was sie macht. Ich würde nicht glauben, daß es sie gibt, wenn ich sie nicht selbst gesehen hätte, nicht da gesessen hätte, am Fenster. Man muß da immer hingucken. Sie sieht aus, als führe sie ein ausgefülltes Leben oder so was in der Art. Dauernd passiert was, und NIE liegt sie apathisch auf ihrer Matratze. Ach ja, die Matratze. Die liegt an der Wand, da drauf lauter Kissen. In der Ecke ist eine kleine Kochnische, da macht sich die Frau immer Tee. Dann schält sie Obst, sie kommt zurecht, mit der Zeit, dem Leben, wahrscheinlich sogar mit dem Geld. Als Thomas sie mal vier Tage nicht gesehen hatte – nachts nicht und tagsüber auch nicht – da dachte er, sie sei jetzt vergeben, weg, verliebt. Oder gestorben. Aber dann war sie wieder da. Wahrscheinlich ist sie verrückt und esoterisch.

Fernsehen:
– Morgen in *Explosiv*: "Meine Frau wollte mich verbrennen". Oder umgekehrt, jedenfalls sollte irgendwer verbrannt werden. Irgendwann werde ich Barbara Eligmann töten. Und weil ich das nie tun werde, gehe ich jetzt arbeiten, ir-

gendwas muß man ja tun. Denkt wohl auch mein Konto. Allerdings: Am Wochenende habe ich nur 15 Mark ausgegeben. Ich bin nicht rausgegangen. Ich habe hier gesessen, gelegen, an die Wand geguckt und traurige Musik gehört. Die Musik wird – wie ich – immer trauriger. Am Anfang konnte ich noch lauten Krach hören, der hat mich fortgetragen. Nun lasse ich nur noch alte Männer für mich singen, in der Hoffnung, vielleicht selbst noch einer zu werden, möglichst bald. Elvis Costello, Neil Young. Letzterer allerdings quäkt zu sehr, da muß ich dann doch immer lachen, und das will ich ja gar nicht. Tom Waits, Nick Cave, Tindersticks. Oasis sogar sind mir zu laut, das ist ein schlimmer Moment, ohne die wollte ich eigentlich nie sein, und jetzt muß ich mal kurz überlegen, was ich überhaupt noch will. Die Frage ist wohl eher: kann. Aber ein paar Songs der Jungs gehen doch noch. Puh. Wenn ich auf der Banalitätenskala dann ganz unten, so etwa bei Springsteen, gelandet bin, springe ich aus dem Fenster oder verbrenne meine Musikanlage, statt meiner Frau. Dieter Thomas Heck sagt übrigens "Heimdiscothek" zu Stereoanlagen, das finde ich sehr gut. Ich höre kein Radio mehr und gucke mir kein Musikfernsehen mehr an. Da kommen dann nämlich – die Gefahr ist in der Tat groß – genau die Lieder, die mich um Monate zurückwerfen. Ich habe am Wochenende alle Platten zusammengesammelt, die ich nicht hören darf in der nächsten Zeit, damit es nicht noch trostloser wird; all jene, die irgendwie Erinnerung sind. Sind eigentlich alle, also dann: nur die ganz speziellen. Und das sind:
"Parklife" von Blur, beide Oasis (Mist!), "Garbage", "30 Something" von Carter USM, "Ill Communication" von den Beastie Boys, "Debut" von Björk, "Lauschgift" von den Fantastischen Vier, "Murder Ballads" von Nick Cave, "Grand Prix" von Teenage Fanclub, "1977" von ash, "L'état et moi" von Blumfeld, "Split" von Lush, "Very" von den Pet

Shop Boys, und eben alles Gute: Echobelly, Stereolab, Supergrass, Smashing Pumpkins, Chemical Brothers, Beck, Elastica, Nirvana sogar auch. Und dann hörte ich sie mir alle hintereinander an, dann war das Wochenende überstanden, das Geld gespart; am Leben geblieben. Der Scheiß ist: Ich glaube, ich habe nichts verpaßt.

Ich gehe ins Büro, weil es ja ganz gut ist, in ein Büro zu gehen: Da sind Menschen, da ist es laut, da gibt es Kaffee, da gibt es zu tun, irgendwann gibt es Geld. Ich weiß auch nicht genau, wofür sie mich hier bezahlen. Aber anderswo ist es bedeutend schlimmer, da bin ich mir seit gestern wieder ziemlich sicher. Da war ich in einer Fernsehredaktion. Talkshow, das älteste Gewerbe des Mediums. Ich habe eine Stunde lang auf jemanden gewartet und dabei zugehört, wie ein widerlicher Fettsack und eine ausgesprochen hübsche Frau gleichzeitig gebettelt haben. Sie riefen alle Prominenten an, die es gibt in Deutschland, so kam's mir vor. Es ist ihnen egal, ob jemand gerade ein völlig verzichtbares Buch draußen hat oder eine Affäre hinter sich, einen dummen Vorschlag gemacht oder eine Initiative gegründet hat, es ist alles vollkommen egal. Hauptsache, die Leute kommen. Die meisten kommen. Die fette Sau hat einen Post-it-Zettel an die Pinwand geklebt, den ich mitnehmen mußte aus dokumentarischem Eifer. Niemand wird glauben, was draufstand, trotzdem, hier bitteschön, es ist ja nicht zu fassen, aber doch die Wahrheit, ich schwöre:
– Marianne Sägebrecht wird von ihrer Tochter Daniela gemanagt!!!!!
Das stand da wirklich. Mit fünf Ausrufungszeichen. Ob die Brisanz der Notiz damit ausreichend verdeutlicht ist?
Also jedenfalls bin ich ganz froh, in unserem Büro zu sein. Da ist heute die Hölle los. Die dummdicke Schreibtante hat geheiratet am Wochenende, hat vorher nichts erzählt,

wahrscheinlich hatte sie Angst, daß ihr Mann im letzten Moment noch merkt, was er sich da antut, aber hat er nicht, sonst erzählt sie ja immer alles, und das wäre jetzt mal vergleichsweise interessant gewesen. Naja. Überall liegen Luftballons rum, da steht draufgedruckt:

– Wir haben uns getraut!

Manchmal könnte man jedes Wurstgesicht einzeln zerhakken.

Ich habe einen ganz guten Trick gegen schlechte Laune: Ich höre mir Demotapes an. Lauter überwiegend schlechte Bands schicken einem pro Tag ungefähr 100 Kassetten. Dazu Bilder und Informationen. Gerne auch ganz besonders auffällig, in den übelsten Fällen sogar WITZIG präsentiert und verpackt. Manchmal kommen die auch vorbei, das ist dann besonders schrecklich – mit Akustikgitarre, Zigarette und Bierdose (ROCK!) vor meinem Schreibtisch. Man will das natürlich alles nicht hören und angucken, das sind meistens, ach was: immer, gänzlich untalentierte, unsympathische Bands, eigentlich habe ich noch von KEINEM EINZIGEN sogenannten *Signing* gehört, das auf diesem grausigen Weg "aufgerissen und eingestielt" (so sagen die Leute im Büro) wurde. Aber wenn ich diese Fotos (schwarz-weiß mit Instrumenten/Sonnenbrillen/Kopftüchern vor altem Auto/vor Burgruine/am Strand/inmitten alter Industrieanlagen) sehe, diese Infos lese ("Es ist ja immer der beliebte Journalistensport, aber wir passen partout in keine Schublade. Das hört man ja auch an den beiliegenden Songs, da gibt es unglaublich viele Einflüsse, Facetten, Blicke über den Tellerrand. Wir hören uns auch sehr viel verschiedene Musik an, da sind wir in keinster Weise irgendwie engstirnig") und diesen DRECK höre, dann kann ich immer schön lachen und schreibe lustige Ablehnungsschreiben oder demütige die Leute, wenn sie tatsächlich vorbeikommen, anderweitig. Ganz gut sind lange Sachdiskussionen ("Wie habt ihr euch denn das vorgestellt, so soundmäßig und vom Design her; der Bassist sieht ja besser aus als der momentane Frontmann"), im Verlaufe derer man ihnen zunehmend ungetarnt mitteilt, daß an ihnen eigentlich ALLES scheiße ist. Doch so garstig man auch ist, die völlig unangebrachte Ehrfurcht vor "der Industrie" und ihre schlichte Bauernblödheit hindert diese Menschen an jedem Widerspruch, manchmal machen sie sich sogar NOTIZEN. Menschenverachtend? Ja, und lustig.

Die Bands heißen natürlich meistens auch Fear oder Murphy's Law oder No Respect oder so, und die Ablehnungsschreiben gehen dann so:

"Hallo, Ihr Rocker,

großartig, Euer Material, leider für uns im Moment keine Verwendungsmöglichkeit, da wir nur Bands signen, die auch partout in eine Schublade passen, das finden wir total toll, wenn das geht. Ehrliche Texte aber finden wir scheiße. Kleiner Tip noch: Ihr solltet unbedingt ein Lied gegen Rassismus schreiben und dann noch mal vorsprechen, dann sehe ich da eine echte Marktlücke."

Und diese Briefe beschließe ich dann immer mit einem hirnamputierten ROCK ON oder KEEP ROCKIN' oder so.

Das ist natürlich gemein, aber zu mir ist die Welt ja auch nicht nett. Abends sitze ich dann doch wieder nur zu Hause, und weil überhaupt niemand mehr anruft, spreche ich mit meinen Geschwistern. Mein ältester Bruder dreht gerade durch und heiratet, und die Frau kriegt pausenlos Kinder, da ist alles vorbei. Deren kleine Welt dreht sich nur noch um Windeln und Stadtteilautos. Und um den Reigen komplett zu machen, beginnt er, sich intensiv mit Modellbahnen zu beschäftigen. Er geht ganz ohne Ansätze von Selbsthaß oder wenigstens -zweifel in Spielzeuggeschäfte und kauft sich "Einsteigersets", diskutiert dann aber mit den Verkäufern, berichtet er stolz, daß er doch schon einen Trafo habe, den also dalassen würde, dafür aber dann noch 6 Kurvenschienen und einen Güterwaggon haben möchte. Ganz besonders fasziniert ihn, "wie detailgetreu" die Züge nachgebaut sind. Seine Frau trägt das mit Fassung, dazu Tennissocken und schlechtfarbige Jeans, und dann schreit auch das Kind schon wieder. Sie finden Dieter Hildebrandt gut ("echt einer der wenigen, die noch kritisch sind"), und gestern hat sie mich angerufen und gefragt, wie denn dieser blinde Tenor heiße, der sei doch so toll. Ich denke, ihren nächsten Urlaub werden sie in einem Hotel verbringen, "vom ADAC empfohlen".

Mein anderer Bruder ist noch rudimentär interessiert an meinem Leben, aber auch stark besorgt – seine Reden zur Lage (umfangreiche Fehleranalyse, gefolgt von guten Ratschlägen) klingen wie aus der Weihnachtsbeilage der *Frankfurter Rundschau*.

Zum Glück gibt es noch Christian: Wir spielen uns gegenseitig 5sekündige Ausschnitte aus Oasis-Songs (keine Refrains natürlich!) auf die Anrufbeantworter, und der andere muß dann raten. Worüber wir uns dann auch immer gerne streiten: Was ist von Paul Weller zu halten? Ist er der Ur-Mod (JA!), und rechtfertigt das jedes noch so schlechte Soloalbum (Tja?!). Allein dafür behalte ich das Telefon doch gerne.

# Half The World Away

Heute habe ich zur Abwechslung mal wieder Katharina angerufen. Sie wohnt jetzt am anderen Ende Deutschlands,
und wie weit das wirklich weg ist, werde ich wohl erst er-
messen können, wenn die Telekom mir schreibt am Monatsende. Bald werden sich die Tarife ändern, das Mono-
pol fällt, aber ich bin nicht bereit, mich durchzulesen und
einzuarbeiten, durchzugrasen, durchzuforsten und zu -dre-
hen. Ich bleibe dabei, und es kostet mich den Verstand
und einen Haufen Geld, das aber ja ohnedies nicht meins
ist, was also kümmert es mich? Vielleicht kommt irgendwann kein Schein mehr aus der Wand, das hatte ich in pre-
kärer Einzelnot schon, das ist nicht schön, da bricht alles zusammen und – 5000 ist immer noch in Ordnung, wenn
aber "Zur Zeit nicht möglich" aufblinkt, wird es bitter und
Ende und traurig, und es hat sich was mit Mobilität und tä-
terätä. Hunger ist ja egal, und so schlimm wird es ja doch
nie, aber einfach zu wissen, daß es so nicht mehr weitergeht, das ist ganz und gar unangenehm; daß es indessen
weitergeht, ist ja klar, das weiß man. Aber das WIE, das allein ist von Belang, und gut sieht es nicht aus. Passau. Das
ist weit weg. Aber noch mit der Bahn erreichbar, habe ich
mal gleich geklärt. Der scheiß Surf-Stefan ist in Frankreich
für ein Jahr (jaaa!), aber sie wollen "doch erst mal zusam-
menbleiben" (na also!). Die Sachdiskussion (Du wolltest
doch keine zermürbende Distanzbeziehung mehr!?) spare
ich mir. Also *ihr* spare ich die.
Ich weiß gar nicht, ob ich noch mal richtigen Sex haben
werde. Gestern rieb ich mich an einer Frau, und wir juchz-
ten beide aus lauter Langeweile und Höflichkeit, und ich
spritzte schon vor jedem Eindringen wild herum, und zwar
in schlaffem Zustand, so geht das nicht weiter. Ich glaube,

sie heißt soundso, würde ich nun gerne behaupten, aber natürlich weiß ich, wie sie heißt und wie sie aussieht und wo sie wohnt, und sie ist die Frau, mit der ich bisher gerne mal den einen und auch anderen Abend vertrank. Damit ist es nun natürlich auch vorbei, das ist klar, das sollte man nie vergessen.

Dann war ich bei der Hausfrauen-Diskussion übers Internet, zu der mich die hübsche Marktforschungsfrau vor kurzem eingeladen hat. Naja, die Frau war gar nicht da. Aber die Hausfrauen schon – und eben ich. Ich habe immer wieder bloß gesagt:

– Das ist eine Chance, aber auch eine Gefahr. Ich habe Angst, daß die Bücher sterben, die man anfassen kann. Wissen Sie, dieses haptische Erleben, das ist mir wichtig. Aber die Möglichkeiten sind schon doll. Nur ist ja auch das Mißbrauchspotential wahnsinnig groß, nich, also, da kann man ja dann von zu Hause aus Banken ausrauben. Und die Jugendlichen sitzen noch mehr vor der Flimmerkiste, das ist dann halt die Kehrseite der Medaille.

Leider hat mich niemand unterbrochen. Die Hausfrauen wußten gar nicht so genau, was das Internet ist, und die Interviewer wollten offenbar so dummes Zeug hören, damit sie dann dem Auftraggeber eine umfangreiche Kampagne anempfehlen können.

Die Frauen wollten nur ihre 80 Mark, bis dahin lavierten sie so rum, sagten immer "Naja gewiß" und "Muß man auch bedenken". Sogar als ich herumfranste, das Internet sei ja der letzte Schritt zur "vollkommenen Individualisierung", schon jetzt würde doch die Menschen ein Bürgerkrieg in einem anderen Land nur noch dann bewegen, wenn sie deshalb ihre Urlaubspläne ändern müssen. Keiner lachte, alle nickten bloß sinnlos.

Dann gab es das Geld. Keiner von uns wurde gefragt, ob wir noch mal an so einer Veranstaltung teilnehmen wollen.

# Supersonic

Wir fahren zu einem Monsterrave nach Berlin. Alf, seine Ravergang und ich. Ich interessiere mich nicht detailliert für diese Musik, aber auf solche Veranstaltungen gehe ich immer ganz gerne. Im Zug trinken wir Bier, und im Hotel verwüsten wir beim frühabendlichen Fußballgucken ein Zimmer, es ist nicht meins. Ein Goldfisch aus dem Aquarium im Flur paddelt jetzt traurig im Waschbecken rum, auf der Fensterbank liegen 10 Linien Koks für 4 Leute, das ist ja erst mal nicht so schlecht. Es wird lustig, und irgendwann klopft es sehr laut, und wir öffnen nicht. Dann klingelt das Telefon, und der Portier sagt "Herrschaften". Jawoll. Wir gehen in einen Puff, höre ich (natürlich von den Jungs, nicht von dem Portier, klar). Ich war schon mal in einem Puff, das war nicht so lustig. Das war in Bonn, da gibt es ziemlich viele Puffs, wenn jetzt die ganze Bagage nach Berlin zieht, müssen die Nutten wohl mitkommen. Aber auch das wäre dumm, denn hier in Berlin gibt es auch schon zu viele offenbar, denn es soll nur 60 Mark kosten. Damals in Bonn habe ich erst 100 ausgehandelt, später aber 200 bezahlt, damit das Ganze dann doch noch entfernt etwas mit Sex zu tun hat, das ist ja wie bei der Krankenkasse, kostet alles extra. Gut, gehen wir also in den Puff. Ich bin immer froh, wenn ich mich in einer fremden Stadt an der Seite von Menschen bewegen kann, die sich auskennen, mir das U-Bahnsystem und all die Straßennamen einzuprägen, habe ich keine Lust.

Der Puff ist ein überheiztes Mietshaus. Im Erdgeschoß sitzen auf zerschlissenen Cordsofas lauter zahnlose Türken und rühren im Tee. Dauernd kommen Frauen rein und zeigen uns ihre Titten und kratzen sich an der Unterhose, das soll dann wohl sexuelle Provokation sein. Muß ja schrecklich sein vor einem Haufen breiter Idioten. Sie sagen gleichgültig:

– Wer will?

Die Türken klatschen immer, das ist sehr schön, da machen wir mit. Jetzt müssen wir aber auch mal anfangen, denke ich, man ist ja auf Koks immer so ungeduldig. Lust auf Sex habe ich eigentlich überhaupt nicht. Ich gehe jetzt aber mit einer Frau mit, sie hat große Titten, daß sie auch sonst ganz hübsch ist, bemerke ich erst im Zimmer. Ist ja auch egal. Ich lege mich aufs Bett.

– Willst du dich nicht ausziehen?

– Ich dachte, das machst du?!

– Auch noch Ansprüche der Kleine, naja gut. Machen wir erst mal das mit dem Geld, danach will ich mich nämlich nur noch um dich kümmern, Süßer, da wollen wir dann nicht mehr an Geld denken.

Ich verstehe, warum sie so redet, es macht mich aber leider nicht mal lauwarm, es war schon zuviel Koks und Bier.

– Was für Drogen nimmst du denn?

– Äh, gar keine.

– Na gut. Ich mach's dir mal mit dem Mund, erst mal ein bißchen, dann auch Verkehr, wie du willst.

Es ist schon sehr unwürdig. Aber nur 60 Mark. Ich gucke ihr zu, sie hat die Augen geschlossen, später dann guckt sie auch mal gelangweilt durchs Zimmer. Irgendwann bin ich zum Glück fertig. Kurz denke ich noch, jetzt müßte es romantisch werden, aber bei dem Preis muß ich mich natürlich sofort anziehen und raus. Ich komme raus, und die anderen sitzen schon da, nur Alf war überhaupt auch in einem Zimmer, die anderen hatten "irgendwie keinen Bock mehr". Na herrlich. Wir fahren zu der Halle, werden durchsucht, Alf hat noch Zeug, sie finden es nicht. Drinnen zukken Licht und Menschen, es ist schon ziemlich spät, da hinten ist ein Bereich mit Bierzelten für Menschen über 30, da gehen wir hin, da sitzen wir und müssen wieder weg, können nicht sitzen, alles flutet auf uns ein. Alf und ich sind plötzlich bloß noch zu zweit, wo sind die anderen, keine Ahnung, erst mal sehen daß wir beiden hier heile rauskommen. Viel zu viele Menschen, viel zu warm. In einem übelriechenden Steh-Imbiß trinken wir einen Kaffee, das ist ein großer Fehler – zitternd zurück ins Hotel. Wir liegen auf dem Bett, vielleicht drei Stunden lang. Kein Wort. Es ist kalt, es ist heiß, ich habe Durst, ich kann mich nicht bewegen. Ich weiß nicht, ob ich schlafe. Ich hoffe es mal, aber ich glaube eigentlich nicht. Mein Herz ist gut in Form, überschlägt sich, der ganze Restkörper ist so gut wie tot. Ich wichse ein bißchen, es kommt, und ich spüre davon nichts, plötzlich ist halt alles naß. Wohin mit dem Glitsch, kann nicht aufstehen, presse die Decke drauf, ist ja nicht meine. Dann gegen 8 Uhr kommt ein Vollidiot rein, der seine Zimmernummer vergessen hat, er hat einfach irgendeinen Schlüssel genommen und hat dann keine Lust gehabt zu suchen, unser Zimmer direkt an der Treppe, das sollte es dann sein. Das ist es nun. Er setzt sich auf einen Sessel und erzählt von Farben und freundlichen Menschen und einem DJ, den er sein ganzes Leben nicht vergessen wird. Er habe geweint. Wir werfen fast gleichzeitig unsere Kopfkissen in seine Richtung. Er mißversteht das, sagt danke und legt sich mit denen auf den Teppich und fängt an zu schnarchen. Nicht müde, nicht wach stehen wir auf, sind noch angezogen, duschen ist zu unkalkulierbar in seiner Wirkung, gehen zum Bahnhof, zu Fuß, ist sehr kalt, ist egal. Am Bahnhof Möhrensaft, frisch gepreßt. Möhrensaft schmeckt nach besserer Zeit, nach genug Schlaf und reiner Haut. Möhrensaft ist eine schöne Illusion, merke ich, als ich in den Spiegel sehe, zum ersten Mal heute. So Gemüse-/Saftbars in Bahnhöfen haben immer Spiegelsäulen. Das ist nicht so gut, heute. Im Zug treffen wir keinen von Alfs Freunden; immer wenn ich gerade einschlafe, kommt der Arsch mit seinem klingelnden Wagen vorbei und will Würstchen verkaufen. Wieder im Hamburger Hauptbahnhof kaufe ich die Radiohead-Platte mit "Creep" drauf, meine habe ich mal verliehen, und da kann man gleich sagen: verloren. Ich höre das Lied den ganzen Tag lang und fühle mich auch so. Am Wochenende fahre ich zu David, der wohnt in einer *Studentenstadt*, anders kann man das nicht nennen. Überall Plakate und Fahrräder, nichts sonst, gar nichts. Lauter schlechtgekleidete Menschen, die in einer Sprache reden, die ich nicht verstehen kann. Sie müssen alles abkürzen, sie reden nur in Abkürzungen, damit sie noch mehr Zeit haben für alles sonst. Zum Fahrradfahren. Weil David zu faul ist, sich etwas anderes zu suchen, wohnt er in einem Studentenwohnheim. Das ist dann der komplette Irrsinn. Überall hängen Zettel, da beschweren sich diese Hausmeister von morgen über Lärm oder im Waschraum geklaute Socken, bieten sich an oder anderen Dreck, wollen immer schön alles zusammen machen. Ich kann es nicht begreifen, daß sie nicht dauernd mit dem Kopf gegen die Wand rumsen, aber wahrscheinlich haben sie das schon hinter sich, anders sind ihre Gespräche, ihre Frisuren, ihr Leben nicht zu erklären. Sie reden über Geld, das sie nicht haben, eigentlich interessiert sie nichts anderes. "Wieviel kostet die Wohnung?" ist der erste Satz, den sie rausbringen, wenn sie irgendwo reinkommen. Dann ist dasunddas SAUTEUER. So ein Pech aber auch. Ganz lustig sind die Feiern. Einmal im Monat ist im Keller die Hölle los, sie drehen die Zeit zurück, die Anlage auf und verhalten sich wie bei der Abiturfeier. Am Anfang stehen sie peinlich berührt allein herum, dann weiten sich die Herzen, die Poren, die Gruppen, und später stehen sie da, peinlich berührt von jemand anderem. Großartig. Sie hören Musik aus vergangener Zeit und kippen Bier, aber richtig. Es sind auch immer irgendwelche Austauschstudenten da aus Amerika oder Frankreich, und die haben sich so richtig was vorgenommen. Man kann immer küssen auf diesen Festen. Ich habe jedesmal eine abgekriegt. ICH! Man muß nur ein bißchen exaltiert tanzen und Quatschenglisch reden, da werden sie verrückt, von dem Quatschenglisch. Ich kann sowieso nur Quatschenglisch, das trifft sich in dem Fall. David und ich legen dort gerne Platten auf, die Menschen tanzen zu allem. Irgendwann wollen sie halt Foreigner, die Weather Girls, Westernhagen und die Toten Hosen. Und dann kommt der Hotstepper, da kann man dann nix machen, aber bis dahin kann man alles machen. Wenn die Meute dann hüpft, kommen ehrgeizige Arschphysiker oder Juristen, die für diesen Abend netterweise mal ihre Zahnspange rausgenommen haben, und drängen dich weg. Sie wollen jetzt auch mal. Sie haben auch ihre ganze Scheißmusik dabei, im Stahlkoffer, mit säuberlicher Set-List, und hinterher zählen sie ihre CDs und vorher und andauernd, tatsächlich denken sie, du willst auch nur eine von ihren Drecksplatten haben. Einmal hat jemand mir unterstellt, ich hätte ihm Alanis Morissette geklaut. Dabei hatte ich sie nur als Bierdeckel benutzt, und dann war sie halt weg. Alanis Morissette. Muß man sich vorstellen. Er ist ganz wild geworden, ist aber auch klar: Wenn man hier nachts ein Lied von Alanis Morissette spielt, kann es gut sein, daß man dafür einen Kuß kriegt oder die Leute huhuhu schreien. Manche mögen so was. Ich sehe immer zu, daß ich Erstsemesterdamen anspreche, denen kann man alles erzählen, und sie haben sehr große Augen und denken, das sei nun aber aufregend hier. Sie haben noch keinen Vergleich, und das nutzt man dann eben aus.

Gestern war auch so ein Fest, solche Feste sind da sowieso immer. In seinem vier Quadratmeter großen Zimmer haben wir angefangen zu trinken, dann ist David runtergegangen, und ich habe ihm gesagt, ich komme nach. Ich bin aber in die Stadt gegangen und habe eine Frau angesprochen. Ich ging aufs Damenklo einer Bar, hinter dieser hübschen Frau her.

– Keine Seife bei den Herren, habe ich gesagt.
– Jaja, hat sie gesagt.
– Und kein Spiegel!
– Wozu brauchst du den denn? Zum Schminken?
– Jaja! rief ich.

Sie gab mir ihren Lippenstift, und ich habe mir zeigen lassen, wie das geht. Ich guckte mir ihre coole "Olympia 1984"-Tasche an. Da war auch sogenannte Monatshygiene drin. Ich weiß nicht, warum die Leute immerzu alles mögliche sexistisch finden, ich bin da recht leidenschaftslos und finde das dauernde SEXISMUS-Gefluche eher langweilig, aber daß alle – sowieso dummen – männlichen TV-Spaß-macher sich seit Jahren über Monatshygienewerbung im Fernsehen fröhlich machen, will mir nicht einleuchten, vielleicht finde ich das sogar sexistisch. Vor allem aber: unlustig. Viel toller ist, was ich nun erst erfuhr, nämlich der Unterschied zwischen Damenbinden und Slipeinlagen: Slipeinlagen sind lediglich eine Art Ergänzungsabgabe, die sind viel dünner als die wattedicken Damenbinden, und werden zusätzlich zu Tampons verwendet. Das ist für sportliche Mädchen. Ein solches Exemplar stand vor mir, und da lag es doch nicht fern, mutig zu sein:

– O. k., laß uns Schnaps trinken.
– O. k., sagte sie, aber ich bin in Begleitung da.
– Na und?

Dann der Schnaps, und ihre 3 Männer standen dabei und haben geguckt.

– Tja dann, ne?

Weg und doch noch zu den Studenten, ach, die nun wieder, inzwischen bei Neuer Deutscher Welle angekommen, ganz unten also. David nirgends zu sehen. Doch, da, er hält einen Vortrag vor einer Frau (eine reicht ja!), die kichert. Scheint also zu klappen. Ich tanze ein bißchen und spreche dann mit jemandem aus, ich glaube, Saarbrücken. Jemand ist gut. Ist eine Frau. Ich möchte mich so gern verlieben. Ich versuche es. Morgen sehen wir uns. Ich weiß schon jetzt nicht mehr, wie sie aussieht. Es nützt alles nichts.

Wir sehen uns wieder, und sie will sich auch verlieben, das merkt man. Na gut, wir trinken Wein, und wenigstens vergesse ich den ganzen Restscheiß. Irgendwann liegen wir bei ihr auf dem Fußboden, sie kommt doch nicht aus Saarbrücken, da muß ich was verwechselt haben. Sie ist von hier. Ich aber ja nicht, nur zu Besuch. Auf ihrem Boden ist es o. k. Wir tun so, als sei es Leidenschaft, keuchen und reiben unsere Hosen aneinander. Es ist etwas lächerlich und geht nicht recht vorwärts. Außerdem riecht sie nach Rauch und Lippenstift, da muß ich fast kotzen, wenn ich das rieche. Ich finde Rauchen nur sexy, wenn man es nicht riecht. Es sieht gut aus, aber mehr auch nicht. Ungefähr dasselbe gilt auch für die Dame selbst. Aber es kribbelt trotzdem komisch, ich weiß nicht, woran das liegt. (Ich weiß genau, woran das liegt.) Wir sprechen von großer Liebe, weil uns sonst nichts einfällt. Immerhin, die Zeit vergeht schneller, und es gibt Küsse, und man kann GEMEINSAM hinausgehen, muß man sogar, hier drinnen würde man es nicht aushalten. Draußen aber ohne die ständige Sucherei, das ist tatsächlich ganz schön. Fahre wieder nach HH, ist jetzt wohl eine Beziehung mit Nadja (so heißt sie), hatte ich mir schillernder vorgestellt, mein Comeback. Ist es, d. h. SIE besser als nichts? Auf jeden Fall ist es eine ziemliche in-vitro-Liebe, nach einer Nacht schon haben wir unser Lied ("Some might say"), unser Lieblingsgetränk (Wodka-Lemon) und nur ein Thema: WIE FROH wir übereinander sind. Die dauernde Behauptung klingt ein bißchen nach eifriger Überzeugungsarbeit.

Wenn man das D in der Mitte wegläßt, heißt sie Naja. Da denke ich jetzt mal nicht zu lange drüber nach.

Jetzt ist sie erst mal für ein Praktikum in Frankreich, das erspart mir ernsthaftes Nachdenken über sie und mich. Zum Glück ruft sie nicht an. Sie nicht. Aber: Endlich mal blinkt der Anrufbeantworter, 3 Anrufe! Rekord seit Monaten. 1x aufgelegt (SIE????? gemeint ist natürlich Katharina, Nadja schon wieder vergessen), 1 x ein desolat klingender David und dann – eine Frau. Ich kenne sie nicht, verstehe nicht, was sie will, aber immerhin ihre Nummer, und da rufe ich natürlich sofort an.

– Schön, sagt sie, schön, daß Sie sich endlich melden. Sie will mich davon überzeugen, daß ich eigentlich Lars heiße und Physiotherapeut bin. Das kann ich so nicht bestätigen.

– Dochdoch, sagt sie.

– Neinnein, bestimmt nicht.

– Aber muß doch, Ihr Name ist doch so selten, da müssen Sie das doch sein, wer soll das denn sonst sein, hm?

– Ja, das weiß ich auch nicht. Dann lege ich auf. Sie redet weiter, das höre ich noch, während der Hörer durch die Luft saust, es ist egal, sie ist verrückt. Dann rufe ich David an. Und der erzählt mir doch tatsächlich, daß ihn in der letzten Woche jemand überzeugen wollte, daß er eigentlich eine Frau sei und bei der Provinzial arbeite. Die Leute rufen einfach irgendwo an und machen alle verrückt. Ich glaube, ihre Mission ist weit fortgeschritten. Ich bin so durcheinander, daß ich bei Katharina anrufe – natürlich mit T-Shirt vor der Muschel! – und ihr sage, daß sie nun aber mal bitte Herr Kleinhooven sei und von den Stadtwerken Stuttgart. Sie sagt meinen Namen und fragt, wie ich denn nun drauf sei. Da lege ich auf und denke den ganzen Abend darüber nach. Es will mir nicht einfallen, aber ich denke mal: schlecht. Schlecht bin ich drauf.

Die große Zeitung macht mal wieder Terror. Natalie und

Kim, Jennifer und all diese Mädchennamen. Sie wurden irgendwo von Irren ermordet, und jetzt wird das ganze Land mit süßen Opferfotos und bedrohlichen Täterfotos aufgehetzt. Die Opfer immer gestochen scharf und bunt, der Täter unscharf, schwarzweiß und grobgerastert. Jeder Analphabet wird verstehen, wer die Sau ist, wer gelyncht gehört. Natürlich gehört so jemand gelyncht. Aber was soll diese geifernde Anteilnahme über Monate. Fehlt noch die Serie "Kims schönes Leben, Urlaub auf dem Bauernhof, das hätte so schön werden können". Ansonsten wird alles gefleddert, Tagebücher, schockierte Mitschüler. Alle müssen ran. Wollen die UNS angst machen oder all den anderen Tätern? Wollen sie von anderen Ängsten ablenken? Mir wird es zuviel. Ich will auch keineswegs wissen, welche Körperteile genau wann und wie zerteilt wurden, und wie dann mit dem Rest noch verfahren wurde. Man kommt ja nur auf dumme Gedanken. Oder man wird moralisch. Beides ist nicht gut.

Der Autopilot läuft. Ich stehe einfach auf, mache nicht mal mehr das doofe Spiel mit der Repeat-Taste des Weckers mit. Er klingelt einmal, und dann brauche ich keine 5-Minuten-Intervalle, um zu begreifen, daß ich jetzt raus muß. Ich stehe einfach auf. Wacher wird man ja nicht oder ausgeschlafener. Dann duschen und anziehen, irgendwie schaffe ich es. Alles. Den Kram zusammen und raus, kaufe ein Brötchen, warte auf die Bahn, lese im Schaukasten die große Zeitung, die erste Seite, danach weiß man Bescheid, was den Leuten durch den Kopf flirrt heute, mehr ist es ja nicht. Bis zum Aussteigen habe ich das Brötchen aufgegessen. Dann ins Büro. Manchmal, wenn es ganz früh ist, bleibe ich in der Fußgängerzone stehen und staune über das eiserne Vorgehen der Menschen, so entschlossen sind sie am Morgen. Da stehen ernsthaft um 8:00 Uhr Menschen und räumen freundlich irgendwelche Sachen ein und aus und machen sauber und kochen und backen und verkaufen und lachen. Wer holt sie morgens aus dem Bett, ist das die nächste Stufe der Gleichgültigkeit, ist das so ganz besonders infam – einfach nur noch alles sein und geschehen lassen? Wenigstens wissen sie, wohin mit sich, oder andere wissen das. Und sie machen halt mit, was auch sonst.

# It's Getting Better (Man!!)

Wenn Interviewer nichts mehr zu fragen wissen, was ja oft schon vor der ersten Frage der Fall ist, dann gehen sie knallhart und investigativ ans Eingemachte:
– Was würden Sie auf eine einsame Insel mitnehmen?
Diese Frage impliziert ja die Annahme, daß jeder unbedingt auf eine einsame Insel möchte. Das hinterfragt niemand. Ich habe keine Ahnung, was man da machen soll auf so einer einsamen Insel. Wer die Landsleute im Urlaub mal beobachtet hat, wird mit mir bezweifeln, daß eine einsame Insel das richtige ist: Schon deutlich vor 7:30 Uhr (Frühstücksbüffet! Halbpension!) lungern sie in der Hotellobby rum, auf dem Hinflug haben sie bereits große Teile des Postkartenbergs bewältigt, und vor jeder Mahlzeit streunen sie schon eine halbe Stunde lang vor dem Essensraum umher. Sie langweilen sich zu Tode, selbst wenn ihnen stupide "Animateure" zur Seite stehen, das nützt nichts, sie wissen nicht, wohin mit sich. Auf einer einsamen Insel gibt es noch weniger Zerstreuung, da gibt es – so wünschen sie sich das ja alle – nur Sand und Meer und vielleicht noch die obligatorische Palmenhütte mit Hängematte, und Kokosnüssen im einen, einer schönen Frau im anderen Arm. Wo die Kokosnuß herkommt in diesem Kleinbürgerfaszinosum, das kann man gerade noch nachvollziehen, die wächst einem da quasi in den Mund, aber wächst einem auch die schöne Frau direkt auf den Schwanz auf so einer einsamen Insel? Nur weil sie nicht weg kann? Ich weiß es nicht.
Trotzdem ist es natürlich schön auf Inseln, sogar in der Nordsee. Als Kind habe ich es da zunächst gehaßt – all die Coca-Cola-Kinder mit BMX-Rädern durften mit ihren Eltern im Sommer an die Strände des Südens und im warmen Wasser planschen, wir dagegen mußten entweder an die

arschkalte Nordsee oder in die zwar warmen, ansonsten aber reizlosen Berge – zum Wandern. Aber die Nordsee ist großartig, das habe ich inzwischen eingesehen. Das mag mit der Klimakatastrophe zusammenhängen, denn es wird dort tatsächlich immer wärmer, jeden Sommer.

Ich habe eine Woche Urlaub, eine Woche Geld, ungefähr, glaube ich, keine Ahnung. Ich hebe einen ganzen Haufen ab, der ganze Haufen kommt auch tatsächlich aus dem Automaten, hab ich also, weg damit. An die Nordsee. Ich nehme 6 Bücher mit und alle schönen Pullover. Pullover kann man brauchen, es ist zwar noch recht warm, aber abends ist es sehr windig, und wenn man dann im Dorf sitzt und Mädchen anguckt, sollte man schon einen Pullover dabeihaben, dann kann man nämlich länger sitzen bleiben.

Als ich letztes Mal auf der Insel war, habe ich exakt nur mit der Kurverwaltung, den Kellnern und den Kassiererinnen in Supermarkt und Zeitungsladen gesprochen. Auf langen Strandspaziergängen dann habe ich mich mit mir selbst unterhalten, um mal wieder meine Stimme zu hören.

Ich miete telefonisch eine Pension, eine alte freundliche Dame ist dran, eine Dachwohnung hat sie, da hätte ich toll meine Ruhe. Toll meine Ruhe, das ist genau, was ich möchte. Ich fahre nachts, dann komme ich frühmorgens auf der Insel an, habe noch einen Tag mehr. Die Bahnverbindung ist eine Katastrophe, 5mal umsteigen und dann auch noch mit dem Bus ein Stück, aber nun. Im Bremer Bahnhof muß ich eine Stunde auf den Anschluß warten, das ist die Hölle. Ist aber o. k., weil ja bloß ein kurzer Abstecher auf dem Weg in den Himmel. In der Bahnhofshalle haben sie einen riesigen Monitor installiert, da läuft das Programm des MDR. Ja, der MDR, der Durchhaltesender von und für drüben mit seinen abstrusen Volksmusiksendungen und Familienserien für all die Arbeitslosen. Irgendeine Gala wird da übertragen, klar, da stehen die Ossis drauf, lauter beliebige Preise für belie-

bige Prominente. Und dann Arschkriechreden. Danke auch an meine Mutter. Und Variationen über die Sätze:
– Ich bin kein großer Redner.
– Ich bin sehr nervös, damit hätte ich wirklich nicht gerechnet.
– Große Worte sind nicht mein Ding.
– Ich danke den Juroren, vor allem aber meinem Publikum, das mir den Luxus erlaubt hat, mein Hobby zum Beruf gemacht zu haben.
Den letzten Satz würde ich ja gerne mal von einer Prostituierten hören.
Neben mir mehrere Obdachlose und eine nervöse Oma mit Handwagen. Sie denkt, daß ich sie gleich überfalle und mindestens vergewaltige. Ich habe dazu leider keine Lust. Dann kommt ein Punk, und jetzt hat die Oma vor dem Angst. Wahrscheinlich fängt sie gerade an, mich zu mögen, jedenfalls rückt sie näher. Nein, ich vergewaltige dich nicht! Auf der Insel riecht es nach früher. Die Wohnung ist schön, die Vermieterin nett. Sie erzählt von ihrem Sohn, die Schwiegertochter hat Krebs. Jaja. Die Enkel kommen immer so gerne, aber viel zu selten. Jaja, genau.
Ich treffe eine Dame von früher. FRÜHER meint die Zeit mit Katharina. David und ich haben diese Dame mal in der Türkei belästigt. Das war ziemlich lustig: Zwei Frauen haben mit uns einen Ausflug gemacht, so an der Küste lang, mit Übernachten und so. Wir hatten 2 Motorroller gemietet, und die Verteilung war klar, er die Braunhaarige, ich die Blonde. Die Nacht brachte dann allerdings nicht den gewünschten Erfolg, und am nächsten Morgen wollten sie nicht mal mehr mit uns auf einer Vespa sitzen. Da saßen wir dann also auf der einen, und die beiden auf der anderen, das war natürlich ziemlich dumm. Erstens im Sinne unseres Vorhabens, und zweitens, da es auch eine Distanz herstellte, die uns erstmals erkennen ließ, daß diese Damen

nun, da sie weder "willig" waren, noch in Ansätzen bloß spannend oder aufregend – auch noch ziemlich häßlich waren. Das war zuviel.

An einer Raststelle bestellten wir eine Menge Bier. Sie wurden etwas nervös, verantwortungsvoll mahnten sie:

– Ihr müßt doch noch fahren!

Wir sagten:

– Neinnein, das ist alkoholfrei, keine Sorge!

Und tranken in einer halben Stunde jeder 6 Bier. Wir wurden immer lauter und die Mädchen immer zappeliger. Aus den blechernen Lautsprechern am Tisch quoll schlimmste Dudelei, und wir baten bei jedem Bier den netten Bierbringmann, doch bitte die Musik lauter zu drehen. Dann, schließlich übertrieben lallend:

– Also, da ist wohl doch ein bißchen Alkohol drin, oha, das ist ja ganz normales Bier!

Die Mädchen waren unschlüssig, wollten uns ganz bestimmt nicht in ihrem Rücken haben, aber auch nicht in den doch recht sicheren Unfalltod jagen. Also durften wir hintendrauf und küßten die Wehrlosen während der Fahrt einfach fortwährend. Als ich wieder nüchtern war, hatte meine einen Unfall gebaut, und wir lagen zusammen im Straßengraben. Da fing ich an, sie richtig zu küssen, weil es ja jetzt egal war, und sie hat sogar mitgemacht. Ohne Helm waren wir gefahren und gefallen, hätten tot sein können, also konnte sie mich jetzt auch küssen, das war das kleinere Übel, und jetzt treffe ich sie hier auf der Insel. Wir überlegen, ob es uns nun peinlich ist, und ich komme zu einem klaren JA, sie auch, und morgen reist sie ab, so ein Glück, denn die Insel ist sehr klein.

Ich gehe jeden Morgen am Strand laufen. Sport geht gut jetzt. Habe Hosengröße 31, das ist gut, wie früher, als ich noch nicht darüber nachgedacht habe. Mir geht es gut wie lange nicht, die Luft, das Wasser – ich fühle mich sehr gesund, lese viel und höre dauernd auf dem Discman die neue Pet Shop Boys-Platte – "bilingual". Die ist wirklich grandios, genauso gut wie "behaviour", möchte ich fast behaupten. Also, *beinahe* so gut. Die erste Single "Before" fand ich ja nicht so gut, ziemlich schlecht sogar, aber hier sind nun ziemliche Hits drauf. Und überhaupt sowieso mal wieder: das Cover!!! Und mindestens eine schöne Zeile für übers Bett: "Call it performance call it art/I call it disaster if the tapes don't start."

Drumherum lese ich die 2001-Gesamtausgabe von Jörg Fauser und onaniere in den Dünen, das macht großen Spaß. Wie auch der ganze Rest: Es gibt eine Art Diskothek hier, draußen, kurz vorm Vogelschutzgebiet, kurz vorm Wattenmeer, betrieben von einem Althippie. Nachmittags sitzt er auf dem Balkon, zählt Vögel und kifft. Abends kommt die Dorfjugend und tanzt und trinkt bei ihm. Die Dorfjugend besteht aus bräsigen Gummistiefeljungs und vielen Mädchen, die in den Hotels die Zimmer aufräumen. Die sehen alle sehr gut aus, die Mädchen, und sie haben die Schnauze voll von den Gummistiefeljungs, und da ist es einfach, eine zum Küssen zu kriegen. Die Menschen hier haben ein sehr viel ungezwungeneres Verhältnis zu Sex und seinen Folgen – ihnen ist so langweilig auf der Insel, daß sie einfach sehr viel Sex haben, jeder mit fast jedem. Ich höre mir ein paar der Geschichten an (der junge Mann, der im Inselcafé bedient, hat gerade ein Zimmermädchen geschwängert, war da aber noch mit der Tochter von Kapitän Soundso zusammen), gucke mir dabei die Wirklichkeit an, die den Erzählungen weitestgehend entspricht. Dann kaufe ich Kondome, das scheint mir ratsam, und ich warte. Nicht lange, das ist mal schön. Ich bin jedesmal wieder überrascht, wie ernsthaft und pathetisch ich auch so eine beiderseitig von vornherein auf höchstens einen Abend angelegte Verbandelung angehe. Ohne Unterlaß reihe ich entrückt blickend

Sätze aneinander, die mein angebliches Erstaunen, mein Hingerissensein ob soviel Nochnieda und Ganzanders belegen, das macht mir gar nichts aus, ich glaube es kurz sogar selbst, das ist das schönste daran. Wir liegen dann irgendwann morgens am Strand unter einer Schaukel und ficken ein bißchen. Ficken ist ja wirklich vollkommen schwierig, wenn man es monatelang nicht getan hat. Es geht trotzdem relativ gut. Daß ich dabei und danach nicht einsehen mag, daß dies einfach eine schöne, aber eben gerade schöne, weil einmalige Angelegenheit ist, bereitet mir etwas Sorge, aber erst anderntags, als mir auffällt, daß ich ihr meinen Ring geschenkt habe. Das mußte ja nicht sein. Aber das andere, das Ficken, das mußte sein.

Ich rufe bei mir zu Hause an, meine Schwester paßt auf meine Wohnung auf. Da gibt es eigentlich nichts aufzupassen, aber das sagt man ja so, die Wahrheit ist: Sie hat keinen Fernseher und will endlich mal ein paar Tage nur fernsehen. Ich rechne heute – nach vier Tagen – mit kompletter Verblödung oder dem Abbruch des Versuches, erwische sie am Telefon, müde klingt sie, der Fernseher läuft aber noch.

Und sie liest ein Fax (mal wieder!) von Katharina vor. Die würde mich vermissen, schreibt sie. Daß das alles so schade sei. Wem sagt sie das, wem faxt sie das? MIR? Irre. Ich renne aufgescheucht über die Insel, gehe abends wieder tanzen und küssen und bin froh. Nun endlich kommt sie zur Besinnung. ENDLICH. Das Warten hat sich gelohnt. Ich schicke auch ein Fax, morgen. Na, übermorgen – zappeln lassen!!! Der einzige, der hier zappelt, bin aber wohl mal wieder ich. Also heute schon faxen. Ich habe bei Fauser das "Liebesgedicht" gefunden, vom 22.11.78. Das schreibe ich in Schönschrift auf, sitze im Café, der Schwängerer bringt Kaffee, und ich habe gerade den Weltenlauf umgebogen, herrlich. Sie meldet sich wieder! Man muß doch gar nicht rätseln, was das bedeutet. Nun darf ich bloß nicht den ja auf der Straße liegenden Fehler machen und ihr sofort verzeihen, den Urlaub abbrechen und hinfort zum Weibe! Bloß nicht; aber natürlich muß sie auch wissen, daß es sich lohnt, daß ich noch zu haben bin und zwar gernzuhaben, von ihr, von ihr ganz allein. Nun also das Rückfax, ich kann ja gar nicht wissen, daß sie mir gefaxt hat, theoretisch, ich sitze ja auf der Insel! Das muß sie allerdings auch wissen, und zwar umgehend, deshalb nun überaus souverän:

*Meine liebe,* (Buchstabe läßt offen, ob Liebe oder liebe, komme mir vor wie Hüsch oder so ein Penner)

*sitze seit Tagen auf der Insel und genese vom Schrott! Habe ein Liebesgedicht von Fauser gelesen und dachte an Dich, denke an Dich, gerne, manchmal.*

*Als wir uns liebten,*
*liebten wir uns selbst nicht.*

*Als wir uns den Krieg erklärten,*
*gaben wir uns schon verloren.*

*Als wir geschlagen waren,*
*bemühten wir die Geschichte.*

*Als wir allein waren,*
*übertönten wir sie mit Musik.*

*Als wir uns trennten,*
*blieben wir am gleichen Ort.*

*So lagen wir uns bald wieder in den Armen*
*und nannten es ein Liebesgedicht,*

*aber kein Liebesgedicht erklärt uns*
*die Angst vor der Liebe,*

*und warum der Himmel so blau war,*
*als wir uns trafen,*

*und warum er immer noch blau sein wird,*
*wenn wir sterben werden,*

*du für dich,*
*ich für mich.*

*Was bliebe hinzuzufügen?*

Schnell zum Postamt und weg damit, denn morgen schon
würde ich es nicht mehr wagen, dies zu versenden.

# Soloalbum

B

# Whatever

Ich weiß nicht, warum das nun alles wieder nicht funktioniert hat. Bin ärgerlich, die letzten Tage auf der Insel habe ich illusionsbenebelt kaum ausgehalten, habe in vollverblödeter Vorfreude den Spaß noch weiter eingeschränkt, fast nur noch geschlafen, gar nichts mehr getrunken, noch mindestens 2 Kilo abgenommen. Und dann, zurück in Hamburg, wollte sie mich plötzlich doch nicht mehr sehen, ein Brief, ich solle das doch bitte alles nicht falsch verstanden haben. Sie hätte sich nun mal entschieden, nach Passau zu ziehen, auch räumliche Totaltrennung usw., jedenfalls war's das dann wirklich, noch mal für alle und eben auch – mich. Das ist nun Terror. Dann soll sie mich wenigstens ganz in Ruhe lassen, in Frieden, ruhe in Frieden. Amen. Ganz große Verzweiflung, 2 Tage nicht aus dem Haus.

Ich muß mich ablenken, ich muß jetzt mal stark sein. Ich rufe sie nicht mehr an, ich schreibe ihr nicht mehr, auch keine Briefe, die ich dann nicht abschicke (und also an mich selbst schreibe), ich unternehme einfach NICHTS mehr in ihre Richtung. Ich kann mir nicht mein ganzes Leben umkrempeln und versauen lassen von dieser Frau. Es geht jetzt ein halbes Jahr oder wasweißich wie lange schon so. Sie denkt nicht daran zurückzukommen, und wenn sie sich mal wieder meldet und fatale Signale sendet, völlig verantwortungslos, dann hat mir das fürderhin egal zu sein. Ich bin jetzt ruhig. Sie wird wiederkommen. Auch dieser Gedanke ist jetzt verboten. Ich mache jetzt lauter Dinge, die nichts, gar nichts mit ihr zu tun haben. Sonst wird das nichts. Ich gehe zum Friseur, ich setze meine Brille ab. Ich werfe sie in den Fluß. Tschüß, Brille, tschüß, Vergangenheit. Es geht auch ohne. Ohne Brille. Ohne Haare. Ohne Freundin? Hoffentlich.

Ich arbeite wie ein Bekloppter, ich mache alles. Ich gehe mit auf Parties, ich bin nicht mehr zu Hause. Zu Hause, was ist das. Ich erwarte keine Post mehr, keine Anrufe, und ich tue gut daran, denn es kommt ja auch nichts. Aber das ist mir egal. Ich bin jetzt ich, ich bin nicht mehr halb-wir, nicht mehr vollwirr, ab jetzt geht es wieder aufwärts, ich zerstreue mich und sammele mich später wieder ein, wieder auf, dann bin ich erneuert und lebensmutig, und ich werde lachen über dieses MÄDCHEN, das so dumm war, mich zu verlassen, mich nicht zu erhören. MICH! Sie ist dann selbst schuld. Und wenn sie dann ankommt. Dann. Dann werde ich sie, seien wir ruhig ehrlich, natürlich in die Arme nehmen. Aber das ist jetzt egal, das darf ich nicht mehr hoffen, das darf nur noch passieren. Aber ich muß einen Plan B nicht nur in der Tasche haben, ich muß ihn leben, sie ist weg, das ist jetzt mal so. Sie ist weg. Wegwegweg. Wenn ich blöd wäre, würde ich jetzt ein deutsches HipHop-Lied schreiben. Aber ich bin klug und gehe mich betrinken.

Das Wochenende bereitet mir keine Sorgen, ist doch kein Problem, so ein Wochenende, das bißchen Zeit. Außerdem ist David da.

Am Freitag gehen wir aus, wir gehen so was von raus, aus, es knallt richtig, und schon um 22 Uhr sind wir angenehm betrunken und gehen in eine Spielhalle, schießen auf Monster, fahren Autorennen und flippern am infernalisch lauten "Guns'n'Roses"-Flipper. Der rockt total. Laute Gitarren, stramme Möpse, wummernde Eisenkugeln, alles andere wird vergessen. Am Hafen sehen wir die Sonne aufgehen und trinken Bier. Sogar in einer sonst immer dummen Szenekaschemme ist es heute nett.

Wenn man bloß nicht aufgibt und sich bemüht, wird alles nett, denke ich so vor mich hin, bin eben betrunken, ganz klar. Wir tanzen, es ist so etwa 5 Uhr, ich bin nicht müde, wir haben zwar nichts genommen, uns bloß 'ne Menge vorgenommen, sind noch lange nicht fertig mit diesem Abend, dieser Welt. Wir sprechen mit Mädchen aus Frankfurt, ich glaube, sie sehen ganz gut aus. Wir machen Witze, die nicht gut sind, aber ausreichend, und so kommen die Mädchen mit uns auf den Fischmarkt. Lauter hellwache Menschen bauen ihre Stände auf, wir pissen ins Wasser und kriegen Schläge angeboten von einem Standbesitzer, der den Geruch, den Anblick nicht erträgt. Wir hauen ab.

– Euch kriege ich!

Er kriegt uns nicht. Die Mädchen sind weg, wo sind die Mädchen, die Mädchen sind egal. Da vorne werden lebendige Tiere verschachert. Das ist ja interessant. In einer Halle ist ein Betriebsausflug oder was, buntes Programm, die Hölle, noch ein Schnaps, dann der Himmel, jenseits von allem, ein schöner Tag beginnt. Wir kaufen Sonnenbrillen. Ich bin mir gerade sicher: Ich werde auch diese Zeit überstehen. Dann kaufen wir ein lebendes Huhn. Einfach mal so, um zu gucken, ob das geht. Es geht.

– Können Sie gleich den Kopf abhacken? fragt David höflich. Der Mann ist irritiert. Ihm ist zwar auch klar, daß diese Tiere dem Tod geweiht sind, aber er will jetzt hier kein Blut sehen, außerdem fragt er sich wahrscheinlich, was wir überhaupt mit diesem Huhn wollen, eine berechtigte Frage ist das. Wir haben die neuen Sonnenbrillen auf und sind sehr betrunken. Insgesamt dürfte das eher lächerlich aussehen. Aber wir sind nicht laut, irgendwann kommt ja beim Betrunkensein der Punkt, an dem man wahnsinnig sensibel und höflich und leise und exakt wird. Das kann dann ewig andauern. Es dauert ewig. Der Mann will den Kopf nicht abhauen. Um uns herum bleiben Menschen stehen und husten und reden. Sie wollen dieses Geschäft verhindern. Aber für den Verkäufer sind es 20 Mark, die sind echt, und da kann man nichts machen, das ist unser Huhn, und es kommt in einen Pappkarton mit ein bißchen Stroh und einigen Luftschlitzen. Wir tragen es weg, schütteln ein bißchen, im Karton ist die Hölle los. Das Huhn weiß Bescheid. Ich möchte es sofort in den Fluß werfen, David möchte es auf meinem Balkon aussetzen, wir behalten es zunächst einmal.

Wir gehen mit dem Huhn unterm Arm in eine "Hafenschänke", so heißt das hier, und da sitzen lauter junge Menschen drin, so Mittzwanziger, die ihren Golf stehen lassen, weil sie so betrunken sind. Sie tragen alle hellblaue Jeansjacken und Karohemden. Bevor sie Schnaps und Bier in sich hineinschütten, knallen sie die Gläser auf den Tisch. Ich frage jemanden, der mit Sicherheit Patrick oder Frank heißt, was das soll. Da sagt er:

– Das muß doch geerdet werden, näch.

Da fällt mir nichts ein, und ich gehe auf Nummer Sicher, damit es keinen aufs Maul gibt, und schreie:

– Bezahlt isses, weg musses!

Das findet Frank oder Patrick (vielleicht auch Oliver, auf jeden Fall der Arsch in der Jeansjacke) einen guten Spruch.

– Jau! ruft er.

Wir gehen pissen. Vor dem Klo hat sich eine Oma aufgebaut, die tief und falsch in ein kabelloses Mikrophon reinsingt. Sie singt ein Seemannslied, keiner hört ihr zu. Sie wird bald sterben, und keinen kümmert es, deshalb singt sie so laut, sie weiß ja, daß bald Schluß ist. Und dann hört sie auf zu singen und sagt ins Mikrophon:

– Die beiden Herren da, nicht nur zum Wasserlassen hier reinkommen, nich, erst mal was trinken, sonst gleich wieder Abmarsch.

Wir holen Bier, und sie sagt:

– Seht ihr woll, Burschen, so siehddas schon anners aus!

Ich würde ihr gerne das Mikrophon in die Fresse schieben,

ganz tief rein, Zähne, die das verhindern oder bestrafen könnten, sind nicht zu sehen. Aber ich proste ihr nur zu, und sie singt weiter, alles geht immer weiter. Dann gehen wir endlich pissen (damit alles immer weitergeht) und lassen das Bier da stehen, es geht nichts mehr rein. Wir haben das Huhn vergessen, das arme Huhn. Es steht/liegt aber seelenruhig (oder tot?) im Karton, neben Patrick-Frank. Oder wie der heißt. Die Oma singt und singt, und wir sind glücklich. Es wird nichts mehr passieren in diesem Leben, vielleicht sterben wir hier & heute, das wäre eigentlich das Schönste. Es ist eine der wenigen Nächte, in denen ich GAR NICHT an Katharina denke, fällt mir auf. Das Bemerken dieser Tatsache allerdings hebt sie auf. Also doch. Aber nur kurz, erst zum Schluß.

Wir gehen irgendwann, der Tag hat begonnen. Das Huhn zappelt couragiert, als es Bewegung spürt. Es hat keinen Bock mehr auf uns. Aber wir haben bezahlt, so sieht es aus, Huhn. Das mit dem Fluß hätte mir allerdings wirklich leidgetan, ich bin froh, daß wir das nicht gemacht haben. Im Taxi stellen wir den Karton auf den Boden. Es ist jetzt völlig klar, das Huhn wird im Taxi bleiben. Wir reden sehr laut mit dem türkischen Fahrer, damit er das Schaben und Gackern nicht hört. Unser vorab schon mal schlechtes Gewissen zwingt uns dazu, ihm von "unserer Hühnerplantage" zu erzählen, haha. Geduldig spielt er mit, er hat Erfahrung mit Betrunkenen, er gibt uns recht, was immer wir auch sagen, er will bloß, daß wir nicht kotzen, nachher bezahlen, und der Rest ist ihm so was von egal. Ich beneide ihn um seine Gemütsruhe.

– Wie viele Hühner haben Sie denn? erkundigt er sich.

– Also, wissen Sie, erst eins, wir fangen gerade erst an!

Da lacht er, so ein guter Witz. Wir lachen auch, so ein guter Witz, so wahnwitzige Deppen sind wir. Dann springen wir aus dem Wagen, werfen einen Schein in seine Richtung, viel zuviel, bloß schnell weg, gleich sieht er das Huhn. Nichts passiert. Wir laufen, laufen. So schnell es geht. So schnell geht es nicht mehr. Es ist schon halb acht. Wir besuchen Birgit, eine leicht verkommene Chansonsängerin (bzw. Kunstgeschichtsstudentin) ohne Plattenvertrag und eigentlich ohne Hoffnung. Wir klettern über die Mauer in ihren Garten, von dort kann man immer direkt in ihr Schlafzimmer gucken. Sie sitzt mit drei anderen Gestrandeten – die ich auch irgendwoher kenne, woher genau ist jetzt egal – auf ihrer einst strahlend weißen Hollywoodschaukel und trinkt Bier. Sieht nicht so aus, als hätten die geschlafen. Haben sie auch nicht. Sie spielen Dart im Sitzen und grinsen. Wir setzen uns in kaputte Sperrmüll-Liegestühle und grinsen mit. Auf dem danndochnoch Ganzheimweg tritt David solange gegen ein Baustellendixieklo, bis die Tür aufspringt. Was weiß ich, warum er das macht. Ich bin erleichtert, als die Tür aufspringt. Davids Fuß tut weh jetzt, er ist dumm genug, dies lauthals zu beklagen. Ich fülle Leitungswasser in eine Blumenvase, stelle sie zwischen unsere Schlaflager und hoffe auf baldigen Schlaf.

Den Samstag schlafe ich durch, und am Sonntag fahre ich zu einer Podiumsdiskussion, das habe ich noch nie gemacht, also mache ich das jetzt mal, dann muß ich das in Zukunft nicht noch machen. Ich dachte, das gibt es gar nicht mehr – Podiumsdiskussionen. Gibt es aber noch. Und dann das Thema, daß es das auch noch gibt!: "Jugendkultur und Medien". Warum nicht gleich "Der grüne Punkt – Fluch oder Chance?" oder "In Sachen Internet" oder "Null Bock-Generation und Politikverdrossenheit vs. Jungunternehmer". Jedenfalls also ein Podium mit lauter Idioten, einer davon ich. Im Zug schon kann man schön über Jugendkultur und Medien nachgrübeln. Da ist ein behinderter Junge. Er hat einen Walkman auf, und allerlei Quatsch baumelt ihm um den Hals. Zugehörigkeitstand. Der Junge schielt und sabbert, ein Behinderter eben. Von Peter Hahne habe ich gelernt, daß das mit Behinderten in der Öffentlichkeit oft peinlich ist und daß das wiederum für die Öffentlichkeit peinlich ist. Und Peter Hahne ist das aber dann mal in einem Eiscafé an der Ostsee ganz anders ergangen, und das war schön für ihn, er hat das dann als Fanal der Hoffnung begriffen, hat seinen Laptop aus dem Samtetui gefingert, dies freudig speichelnd notiert und an *Bild am Sonntag* gefaxt. Die wundern sich sowieso über nichts und haben das gedruckt. Dieser Junge nun im IC nach Münster schielt und sabbert und steht vor dem Nachbarabteil. Und tanzt. Und ergeht sich in 1A-Boygroup-Posen. Das sieht sehr lustig aus, zumal man ja die Musik dazu nicht hören kann. Er kann. Und ihm gefällt's. Er kann sie alle, die Bewegungsreihungen, die Mädchen zu obszönen Reaktionen treiben. Er karikiert sie auch, die Gesten. Und zeigt die Muskeln (hat natürlich gar keine) und springt in die Luft und dreht sich, zeigt nach oben, zeigt nach unten, faßt sich in die Mitte. Da kommt der Bulgare mit "Kaffeeeeheischewüstchincollakuchn". Der Junge verneigt sich und läßt den brabbelnden Bulgaren vorbei. Und dann wird weiter geraved. Das sieht sehr lustig aus. Als Peter Hahne im Eiscafé soviel Gutes an der Seite der Behinderten widerfuhr, da hat er wie immer gegrient, als habe er just in einen lauwarmen Badeschwamm gewichst, nehme ich mal an. Ich aber lache jetzt vernehmlich, weil das einfach sehr lustig aussieht, und was ist schon lustig heutzutage.

– Na, was gibt es denn da zu lachen? faucht eine Oma, die in Bremen zugestiegen ist und mit ihrem Mann über dem Rätsel in der "Carina" verzweifelt. Der arme Junge. Jetzt sieht er, daß wir ihn sehen, und er kommt tapsig vor unser Abteil geschlingert und läßt die Hüften kreisen. Der Opa schwitzt und blickt raus. Es sagt:

– Guck mal die Firma da, der Betrieb, aber ganz schön weit außerhalb. Seine Frau sagt:

– Jaha, naja sicher. Und blättert weiter. Das Rätsel ist zu schwer, und der Junge zu behindert. Dann tanzt er wieder zum anderen Abteil. Beim Aussteigen sehe ich – das Nachbarabteil ist leer. Da wundere ich mich doch ein bißchen, aber wegen der Glastür und der Sonne kann man sich ein bißchen betrachten, das spiegelt. Aha.

Im nächsten Zug sitzen waghalsig betrunkene Jugendliche. Es ist kurz nach 10. Sie trinken Schnaps und Bier. Einer, den sie "Kloppsi" nennen, sieht auch so aus und reißt Salami aus einer Folie und legt sie auf Fabrik-Schwarzbrot. Das schmeckt Kloppsi, das ist Kloppsis *Grundlage*. Kloppsi und seine Freunde sind nicht allzu beliebt bei Mädchen, zumindest ist kein einziges dabei. Kloppsi und seine Freunde sind darüber sicher ein bißchen traurig, aber um so lauter blöken sie einander die verschwommenen Resterinnerungen an die letzte Nacht zu.

– Das war geil. Hachmann hat ja zum Schluß nur noch abgekotzt, Alter, war der spastisch drauf. Ich sag dir.

Da ist auch Musik. Sie kommt aus dem unvermeidlichen REKORDER und erinnert an Klassenfahrten. Überhaupt alles erinnert an Klassenfahrten. Auch Kloppsi. Aus dem Lautsprecher kommt Musik von den Toten Hosen. Da fährt die Meute hin, zum 1000. Konzert.

– Das wird der Hammer, Alter, hoffentlich kann ich dann noch stehen.

– Heiko ist doch ganz schön sauer wegen dem Teppich.

Die Jugend hat sich doch nicht verändert, glaube ich. Jetzt sind die Chips ausgekippt.

– Der Schaffner ist voll asimäßig drauf. Das kann was geben.

Am Bahnhof holt mich jemand ab. Jugendlich ist der nicht. Aber als Verwalter von Jugend (und natürlich KULTUR!) mag er durchgehen. Das ist so ein Verbandsvorsitzendenwichser, der immer auf "die Politik" schimpft, aber mit seinem ärmlichen Spezialwissen (er weiß, daß Graffiti-Logos "Tags" heißen und daß Jugendliche einander gerne "Markenkleidung abzocken") kein bißchen weniger wurmstichig ist als eine Claudia Nolte. Seinen Namen verstehe ich nicht, und als wir durchs von Baumarktperipherie dominierte Austragungsdörfchen fahren, reden wir nicht viel. Obwohl es mich nicht interessiert, frage ich ihn schließlich höflich, wie denn das Kabarett eigentlich war, gestern.

– Schlechtes Wetter und so, kaum jemand da, die Kabarettgruppe hatte aber ihr eigenes Publikum mitgebracht.

Das geschieht denen recht, denke ich: so ein blödes Kaff, und dann nicht mal Zuschauer. Kabarettgruppen namens, ach, habe ich vergessen, irgendein dümmliches Wortspiel eben, sollten noch viel empfindlicheren Strafen ausgesetzt sein. Sie sollten an Podiumsdiskussionen teilnehmen müssen und in Sonderzügen und mit Mineralwasserpromotionanzügen zu Toten Hosen-Konzerten fahren. Haha. Dann würden Kloppsi und die Seinen aber was zu lachen haben. Auch das Reggaekonzert war nicht so gut. Echtes Unwetter. Heute abend ist dann noch mal Rock für die Jugend, aber dann wohl im Zelt, auf der großen Bühne hat das keinen Zweck, wenn das so schüttet. Vor dem Zelt marschieren lauter Jungs mit blauen Anzügen und Taschenlampen rum. Es ist früher Morgen und wichtig, daß die Jungs so gut aufpassen. Das macht ihnen Spaß.

Im Cateringzelt vegetieren Menschen vor sich hin. Sie tragen Ledersachen und rauchen. Sie reden wirr und träge. Auf dem Kühlschrank steht "Finger wech vom Kühlschrank". Es riecht nach Kinderpisse. Auf den Bierzeltbänken sieht es matschig aus, aber es gibt immerhin Kaffee.

– Tasskaff. Alter, ist der stark, wollt ihr mich umbringen oder was, meine Güte. Sagen die Lederleute.

Eine Stunde zu früh da. Vor dem Zelt steht eine Hüpfburg. Ein paar Einzelkinder hüpfen. Die Wolken sind groß, aber nicht ganz schwarz. Daneben steht eine Go-Kartbahn. Kleine Jungs, die allesamt Dennis oder Marcel heißen müssen, fahren entschlossen um Strohballen herum. Daneben quillt Jugend aus einem VW-Bus. Es sind Jusos. Auf ihnen kleben "Kohl muß weg"-Sticker. Da haben sie recht. Ein lokaler Radiosender macht Stimmung mit einer kolossal unkomischen Comedyfigur namens Gerda. Gerda ist ein dikker Mann Ende 20, der Helge Schneider nicht begriffen hat, aber nachahmt. Das klappt nicht so gut. "Gerda" ist auch das Lösungswort eines Rätsels. Der Hauptpreis ist eine Reise nach London zum U2-Konzert. Am Radiobus stehen Sanitäter und anderes Festivalpersonal und schreiben "Gerda" auf die Teilnahmekarten. London wäre schon geil. Dann überlegen sie, welche Adresse ihre Tante hat, und füllen noch eine Karte aus. Obschon ich der einzige unprominente Diskussionsteilnehmer bin, werde ich nun interviewt – die anderen sind noch nicht da. Ich schimpfe aus Langeweile ein bißchen auf Wolf Maahn und Rockmusikerverbände. Das wird ja hoch hergehen nachher, juchzt der freundliche Reporter. Ich glaube das aber nicht; naja, alles klar.

Nun kommt auch Dieter Gorny. Dieter Gorny hat Jeans und Jackett an und wird sofort umringt von Leuten, die sagen, "Na, Gorny", und dann sagt er "Ach was, du auch hier". Dieter Gorny ist Beisitzer von ungefähr 120 Ausschüssen und bewegt ganz schön was. Jetzt gerade sich selbst: Dieter geht leicht in die Knie und zieht sich mit dem Daumen die hintere Gürtelschlaufe hoch. Das sitzt. Am Jusobus steht auch Willy Soundso aus der Nike-Werbung. Mit Frau und Nike-besocktem Kind. Er freut sich, daß ein paar Gören ihn erkennen. Er trägt eine nicht akzeptable Jogginghose. Die Gören starren auf Willys nicht akzeptable Jogginghose und fragen kreischlachend:
– Rechts- oder Linksträger?

– Wat willste? ruft da der total volksnahe Willy.

– Rechts oder links? belfern die Jungs.

– Let him swing, näch! ruft Willy. Ein Kracher.

– Schalke oder Dortmund? fragen sie noch. Und dann sagt Willy, die ehrliche Vorhaut:

– Ich bin nicht für Millionäre, ja! Ich bin für Schalke.

Das verstehen jetzt die Kinder nicht, wegen der Werbung. Und Willy will gerade zum hundertsten Mal die Geschichte erzählen, daß er das Geld aus der Werbung ja komplett in sein Theater steckt, aber das hat er ja auch schon allen Schmuddelsendern und -sendungen erzählt, und die Kinder sind auch schon weg. Dafür ist nun auch Wolf Maahn da. Der trinkt erst mal ein Bier, und dann geht es auch schon los. Warum Menschen ein (1!) Bier trinken, ist mir immer ein Rätsel. Das sollte jetzt wohl eine Rockgeste sein von Maahn. Ich finde, entweder 3 Bier und mehr oder kein Bier, sonst ist Bier sinnlos. Naja, Wolf Maahn eben.

Ein Mädchen von den Jusos will auch noch mitdiskutieren. Darf sie. Dann geht es los und hoch her. Dieter Gorny gelingt es relativ umweglos, VIVA als Wohltätigkeitsinstitution im unermüdlichen Dienste der Sicherung des Wirtschaftsstandorts herauszuarbeiten, obendrein als Kulturträger und -erneuerer. Ich erzähle, wie sehr ich die Pet Shop Boys verehre für ihr Verständnis von Pop. Dann geht es um Gebühren, und Dieter Gorny vergleicht das demokratische Moment der Fernbedienung mit dem Kauf von Ökofleisch, was unmittelbar einleuchtet. Man merkt, daß er das schon öfter so erklärt hat, in all den Gremien, sonst wären ihm vielleicht selbst Zweifel gekommen. Plötzlich rumpelt es im Publikum. Darauf folgt Geschrei, aber schnell hat sich der Sprecher im Publikum an das Mikrophon gewöhnt, er zetert ein bißchen, und dann geht es aber auf dem Podium weiter, ist schließlich eine Podiumsdiskussion. Wolf Maahn befand schon im Programmheftchen: "Der Verblödungs-

druck wächst!" Nicht nachgeben! möchte man rufen, doch Wolf mag dem Druck nicht standhalten:
– VIVA ist nicht so gut, kann ich zwar bei mir in der Straße nicht empfangen, aber naja, doch in der Radiolandschaft kenne ich mich sehr gut aus.
Kennt die Radiolandschaft eigentlich noch Wolf Maahn?
Volkmar Kramartz ist irgend jemand aus der Radiolandschaft, so ein richtiger Landschaftsgärtner, und der hat gleich auch keinen Bock mehr, wenn ich ihm immer dazwischenrede. Der sehr gut informierte und freundliche Moderator Lars Beyer möchte nun mal wieder über Jugendkultur sprechen, aber das geht natürlich nicht. Denn im Publikum sitzt ja auch Willy, das ist schön. Ich sei ein blödes Arschloch, und wir würden ja allesamt nur die Mark machen, und zwar die schnelle, und das habe ja mit der Jugend alles nichts zu tun, und das müsse er jetzt aber mal sagen. Wenn er das schon höre. Pet Shop Boys. Pipifax. Die Jugend hat es heute nicht so leicht, weiß Willy, aber es ist auch schwierig, weil die immer auf'm Arsch sitzen bleiben. Und die machen ja nichts, aber die Lehrer ja wiederum auch nicht. Hm. Und mit dem Lars Beyer "muß ich jetzt doch mal 'n bißchen Papa sein, jetzt mal Schluß mit dem Gerede, sonst gibt es was annen Kopp".
Erster Szenenapplaus brandet auf. Alle sind total aus dem Häuschen, aber auch aus dem Alter. Mir reicht's jetzt auch, und dann schimpfe ich wieder ein bißchen über die "Konkursmasse Jugend" und auf Lederhosenrockverbände und Beamten-Rock & Roll und wie wenig das nun aber mit Auflehnung zu tun habe. Kein guter Schachzug. Tumult: Arsch offen, einen an der Waffel, nicht alle Tassen im Schrank, Schraube locker, Scheiße im Kopf, den Schuß nicht gehört, dumme Sau.
Und wieder Willy:
– Gorny, du machst Kinderpornographie.

Weil ja jetzt auch alles egal ist, springe ich in Dieters Bresche.

– Wie – Kinderpornographie?

Aber ich soll das Maul halten. Und bin dann auch ganz froh, daß die Gornyfraternisierung nicht noch weiter fortschreitet, Dieter nickt mir schon freundlich zu. Das habe ich nicht gewollt. Die Jusofrau beschwert sich über die "Machodiskussion" und bringt jetzt Mille und Millionen durcheinander.

– Das ist zwar wenig, aber das ist doch auch was, ich meine ein Anfang ..., zerrt sie sich am Schopfe.

Herr Surey, der auch auf dem Podium sitzt und selbst nicht genau weiß warum, kann Flaschen ohne Öffner öffnen und hat 200 Konzerte gesehen im letzten Jahr. Sagt er.

Auf Willys Phlegma-Vorwurf eingehend, dresche ich nun Loveparade- und Technophrasen. Und er tappt in die Falle und sagt:

– Techno, ach hör doch jetzt bitte auf, ist ja lächerlich!

Ich sage den geilen 1000-Jahre-Jugenddiskussionssatz:

– Deine Eltern haben bestimmt auch gesagt, die Stones sind Negermusik.

Superpunktgewinn, und eine Mutter schreit noch mal laut "Arschloch". Das kommt gut. Ein Junge greift zum Mikrophon und erzählt von seiner Band, und daß man da auch überhaupt keine Schangse habe. Gorny sinkt in sich zusammen, und der Junge wird immer stimmfester:

– Ist doch wahr, wir wollen keinen Backstreetboysscheiß und Michael Jackson, wir wollen unsere Musik, Rockmusik ist es, was zählt.

Applaus.

– Und RTL 2 und VIVA haben wir eine Kassette geschickt, und das finde ich echt voll scheiße, wenn die das denn nicht spielen.

Kramartz hat nun recht, ist aber doch auch gemein:

– Das geht zu weit, nee. Ich bin auch ein guter Fußballspieler, ich spiele gerne einfach mal so. Ist aber kein Problem für mich, daß der Klinsmann soviel Geld dafür kriegt. Wenn du soviel übst wie Michael Jackson, mit allen Konsequenzen, dann laß uns noch mal sprechen.

Willy findet das jetzt auch schon wieder total scheiße. Der Moderator weist ihn milde zurecht, und das mag er natürlich erst recht nicht. Ein schneidiger Rocker springt herbei und erzählt von seiner Gruppe in Bielefeld, und statt reden sollten wir doch mal handeln, und hier habe er mal für alle ein Demotape.

– Und dann möchte ich mal sehen, was passiert, dann kann auch keiner sagen, wir tun nichts.

Wie schön es wäre, wenn diese Idioten nichts täten, jetzt habe ich zusätzlich zu all dem Ärger auch noch ein Tape von "Dandy Loon" aus Bielefeld. Muß man nun gar nichts weiter sagen zu dem Namen, zu der Musik. Nun geht es um Verblödung. Der Junge mit der Band sagt, inzwischen vollends aufgepeitscht von Willy, ganz locker:

– Ist doch klar, daß wir verblöden, das merkt man doch.

Und dann ist es auch wirklich genug. Das Ganze franst aus, und man hört mich zum Beispiel "Der Markt entscheidet ja auch" sagen. Abends ohrfeige ich mich dafür ein bißchen, aber nicht allzu sehr. Das Bier von Wolf Maahn ist immer noch nicht leer. Im Cateringzelt gibt Maahn ein Fernseh-Interview. Es habe ihn schon in den Fingern gejuckt "auf der geilen Bühne".

Der einjährige Sohn von Lars Beyer wirft Kartoffeln auf den Boden und lacht. Draußen muß sich die Jugend, die nun doch mit annähernd 20 Exemplaren vertreten ist, Lokalbands anhören, die über Liebe singen. Klingt nach Rockförderung. Zwischendurch witzelt wieder Gerda. Der Sänger von "Dandy Loon" hat eine Weste an und macht Ansagen, wegen derer man im Boden versinken möchte. Der Himmel reißt auf, Wolf Maahn reist ab, er steckt sein Honorar ein und fährt in seinem blauen Passat zurück nach Köln. Und sinnt auf neue Schandtaten ("einen Song drüber machen" oder ähnlich Schlimmes).

Schön ist es, endlich am Hamburger Hauptbahnhof dem Zug zu entsteigen. Und es stimmt einen auch nicht kulturpessimistischer als sonst, von der zerzausten Bagage Sex und Heroin angeboten zu kriegen. Etwas ältere Männer verkaufen Rosen und die *Bild am Sonntag*. Peter Hahne schreibt, wie geil es ist, abgeholt zu werden, wie man dergestalt jede Reise "am Ende noch mit einem unverhofften Höhepunkt krönen kann". Ich blicke auf die gewohntgemochte Dealerstricherrosenzeitungsmann-Szenerie und rufe:

– Gerechtigkeit für Peter Hahne. Aber natürlich viel zu leise. Dann Rückfall – sehr allein, sehr larmoyant, wenig optimistisch. Don't start a revolution from my bed.

# I Hope, I Think, I Know

Wenn ich von der Arbeit nach Hause komme, ist es noch gar nicht Abend, es ist *später Nachmittag*. Ich sehe keine Veranlassung, länger als acht Stunden im Büro zu sitzen, das können andere machen. Ich könnte mich dann umziehen und frohgemut oder nicht, jedenfalls könnte ich es ja mal probieren: mich ins Leben stürzen, dahin und dorthin. Das nehme ich mir eigentlich jeden Tag vor. Sobald ich aber erleichtert die Tür zuwerfe, weiß ich genau, daß die Draußenwelt mich heute nicht mehr sehen wird.

Ein Bekannter von gegenüber hat per Anrufbeantworter angefragt, was denn bei und mit mir los sei, warum denn die Flaschen auf dem Balkon immer mehr würden, ich aber nie zu sehen sei, und die Jalousien immer unten blieben. Ich habe nicht zurückgerufen, ich lasse die Welt draußen, nur manchmal mache ich kurz die Tür auf und werfe mehr Flaschen auf den Balkon. Mein Vorbild wohnt schräg gegenüber: eine Oma, die morgens hustend auf dem Balkon steht und abends ihre Blumen gießt. Sie hat IMMER ein weißes T-Shirt an, egal ob es +20 Grad sind oder -10. Immer eben. Tagsüber dann sieht man bloß ihre Beine, da liegt sie dann in einem Fernsehsessel. Den ganzen Tag. Ich halte sie für extrem ausgeglichen. Die erwartet nichts mehr, das muß irgendwann ein sehr erlösendes (und fortan erlöstes) Gefühl sein.

Ich wohne hier jetzt schon ein Jahr und habe immer noch keinen Altglascontainer in der Nähe gefunden. Wahrscheinlich schwappen die Flaschen bald drei Stockwerke tief mitten aufs Vordach, das der Hippie aus dem ersten Stock als Balkon nutzt, oder gleich auf die Bushaltestelle, und dann werde ich wegen unhaltbarer Zustände zur Verantwortung gezogen. Ehrlich gesagt, mir wäre lieber, sie fielen dem Hippie auf den Balkon. Da habe ich in besserer Zeit immer draufgeascht und draufgepißt von hier oben, gerne auch in Gesellschaft, das war immer lustig. Er saß dabei oft unten und guckte einfach nur in die Gegend, war immer völlig bekifft und schrie mit einer Verzögerung von ca. 5 Minuten:

– Eeeeeh, was geht denn da ab?

Da ging meistens eine ganze Menge ab, damals. Der Hippie ist mir ein paarmal im Treppenhaus begegnet. Nach ungefähr der hundertsten Begegnung dieser Art fragt er hellwach:

– Wohnst du auch hier? Oder biste zu Besuch, ich habe dich hier noch nie gesehen. Ich mache Musik, ich würde dir gerne mal was vorspielen, ich meine, natürlich nur, wenn es dich interessiert, das ist klar, ich will mich nicht aufdrängen, ich … und immer so weiter. Jeder Stummelsatz fing mit "ich" an und endete im Nichts, aber die sich quälende Stimme hob zum Schluß an, mündete also wohl in einer Art Frage. Ich ließ ihn stehen. Seitdem pißte ich regelmäßig auf seinen Balkon, wie gesagt: als ich mich noch raustraute. Mein Leben wird immer leiser, immer weniger, immer dunkler; mir gefällt das aber, es wird nicht in einem kitschigen Selbstmordversuch enden oder so, das ist nicht nötig, es ist nur einfach alles nicht so, wie ich mir einmal das Leben, die Liebe vorgestellt hatte, aber das macht ja weiter nichts.

Ich mache weiter auch nichts: Wenn ich den Briefkasten aufschließe, werfe ich die ganzen Prospekte und Wurfsendungen und Pizzakataloge sofort auf den Boden. Irgend jemand räumt das täglich weg, am nächsten Morgen sind sie immer verschwunden, das ist sehr merkwürdig, denn es gibt hier natürlich keinen Hausmeister oder so was. Persönliche Briefe kommen zweimal im Monat ungefähr, eine Postkarte eines Bekannten, der sich sonstwo erholt, ist immer mal wieder dabei, und dann natürlich Briefe von meinen Eltern. Ich denke mal, sie machen sich keine Sorgen im Moment, am Telefon erfinde ich irgendwelche Erlebnisse, damit sie nicht merken, daß nichts passiert hier, daß ich alles fortwerfe, warum sollten sie das wissen. Ich kriege ja auch auf meinen eigenen Wunsch hin keinen Pfennig mehr von ihnen, das ist vielleicht dumm, aber es ist realistischer und verpflichtet mich nicht. Und dann gibt es noch diese blaugrauen Recyclingumschläge. Daß es ernst ist, erkennt man daran, daß sie meinen Namen richtig schreiben. Und statt Briefmarken ist das Porto in Signalrot draufgestempelt. Achtung, Ärger. Sind die Briefe dicker, sind Kontoauszüge drin. Die schickt die Bank jetzt immer, wenn die Blätter voll sind, vorbei, so ca. alle 6 Wochen, damit ich Bescheid weiß. Ich werfe die Dinger sofort weg, nachdem ich sie schwitzend überflogen habe. Hinter dem Endbetrag steht ein S. Das heißt nicht Scheiße, sondern SOLL. Das wiederum heißt aber Scheiße. Diese offiziellen Umschläge reiße ich immer noch vor dem Briefkasten stehend auf, diese taumelnde Schwindelpanik, diese kreischende Angst halte ich nicht eine Fahrstuhlfahrt lang aus, auch nicht einen Treppengang, denn neuerdings benutze ich ja nur noch die Treppe, das ist Teil meines umfangreichen Diätprogramms. Gestern hat mich die Firma Volvo verarscht. Der Brief sah nach Finanzamt, Bank oder Verwaltungsgericht aus. Und war doch von Volvo, das habe ich aber zu spät gemerkt, da hatte ich den Dreck schon geöffnet. Die Wichser schrieben doch tatsächlich folgendes:

"Jedes Wort, jeder Begriff unserer Sprache bedeutet für jeden Menschen etwas anderes. 'Was?' werden jetzt einige sagen, 'ein Tisch ist ein Tisch, und ein Stuhl ist ein Stuhl.' Nun, befragen Sie dazu mal einen Innenarchitekten oder Designer.

Noch schwieriger verhält es sich mit dem Begriff 'Freiheit'. Jeder hat eine andere Vorstellung davon. Jeder malt sich etwas anderes aus. Jeder verbindet seine unterschiedlichsten Wünsche damit.

Ist es da nicht vermessen, wenn wir Ihnen 'alle Freiheit dieser Welt' versprechen?

Eine Frage, die Sie vielleicht am besten selbst beantworten, wenn Sie in die beiliegende kleine Broschüre geschaut haben. Dort breiten wir Ihnen unsere Vorstellung von Freiheit aus. Und das im wahrsten Sinne des Wortes. Lassen Sie sich überraschen.

Apropos: Ihre besondere Aufmerksamkeit möchten wir natürlich auf unser neuestes Modell der Volvo V70 Reihe lenken. Es läßt die Ferne näher rücken. Es gibt Ihnen jeden Tag frische Impulse. Es läßt Sie innovative Wege erfahren. Es heißt Volvo V70 Cross Country.

Was Sie persönlich mit diesem Namen verbinden – sagen Sie es uns. Wir würden uns freuen, von Ihnen zu hören.

Mit freundlichen Grüßen

Volvo Deutschland GmbH

PS: Nichts kann wertvoller sein, als festgefahrene Wege zu verlassen, um dabei auf andere Gedanken zu kommen."

Die Leute drehen wirklich durch. Das ist der schlimmste Werbeschwurbel, den ich je gelesen habe, und ich habe schon einige schlimme Werbeschwurbel gelesen. Ich schreibe an "Patrice Franke, Geschäftsleitung Marketing". Und ich lasse ihn wissen, was er für eine Null ist.

"Sie dumme Sau Franke!", schreibe ich, "Freiheit bedeutet für mich ganz bestimmt nicht Ihre V70 Cross Country-Dreckskarre. Sondern meine Ruhe. Und die bitte ich zu gewährleisten, indem Sie mich sofort aus Ihrem Verteiler nehmen, sonst kommen Sie in meinen Verteiler, und dann aber aua. Verkaufen Sie Ihre Autos weiterhin in rauhen Mengen an Lehrer und Ärzte mit Hund. Aber lassen Sie mich in Ruhe, halten Sie die Fresse, quatschen Sie nicht dumm rum. Ein Tisch ist ein Tisch, und das hier mein letztes Wort. Machen Sie's gut, Sie dämlicher Schwanzlutscher. Oder: besser. Machen Sie es besser. Das dürfte ja nicht so schwierig sein."

Das war dann die Korrespondenz für heute. Mit 18 habe ich innerhalb weniger Wochen alle Bukowski-Bücher gelesen, die ich kriegen konnte, und ich konnte eine Menge kriegen, sogar alle, denke ich. Denn die gibt es alle bei dtv. Lediglich von den Gedichten habe ich ein paar überblättert, das kann ja kein Mensch alles lesen. Das ist ja nicht weiter von Belang im einzelnen, das Prinzip allein, das ist großartig und zeitlos. Damals jedenfalls habe ich das alles ein bißchen falsch verstanden, oberflächlich rezipiert, könnte man auch sagen, und eine Weile meine Briefe so geschrieben wie jetzt an Herrn Schwanzlutscher Franke. Wenn ich jetzt schon anfange, mich zurückzuentwickeln, finde ich das relativ beunruhigend. Vielleicht ist das aber auch nur eine Phase. Dann bin ich aber mal gespannt auf die nächste.
Ich fange jetzt mit ganz läppischen Tricks an. Was, denke ich, was könnte Katharina am meisten ärgern? Aber SO ärgern, daß sie sich besinnt, eines besseren, nämlich – meiner? Natürlich eine andere Frau. An meiner Seite, und zwar so eine, die sie nie sein kann (und es deshalb unbedingt will):
– perfekte Figur
– eine Frisur wie Justine Frischmann von Elastica
– außerordentlich klug, macht *nebenbei* Theater, organisiert Ausstellungen
– dreht gerade einen Kurzfilm in Amsterdam
– wohnt im Sommer immer in New York
– hat einen alten Porsche und eine neue Wohnung direkt am Fluß hier
– war mal mit Christoph Schlingensief zusammen

– bei den Amateurweltmeisterschaften im Wasserball schwamm sie im dänischen Tor rum
– hat danach ein halbes Jahr Heroin genommen und dabei ein Verfahren entwickelt, das es ermöglicht, (noch was überlegen!)

Und so. Die Liste müßte reichen, ich lege sie neben das Telefon und rufe an. Es wäre natürlich geschickter und glaubwürdiger, ihren Anruf abzuwarten, und *dann* erst beiläufig diesen Dolchstoß zu verlesen, aber da könnte ich ja lange warten.
– Hi, ich wollte nur mitteilen, daß du dich jetzt nicht mehr sorgen mußt um mich (hat sie nie gemacht!).
– Oh, hallo, ja was ist denn passiert, ich meine, das ist schön, also …
– Wie soll ich sagen, ja, also ich bin NEU VERLIEBT, und sie ist es auch, zum Glück, haha, sie heißt Clara (super Name!), und es ist alles sehr prima, ich glaube es funktioniert, naja, das denkt man am Anfang immer, aber diesmal sieht es wirklich so aus. Ich dachte, das interessiert dich vielleicht.
Tut es ein bißchen, ein kleines bißchen. Ich meine, sie einmal gähnen zu hören, aber gar nicht demonstrativ, sondern schlicht aus tatsächlicher Langeweile oder Müdigkeit, das ist angesichts solch einer Knallermeldung natürlich etwas blöd, aber innerhalb von etwa zehn Minuten bringe ich die oben aufgeführten Punkte allesamt schillernd zur Sprache, flankiert von einigen ergänzenden schönen Eigenschaften und biographischen Leckereien mehr. Katharina sagt, daß sie sich für mich freue. So eine *perfekte Frau*, da sei sie ja nun wirklich *ein Entlein* dagegen.
– Ach, Quatsch, sage ich da.
Und lege irgendwann auf und lege mich auch auf – nämlich das Bett und denke nach. So ein Quatsch. Genau. Das trifft es. Hilfe.

# Alive

Ich kaufe nur noch wenig ein. Manchmal noch Platten und Bücher, aber kaum noch Lebensmittel, man kann nicht von einem Haushalt sprechen. Ich frühstücke unterwegs, und abends nehme ich von irgendwo Brötchen mit und was zu trinken. Ich kann und will nicht mal abwaschen. Es geht überhaupt nicht. Ich sehe das schmutzige Geschirr, den Berg, ich gucke ihn an, stundenlang, vom Sofa aus. Seit kurzem hat der Geschirrberg nach meinem Empfinden übel zu riechen begonnen. Kaffeebecher fangen nach 2 Wochen ziemlich an zu stinken, das kann man nicht ändern. In Saftgläsern dagegen bildet sich Schimmel, allerdings ist dieser geruchlos, bis jetzt. Vorgestern habe ich vom Supermarkt eine Tiefkühlpizza mitgenommen. Als mir einfiel, daß ich zum Essen dann das Besteck abwaschen müßte, habe ich den Herd wieder ausgestellt. Die Pizza habe ich halbgar weggeworfen. Mit meiner Wäsche klappt es gerade noch. Da müßte schon noch einiges mehr passieren, bis ich das auch noch lasse. Nein, eine frische Unterhose und frische Strümpfe jeden Tag, daran führt kein Weg vorbei, sonst kann man es ja gleich lassen und im Bett bleiben. An den Wochenenden gehe ich wieder verstärkt dazu über, es ganz zu lassen und im Bett zu bleiben. Ich habe meinen Schrank umsortiert. Im Regal liegen jetzt die Sachen, die ich anziehe, wenn ich nur mal kurz rauslaufe oder gleich ganz im Haus bleibe. Die schönen Sachen, in denen ich mir gefalle, die ich anziehe, um etwas auszurichten, um zu gefallen, wenigstens mir selbst, die liegen im Schrank. Seit einer Woche habe ich da nichts mehr rausgeholt. Langsam fange ich an, all die Arbeitslosen in ihren Trainingsanzügen zu verstehen. Es gibt einfach keinen Grund mehr, sich rauszuputzen. Es nützt nichts, und so wird man immer nachlässiger. Irgendwann hört man vielleicht auch auf, regelmäßig zu duschen. Oder mit dem Rasieren, das tut ja sowieso weh. Ich habe eine neue Wegfahrsperre für die Abende entwickelt: Ich rasiere mich, sobald ich nach Hause komme. Dann fühle ich mich so frei- und bloßgelegt, daß es, selbst wenn ich wollte, überhaupt nicht mehr zur Debatte steht, das Haus zu verlassen. Sich abends rasieren und dann rasiert zu Hause bleiben ist entweder eine letzte Vorstufe zur vollkommenen Isolation oder einfach gut für Leute mit *Problemhaut*. Ich liege da und fühle nichts. Ich habe die Kontrollanrufe abstellen können, das habe ich hinter mir, natürlich auch vor mir, das kommt wieder, klar, alles kommt ja wieder: Schlaghosen, Genesis, Bluna, Brauner Bär, Schlagermusik, Science Fiction-Begeisterung, sogar Zauberwürfel. Jemand hat mein Fahrrad geklaut. Irgendwann ist alles auch wieder weg.

Aber: Sascha Hehn ist da! Beziehungsweise Richard Clayderman, aber das ist ja fast dasselbe. Glanzvolle Einfalt und prächtige Unterhaltungsmusik, ein Mann, ein Klavier, so soll es sein! Ganz früher war Richard Clayderman Bankangestellter, dann wurde er der "Prince of Romance". Ist das ein Titel auf Lebzeit? Oder muß dann noch, kann dann noch was kommen? Clayderman bereist immer noch oder schon wieder die hiesigen Kongreßzentren und Mehrzweckbauten, die abends dann Zentren of Romance werden, sobald es draußen dunkel wird und auf der Bühne, in den Herzen hell. Da gehe ich natürlich hin, so zum Spaß. Vorne sitzt Sascha Hehn und grinst. Er albert ein bißchen herum, das hätte ich nicht gedacht. Daß das nötig wäre! Clayderman sketcht mit seinem dicken Gitarristen (ich dachte Klavier, Klavier, Klavier!) ein bißchen herum. Dann setzt sich der E-Gitarrist wieder hin und macht U-Musik im Hintergrund. Im Vordergrund: *perlende Kaskaden*, wird übermorgen in der Zeitung stehen. Man soll die Sorgen vergessen und sich erinnern, beides gleichzeitig, mahnt ein Wurfzettel.

Richard Clayderman weiß auch nicht mehr genau, wozu das alles gut sein soll. Reicht das noch, Sorgenvergessen und Gutaussehen, dazu effektbedacht herumklimpern? Das Publikum ist auch bloß nachlässig begeistert. Was soll das, wer ist schuld? Helmut Kohl? Was ist anders, was fehlt, was nützt es? Claydermans Platten sehen zwar immer noch aus wie Pralinenschachteln, er selbst wie der Deckoffizier auf dem Traumschiff. Jedoch: Sein Flügel sieht aus wie Schulaula, seine Begleitmusiker wie die Puhdys, und wir sahen auch schon besser aus. Das tut einem dann leid. Die harmonischen Pretiosen verglühen, das traditionelle und stets grandiose "Beatles Medley" entfällt, einfach so. Und das wundert keinen. Auf der Suche nach dem verlorenen weißauchnicht. Immerhin hat Clayderman in der Pause den Smoking gewechselt, von schwarz zu blau, hellblau. War der früher nicht weiß?

In der Pause lerne ich eine Frau kennen. Es geht aufwärts, denke ich erst mal, einfach weil sie eine Frau ist. Leider ist sie aber keine gute Frau. Sie arbeitet bei einer Zeitschrift der Bundesbahn. Und so ist sie auch. Ich höre:

– 240.000 Mitarbeiter, das geht ja vom einfachen Gleisarbeiter bis rauf zum lala, das hätte ich auch gar nicht gedacht, wie vielfältig das im Grunde ist, also natürlich nervt es, wenn da immer 3 Instanzen drüberlesen, aber ich sag mal, man hat halt auch eine irre Themenvielfalt, das hätte ich auch gar nicht gedacht, also, man kann sich schon ausbreiten, es gibt ja so viele Teilgebiete.

Sie merkt gar nichts.

# Stay Young

Alf sagt, daß ich schon sehr lange nicht mehr *ausgegangen* sei. So sagt er das: ausgehen. Ein eigentlich schönes Wort für einen eigentlich schönen Vorgang. Im Moment möchte mir aber partout nicht einleuchten, was es bringen soll, dann doch nur wieder betrunken nicht schlafen zu können, man versaut sich noch den nächsten Tag, und meine Diätpläne durchkreuzt das Ausgehen natürlich auch. Aber ich bin mit meiner Wehleidigkeit nach nunmehr 29 Wochen ohne Katharina inzwischen dort angekommen, wo es nur noch weh tut und es spätestens jetzt nur noch peinlich ist, dies meinen Freunden fortwährend mitzuteilen. Man kann ja nicht ewig behaupten, es bringe nichts, und es würde ja doch nichts geschehen. Es geschieht natürlich immer was, deshalb ist das zu ungenau. Man müßte sagen: Es geschieht nichts von Belang. Und dann klingt das auch wieder nicht gut. Ich sage also:
– Echt? und
– Also, heute abend wäre zum Beispiel kein Problem, klar habe ich Lust.
Klar habe ich keine Lust. Aber dann soll es eben so sein, ich glaube, Alf plant einen *Herrenabend*. Wahrscheinlich denkt er, das fehle mir und dann sei mal ganz fix Schluß mit unlustig. Wenn ich mir Alf so angucke, denke ich immer, ich sollte vielleicht doch noch studieren. Alf ist nie zur Uni gegangen. Er macht sich eigentlich auch überhaupt nie groß Gedanken. Er ist wohl glücklich. Eigentlich geht das gar nicht.
Wir trinken Bier bei ihm und gucken einen Film. Ich gucke sehr ungern Filme. Ein Fernsehabend hat alleine stattzufinden, und man guckt halt alles ein bißchen, das reicht vollkommen, dann endet es irgendwann mit Harald Schmidt,

und besser wird es nicht, und dann geht man schlafen. Aber Filme sind sehr anstrengend, so lange kann ich mich überhaupt nicht konzentrieren, diese ganze dramaturgische Anfahrt, ich weiß nicht, im Kino mag es gehen, zu Hause werde ich verrückt. Alf rennt dauernd in die Videothek, und es ist auch kein Schund, aber ich begreife trotzdem nicht, wie er das aushält, so lange dazusitzen. Außerdem ist er ein Lautlacher, und das finde ich wahnsinnig anstrengend. Es gibt einfach keinen Grund, laut zu lachen. Es ist so ein ganz dummes "Haha, ich habe es verstanden, sieh mich an, bin ich nicht ein helles Köpfchen?"-Lachen. Ich lache aber mit. Sonst wird es ja ganz kompliziert, und das dumme Lachen erklingt zunächst *noch* häufiger, damit ich bloß endlich begreife, WOZU wir hier sitzen und wie ich mich da zu verhalten habe, und dann ist er irgendwann beleidigt und hört auf, dumm zu lachen, und dann ist der Abend gelaufen. Der Film dauert knappe zwei Stunden, und Alf lacht vor allem dann, wenn es laut und eklig wird. Ich kann daran überhaupt nichts komisch finden, aber natürlich lache ich auch. Oder ich schüttel jovial den Kopf und sage:

– Mann, ist das kraß!

Selten fand ich was unkrasser. Aber da ich das Wort ohnehin sonst nie benutze, weil es ein blödes Kifferwort ist, tue ich ihm den Gefallen, am Ende des Films bin ich sowieso schon recht betrunken. Da ist es natürlich auch sehr egal, was wir jetzt machen. Von mir aus – einfach weitertrinken. Aber nicht hier bei Alf. Draußen wartet doch was, meint man. Also in die Stammtrinkhallen. Wie langweilig man samt Leben eigentlich ist, merkt man ja erst, wenn man an Orte geht, wo lauter Menschen sind, die so ähnlich leben wie man selbst. Das sind die Orte, an denen ich mich am unwohlsten fühle. Mit Katharina bin ich nie hierhin gegangen, wir hatten einfach keinen Bedarf nach dem, was man

wohl ANSCHLUSS nennt. Wir hatten ja unsere Welt. Jetzt habe ich immer noch unsere, aber sie hat eine andere, einen anderen. Die meisten meiner Bekannten kannten Katharina nicht mal. Ein Hauptgrund dafür, daß es zerbrach.
– Du hast mich nicht mehr in deine Welt vorgelassen! beklagte sie.

Aber doch nur, weil die mir nicht unbedingt vorzeigbar erschien! Ich hatte wohl vergessen, daß meine Welt im Vergleich immer noch o.k. ist, auf jeden Fall aber meiner Freundin Einsicht gewährt werden muß, wem denn sonst. Ich habe jetzt sehr lange nichts von ihr gehört. Ich werde nichts mehr von ihr hören. Immerhin zähle ich die Tage nicht mehr (bloß die Wochen). Hoffentlich halte ich durch und lasse sie in Ruhe. Es ist nicht so, daß ich ihr nicht mehr auf die Nerven gehen möchte, im Gegenteil, ich hätte allergrößte Lust auf eine großangelegte Aussprache, ich möchte einfach mal sehen, was sie so sagt, wie sie sich so rausredet, ja, das möchte ich. Es kann doch überhaupt nicht sein, daß das Beenden einer Liebe den Beender schwupps von allen Pflichten entbindet. Das Wort Verantwortung muß gar nicht herhalten. Das klingt so wohltäternd. Es ist ihre verdammte PFLICHT, und da eben alles ist, wie es ist, muß ich sagen: Es wäre ihre verdammte Pflicht. Gewesen. Weil wir betrunken sind, kann ich Alf halbwegs die Wahrheit sagen, und nachdem wir eine gute Stunde damit zugebracht haben, in diesem miefigen Loch die Personen, die uns gegenwärtig was bedeuten und die das auch wissen dürfen und wollen, zu begrüßen und unnützen Quatsch mit ihnen zu verhandeln, und die anderen, die wir schon immer gehaßt haben oder die uns immer ignoriert haben, nicht zu beachten (diese ganzen Mechanismen sind so wahnsinnig anstrengend), sage ich:
– Alf, paß auf, gleich spielt hier eine dumme Hornbrillenband aus der Schweiz oder aus München oder aus sonst-

wo, es ist egal, wir müssen das nicht gut finden, wir müssen uns das nicht anhören, laß uns dahin gehen, wo es lustig ist.

Alf kommt natürlich sofort mit. Der Idiot an der Tür möchte uns unbedingt einen riesigen schwarzen Stempel geben, und als ich ihm sage, daß wir GANZ BESTIMMT NICHT wiederkommen, sagt er:

– Trotzdem.

Wenn ich nicht so friedliebend wäre. Dann hätte ich jetzt nicht so eine schwarze Stirn, ich habe praktisch die ganze Stempelfarbe direkt auf meine Stirn übertragen, das war ja klar. Wir sind jetzt in so einem richtigen Rockschuppen. Alf geht sonst nur in Elektro-Clubs, keine Gitarren oder allenfalls mißhandelte, verfremdete, das geht sonst nicht, sagt er. Wenn ich betrunken bin, finde ich es aber in Rockschuppen am schönsten, und Alf wird nach ein paar Bier bezüglich solcher Entscheidungen angenehm lenkbar. Und dann gehen wir eben in so Rockschuppen. Die Menschen hier hassen die Mode, was immer die Mode ist. Und sie lieben die Vergangenheit, das ist richtig süß. Sie wünschen sich dauernd alte Lieder. Oder neue Lieder, die dann irgendwann später eben auch dazugehören zu den alten Liedern, dereinst, weil es eben just solche Hits sind. Und schon bei ihrer Veröffentlichung sind sie altbacken und der gesamtmusikalischen Progredienz nicht gerade dienlich. No Doubt ist so eine Band. Der Durchsickerungsgrad dieses doch eher egalen Skagerockes ist schon beachtlich. Überall schallt es einem ins Gesicht, ein richtiges Jeansgeschäft-Umkleidekabinen-Lied. Dann hat es ein Lied geschafft, und dann dauert es nur noch 2 Wochen, bis meine Schwester es mir am Telefon vorsingt und fragt:

– Kennst du das, du findest das bestimmt doof, aber ich mag das – wie heißen die denn?

Die Abende in diesen Rockschuppen verlaufen immer

identisch, das ist sehr beruhigend. Nirgends sonst ist solche Entspannung möglich. Man setzt sich hin und trinkt. Allein oder auch zu zweit. Auch zu dritt noch: sitzen. Wenn die Gruppe die Zahl 3 überschreitet (und das tut sie schnell, denn alle kommen immer wieder hierhin, und so beginnen ja die langlebigsten Freundschaften), dann, ab vier Personen, steht man. Denn nur stehend kann auch jeder mit jedem reden, in einer Reihe sitzend geht das zu viert schon nicht mehr. Ist ja auch so laut. Dann wartet man, daß man betrunken wird. Das geht je nachdem sehr schnell oder nicht ganz so, aber auf jeden Fall immer schnell genug. Die Trinkgeschwindigkeit verhält sich proportional zur Lautstärke der Musik. Sehr laut = sehr schnell. Dann wünscht man sich bald die ersten Lieder, denn das ist ja alles wieder mal nichts, was DER DA heute spielt, denkt man jedes Mal. Dabei spart der in diesem Punkt nicht dumme Plattenaufleger sich ja nur all die Hits für später auf, damit er nicht, wenn endlich alle tanzen und krakeelen, Anträge abschlägig bescheiden muß. Rock-DJs sind zumeist etwas merkwürdig, aber wenn man sie ein bißchen lobt für ihre tollen Platten und sie in eine kleine Fachsimpelei verstrickt, dann sind sie handzahm, meistens, da gibt es keine Probleme. Irgendwann, jemand muß das ja machen, beginnt man zu tanzen. Am Anfang kann man sich noch durch Extravaganz im Vortrag hervortun, das aber sehen dann die anderen und stürmen hinterher, denn die Chance wollen sie sich keinesfalls entgehen lassen, und irgendwann ist es so voll, da ist dann Schluß mit Extravaganz. Selbiges gilt fürs Trinken und die Gespräche: Irgendwann ist man so voll, da ist dann Schluß mit interessanten Gesprächen. Und dann beginnen die *wirklich* interessanten Gespräche, und wenn man aufregend genug getanzt hat, wird man vielleicht sogar auch mal angesprochen, oder es ist zumindest leichter, jemanden anzusprechen, weil man ja der ist, der da vorhin so komisch getanzt hat. Rockmusikmenschen tanzen in der Regel nicht sehr gut, so daß es ein leichtes ist, sich hervorzutun. Man macht einfach ein paar Fehler weniger, da muß man gar kein großartiger Tänzer sein. Man singt nur nicht mit, spielt nicht Luftgitarre und springt nicht wild rum, auf die Füße der anderen oder so. Man hat lediglich den Rhythmus zu beachten und sich dementsprechend zu bewegen, dann klappt das schon.

Es gibt natürlich Mädchenknaller und Jungsknaller, Bad Religion zum Beispiel oder anderer Punkrock, da sind dann die Jungs ganz klar in der Überzahl, bei Jamiroquai oder Prince dann aber die Mädchen. Ich tanze auch lieber zu Letztgenannten, einfach, weil Mädchen zu so später Stunde deutlich besser riechen, gerade auch, wenn sie sich engagiert körperlich betätigen, und auch, weil es sich einfach interessanter und schöner dazu tanzen läßt. Außerdem rempeln die Jungs immer so bierselig unmotiviert. Bei Zwitterkrachern wie Red Hot Chili Peppers oder Beastie Boys, bei denen beide Geschlechter zu gleichen Teilen auf die Tanzfläche strömen, gehe ich sowieso immer trinken. Denn bleibt man zu lange dabei, hört man hinterher gar nicht mehr auf zu schwitzen. Das Pissengehen wird mit jedem Mal schöner, weil man immer betrunkener wird. Auf Jungsklos wird sich plötzlich Hallo gesagt oder gelächelt, das ist vorher undenkbar. Und wenn man mal keckerweise zu den Damen geht, ist es da auch fröhlich und nicht hysterisch. Ich mag Rockläden. Wenn es dann unwürdig wird und bei Midnight Oil, Sisters of Mercy, HBlockX oder Skunk Anansie die Hölle losbricht und sich ästhetische Vorbehalte nicht länger runterschlucken lassen, muß man eben schnell mal wieder pissen gehen, ist doch kein Problem. Gleich fängt die Crossover-Stunde an, das ist jetzt schon klar, und so habe ich Zeit, mich um eine Frau zu kümmern, Alf stellt sie mir vor. Ich habe keine Ahnung, woher der all die

Frauen kennt, die er mir pausenlos vorstellt. Sie sieht sehr gut aus, riecht etwas merkwürdig und redet auch allergrößten Unsinn, aber ich bin ja betrunken, schön betrunken, nicht unangenehm. Ohnehin werde ich beim Trinken immer bloß inwendig unangenehm, es geht mir dann allenfalls schlecht, aber nie komme ich auf die Idee, Menschen zu belästigen, meine Schamgrenze steigt merkwürdigerweise sogar an, wenn ich trinke. Was sie da so redet, ist trotzdem nur schwer zu ertragen:

– Ich bin ja echt so wie die eine von den Spice Girls!
– Ja? Wie welche denn?
– Ja, die Coole.
– Die sind eigentlich alle recht cool.
– Nee, die Hübsche.
– Du meinst Victoria!
– Keine Ahnung, auf jeden Fall die mit den Designerklamotten.
– Ja, eben, Victoria. Ja, so siehst du aus, naja ein bißchen (eigentlich fast gar nicht!).
– Doch, also, finde ich schon, SEHR!
– Na schön. Tja, die sind natürlich super. Ich gehe mir jetzt "Who Do You Think You Are" wünschen, ja?
– Das spielt der nie im Leben!
– Das spielt der immer. Ich bringe uns einen Schnaps mit.
– Ich trinke keinen Schnaps.
– Wir trinken jetzt Schnaps.
– O Gott, na gut, egal.
– Ja, genau.

Erst mal weg, erst mal Luft holen, erst mal nachdenken. Lohnt sich das nun wieder alles, den ganzen Abend vertändeln? Ich kann es nicht mehr beurteilen, aber ich denke natürlich aus Erfahrung nein und sage mir aus Blödheit ja, und dann hole ich Schnäpse, und es ist überhaupt kein Problem mit dem Lied, und das sage ich ihr, und darauf sie:

– Du bist super!

und dann sage ich natürlich, was bleibt mir anderes übrig:

– Du auch.

Sie gehört einer Sekte an. Oder so. Ich habe es nicht genau begriffen, eigentlich evangelisch, aber dann eine Sonderform oder so, jedenfalls ißt sie kein Fleisch (– Ich auch nicht/– Das finde ich aber sympathisch!), und Heavy Metal findet sie teuflisch, tatsächlich, und lauter anderer Irrsinn kommt plötzlich aus ihr heraus. Ich hatte mich gerade an ihren doch sehr strengen Körpergeruch gewöhnt und war bereit für manches. Denn sie sieht großartig aus. Doch dann sagt sie, einfach so, ganz normal:

– Ich darf keinen Sex haben, Lecken ist aber o. k.

Ich weiß überhaupt nichts darauf zu entgegnen und sage, wohl cooler, als ich es hätte planen können:

– Lecken ist ja auch schön.

Dann sage ich:

– Ich muß mal, und es ist auch so, allerdings muß ich nur mal: weg. Weg von ihr, das ist ja alles gar nicht auszuhalten.

Ich gehe wieder zu den Jungs, und die fragen, wer das denn war, die war ja phantastisch. Da sage ich ihnen, daß das Victoria war, und Alf nickt stolz und singt mit: "Who Do You Think You Are". Ich nicke auch irgendwie stolz (worauf bloß?), und dann gehen wir tanzen, denn nun klingt Garbage an, und bei Garbage tanzen wir immer sehr gerne.

Der Scheiß ist ja, daß man zu Oasis fast gar nicht tanzen kann. Bloß immer trinken.

# Flashbax

Alle fragen mich plötzlich, ob ich solo bin. VORHER hat mich das nie jemand gefragt, obschon ich fast immer allein unterwegs war. Gucke ich jetzt anders, sehe ich anders aus? Lefze ich, heule ich? Ich sei schwul, denken die anderen oft. Oha.

Ich gehe jetzt oft alleine essen. Abends, nach der Arbeit, vor dem Laufen, wenn ich laufe. Vor dem schlechten Gewissen, wenn ich nicht laufe. Ich bin noch mal in den Sportladen gegangen und habe Bleimanschetten gekauft. Das ist gut für die Muskeln, habe ich beim Zahnarzt in einer Zeitschrift namens *Men's Health* gelesen ("3 Phasen-Programm für einen flachen Bauch", "die geheimen Wünsche der Frauen"), die mich zum erstenmal hat verstehen lassen, warum Frauen die extra für sie gemachten Zeitschriften oft als traurigmachende Gewissensbeißer empfinden. Überall nur ölige Muskelwichser, die nebenbei über ihren "Top-Erfolg im Job" quatschen. Die haben den ganzen Tag gut zu tun mit Sport, im Kino vielleicht doch mal 1 Bier, dazu dann aber auf keinen Fall Chips, sonst am nächsten Tag bitte 4 Liter Wasser. Puh.

Aber essen muß man ja. Wenn ich nicht in das Schwulencafé gehe, weil ich das Geschnatter wirklich nicht täglich aushalten kann, dann gehe ich am liebsten zu leicht trashigen Italienern. Nicht die Nobelitaliener, das kann ich mir nicht leisten, und das ist alleine auch unangenehm, die gucken dann immer gleich mitleidig wie Lebensberater von der AOK, die Kellner. Aber so ein Mitteltrash-Italiener, das ist super. Da ist es nie sehr voll, das Essen ist o. k. Und die Bedienung läßt einen in Ruhe. Weil Mitteltrash-Italiener nicht so recht Konjunktur haben derzeit, wissen sie schon nach zweimaligem Besuch, was man trinkt (WASSER!!), und was man ißt, bald auch – schon nach dreimaligem Essen muß man gar nichts mehr sagen, denn man ißt ja immer dasselbe, also ich jedenfalls. Ich finde es prima, beim Essen Zeitschriften zu lesen, allerdings überfällt mich gen Ende einer Mahlzeit immer eine komische Hast, da will ich nur noch raus, und dann tut mir hinterher der Magen weh. Ich müßte sitzen bleiben, noch einen Kaffee trinken, das Essen müßte sich setzen, statt dessen will ich raus, nur raus, obwohl da draußen gar nichts ist. Ich verstehe das nicht.

Jetzt im Winter ist es zum Laufen wirklich zu kalt, da erkältet man sich sofort. In der großen Zeitung stand, es sei o.k., wenn man ein bißchen zunimmt im Winter. Aber schon das dort verwandte Wort "Winterspeck" finde ich mindestens so widerwärtig wie das Gemeinte, und deshalb gehe ich dann eben schwimmen.

Früher in der Schule litt ich im Schwimmbad zunächst elementar darunter, daß ich meine Badehose haßte. Ich wollte so gerne bunte Shorts, auf denen irgendein Phantasieenglischquatsch mit "Beach" steht. Und ein Surfbrett sollte abgebildet sein. Ich hatte eine hellblaue Frotteehose. Wenn ich aus dem Wasser kam, lag sie so eng an, daß man meinen Schwanz sehen konnte, also sagen wir so: Ich hätte auch nackt baden können. Zum Glück war da noch Andreas mit den fettigen Haaren – sowieso der Klassendepp –, und dessen Frotteehose war weiß. Da war dann alles zu sehen. Mein Gott, in dem Alter. Wir hatten ja nun wirklich auch nichts vorzuweisen da unten. Das war wahrscheinlich das Problem.

Schwimmengehen finde ich seitdem ziemlich schrecklich, daran hat sich auch nichts geändert, aber ich will ja abnehmen, und also bitte. Ich schwimme 1000 Meter. Ich habe keine Ahnung, ob das viel ist, ich denke mal, das ist eher wenig. Um mich zu erschöpfen, reicht es. Es ist ja eher eine virtuelle Erschöpfung beim Hobbyschwimmen, das merkt man dann erst viel später, daß der stetig wachsende Unwille tatsächlich Erschöpfung meint. Dann gehe ich in die Sauna, gucke mir dicke Männer und große Titten an, und dann ins Solarium. Ach du Scheiße, ins Solarium. Es wird alles ganz blau, dabei aber bleibt es komisch kühl und zugig. Nach zehn Minuten riecht es verbrannt, das Ding läuft noch vier Minuten, ich gehe aber schon raus, habe mir wahrscheinlich – ohne Schutzbrille natürlich – die Augen irreparabel verdorben. Und braun bin ich auch nicht. Wie oft muß man ins Solarium gehen, um merkliche Bräunung zu erzielen? Hautkrebsoft? Ich werde nicht mehr ins Solarium gehen.

Weihnachten fahre ich natürlich zu meinen Eltern. Ich habe ziemliche Angst, all die Wieders, die dort dräuen (Wiedersehen, Wiedertreffen, Wiederkäuen, Wiederhören, Wiederträumen, Wiederriechen usf.), könnten mich in meiner Genesung von den Liebesschmerzen weit zurückwerfen. Immerhin ist das die Stadt, der Ort allen Ursprungs, und darüber hinaus könnte ich SIE dort treffen, denn ganz bestimmt wird auch sie Weihnachten nach Hause kommen. Es ist verrückt. Wir haben uns monatelang nicht gesehen, nicht gesprochen, aber trotzdem.
Ich bleibe deshalb die meiste Zeit im Haus, im Elternhaus. Wenn ich dann doch mal alte Bekannte und Freunde treffen möchte, zittere ich ganzkörperlich, ich gehe suchend und ängstlich zugleich durch die Straßen und muß bald wieder weg, nie war ich unruhiger. Sie hier mit irgendjemandem zu sehen, (am besten noch mit dem blöden Surfer), Arm in Arm, einander herzend, das geht nicht, das darf nicht sein. Ich muß wieder fort. Das Klassentreffen werde ich noch besuchen, das findet jedes Jahr kurz nach Weihnachten statt, da sollte man hingehen.
– Was machst du denn jetzt so?
– Immer noch Berlin?

– Du hast dich ja auch überhaupt nicht verändert.

– Weißt du, was Derundder macht?

– Und, wie isses? (– Und selbst?)

– Guck dir doch bitte mal an, wie nuttig die inzwischen aussieht.

– Er ist ja wohl genau der Scheißer geworden, den man sich erwartet hatte.

So geht es zu. David ist auch da, und wir haben uns sonstwas erwartet. Wir wollten alte Freundinnen mindestens küssen, vor allem die, die wir nie küssen durften, und das sind die meisten. Man versichert sich gegenseitig die hohe Wertschätzung. Menschen, die zufällig in dieselbe Großstadt gezogen sind, auf der Suche nach wasauchimmer, erfahren das hier, haben sich in der Großstadt nie gesehen oder betreten zur Seite geguckt. Hier nützt es nichts, zur Seite zu gucken, denn da steht schon die nächste Figur, die man komplett verdrängt hatte. Alle erzählen stolz von ihrer Lebensplanung. Und kokettieren dann mit angeblicher Unsicherheit und "Das ist ja cool"-Komplimenten, mit denen sie die Wasbishergeschahs der anderen kommentieren. Niemand möchte hier mit jemand anders tauschen, und das wenigstens ist neu und gut, das haben inzwischen alle eingesehen: Dieses Leben, das soll's dann wohl sein.

Da ist eine, die jetzt sehr gut aussieht, die erkennt man gar nicht wieder, wenn man das damals gewußt hätte. Interessant ist auch, wie die Pickelstruktur in den Gesichtern sich entwickelt hat und ob jemand dicker geworden ist oder so. Mit leicht masochistischem Drang kommt man hierher – hat man in einer neuen Stadt die Chance und den Zwang gehabt, von vorne zu beginnen, konnte man Herkunft und Geschichte verfälschen, so ist das hier nicht möglich. Die Leute haben dein Elend jahrelang verfolgt und ihres daneben gedeihen lassen; so umrandet den Reigen aus Heuchelei und vereinzelt tatsächlicher Wiedersehensfreude eine lange nicht gefühlte Geborgenheit, die sich durch die lange gemeinsame Wegstrecke erklärt. Was man alles weiß von diesen Figuren. Der hatte einen ganz krummen Schwanz, das wissen wir noch aus der Dusche. Der hatte strenge Eltern und hat deshalb zwei Jahre lang jedes Wochenende bis zum Koma gesoffen und dann fremde Keller vollgekotzt, dachte damals, das wäre jetzt die Revolution, und jetzt wohnt er in Hildesheim, das gönne ich ihm. Der hippe Junge da hat noch vor wenigen Jahren New Model Army-Verse unter die Schulbank gekritzelt, und der da hat gestottert, bis er eine Freundin hatte, und das hat gedauert. Die dort wurde wegen ihrer enormen Titten zunächst gehänselt, später, als man wußte, daß der eigene Trieb und Drang nicht perverse Ausnahme, sondern Regel ist, verehrt.

Es gibt Alkohol. Und alle trinken. ALLE. Früher gab es etliche, die nie getrunken haben, und etliche, die dauernd viel zuviel getrunken haben. Das waren Glaubenskriege! Jetzt können alle mit Alkohol umgehen (bis auf David und mich vielleicht), und langsam wird es lustig, der Haufen diversifiziert sich in alte Grüppchen, die Struktur ist wieder da. Später gehen alle noch zusammen weg und lügen sich irgendwas von "unbedingt bald mal wieder treffen, nicht wieder alles einschlafen lassen" in die Tasche. Macht ja nichts. Später umarmt man sich sogar, ich küsse Stefanie, die hätte ich früher nie geküßt, aber jetzt sieht sie wunderbar aus, und kurz denke ich, ich bin verliebt, bin froh, daß das noch geht – mitten in der Nacht sich einfach mal eben verliebt fühlen. Katharina nicht getroffen, so ein Glück. Am nächsten Morgen schnell weg, nach Wirklichhause.

Ein bißchen beneide ich meinen Nachbarn. Der sieht ganz gut aus, ist immer frohgelaunt, singt immer lalalalala, wenn er die Tür auf- oder zuschließt. Ständig hat er Frauen in der Wohnung, die Wohnung ist genauso geschnitten wie meine, aber er hat sich geschickt mit der Platzarmut arrangiert, das wirkt alles viel weitläufiger als mein Kerker, man könnte bei ihm wirklich von einer schönen Wohnung sprechen. Er trinkt jeden Abend Bier, ist trotzdem sehr dünn, darum beneide ich ihn am meisten. Katharina hat mal gesagt: "Der hat was, was Frauen anzieht". So was sollte eine Frau nie laut sagen zu ihrem Freund, wenn es um einen anderen Kerl geht.

Die Hosen gehen eigentlich allesamt wieder besser zu. Das ist gut. Das wollte ich. Verabrede mich lauthals und voller Selbstgewißheit (geht doch!) mit Isabell. Weiß nicht, warum. Wir haben es mehrfach versucht, unsere grundsätzliche Sympathie in Liebe weiterzuentwickeln, das hat nie geklappt. Aber ich muß unter Leute, auf eine Frau, sozusagen. Wir betrinken uns erst mal, das muß immer sein. Dann laufen wir durch den (romantisch!) verschneiten Stadtpark. Wir sagen uns gegenseitig, daß wir uns gutaussehend finden und küssen uns ein bißchen. Mit dem Alkohol zusammen reicht es aus. Ich fühle mich gut. Wir gehen auf ein lautes Konzert; sie hat irgendwas mit diesen gräßlichen Ausweismonstern mit Lederwesten zu tun, die den ganzen Quatsch möglich machen. Die lassen uns hinterher mit auf die Aftershowparty, es ist aber eigentlich gar keine Party, alle stehen nur blöd rum. In einer Wanne mit Eiswürfeln schwimmen Bierdosen, ich trinke einige, es geht mir wieder besser, ich rede mit einem Volltrottel von einer Frauenzeitschrift. Er schreibt da über Platten. Er glaubt, das sei von Belang. Er weiß nicht, daß das die Witzecke des ansonsten humorfreien Anti-Feminismusblättchens ist. Er glaubt, er sei eine große Nummer, ein *Multiplikator*, und es sei interessant, sich mit ihm über neue Platten zu unterhalten. Er hat überhaupt keine Ahnung. Die neue Blur-Platte zum Beispiel nennt er doch wirklich vollverblödet "den dreistesten Beatles-Abklatsch ever". Dazu ist folgendes festzustellen: Dies ist wohl die unbeatleigste Platte, die Blur je gemacht haben, es ist eine vollkommen amerikanische Platte, für ihre Verhältnisse. Aber vielleicht hat er sich auch, schlicht wie er ist, von der grandiosen ersten Single "Beetlebum" fehlleiten lassen. Die hat zwar auch musikalisch wieder kaum was mit den Beatles zu tun, aber "Beetlebum", wird er sich gedacht haben, das klingt ja gleich voll beatlesesk. Es ist aber völlig wurscht, was er über diese Platte denkt, deshalb sage ich nichts.

Dann fällt sein mobiles Telefon (der Vollarsch nennt es wirklich "mein Teflon") in die Eiswürfelwanne. Ich lache. Er nicht. Die Unterhaltung ist vorbei. Schön. Ich gehe nach Hause. Isabell ruft mir hinterher, wo ich denn hingehe. Sie habe ich ganz vergessen. Ich sage, daß ich sie suche, sie kommt heran und findet das süß. Sie glaubt alles, sie ist sehr dumm. Wir gehen noch trinken. Wir küssen uns, irgendwann werde ich müde und traurig, erst traurig, dann müde. Von der Traurigkeit, sie geht mir auf die Nerven. Isabell auch. Daß jetzt noch Tschüß und Taxi und Zähneputzen und Lüften und Mineralwassersuchen sich ganz zwangsläufig aneinanderreihen, bringt mich fast zum Heulen.

# My Big Mouth

Wo ist es noch lustig? Im Büro! Zumindest einmal pro Woche, wenn die Berichte der "Außendienstmitarbeiter" aus dem Fax quellen. Da schreiben diese fetten Vertreter mit ihren Status Quo-Lederjacken und Holsten-Bäuchen und Musterkoffern, was so los ist in den Läden. Im Moment nicht viel "wg. Rezession", wie man immer wieder liest. Bestimmte Drecksplatten verkaufen sich aber auch in wirtschaftlichen Talsohlen sehr gut, gerade dann! Zum Beispiel der blinde Tenor, der für Henry Maske gesungen hat (woraufhin der verloren hat). Und das wird einem in so einem Report dann ganz global erklärt, da wird es dann feierlich, und die Hand rutscht an die Hosennaht, Körper durchgedrückt:

"Schlußwort: Ohne Tschechen und Ungarn keine Wiedervereinigung, ohne Wiedervereinigung kein kommerzieller Maske-Boxkampf, ohne Maske kein

**BOCELLI**

Phänomenal, was Monate nach dem Kampf immer noch geht."

Nachdem vorher hölzern analysierend der Pflichtteil abgehakt wurde ("Die neue Maxi-CD von U2 hat leider nicht den so dringend notwendigen Schub für den Longplay gebracht, dieser steht wie Blei in den Regalen. Im übrigen läuft auch der Kartenvorverkauf mehr als schleppend. Man zweifelt immer mehr, ob sich die Jungs mit diesem Werk einen Gefallen getan haben"), werden die Vertreter gen Ende dann gerne mal so grundsätzlich, das ist schon immer sehr lustig.

Aber ansonsten muß ich aufpassen, daß ich in der Musikbude nicht ganz einfältig werde, und deshalb arbeite ich nebenher wieder ein bißchen fürs Radio. Es soll mal wieder irgendein Komet auf die Erde plumpsen, und da fällt dem örtlichen Radiosender wie immer nichts Besseres ein, als da nun ein paar Tage draufrumzuspaßen, und da Geld ja immer gut ist und die Ideen ruhig schlecht sein können, sage ich zum Redakteur:

– Lassen wir uns doch für den prognostizierten Aufschlagstermin die Karten legen. Das ist doch persönlich und lustig zugleich, Riesenunterhaltung, Esoterik kommt doch auch gut gerade. Der Idiot sagt natürlich:

– Klar, bestens! und nun suche ich also nach einer Wahrsagerin oder so. Bei *Bild* ist heute eine Kartenlegerin zu Gast (wann eigentlich nicht?), eine Stunde lang wähle ich diese Nummer, ist aber immer besetzt. Zwei Stunden später ist die Leitung endlich frei, es ist ja nicht zu fassen, wie treudoof die Leute Nummern wählen, die irgendwo eingeblendet oder abgedruckt werden, gerade so, als hätten sie sonst nichts zu tun, in Fernsehsendungen müssen sie ja auch mehrmals "Bitte nicht mehr anrufen!" einblenden und durchsagen, bis die Leute das mal begriffen haben. Eine nette Redakteurin ist dran, und die gibt mir die Nummer von der Tante, denn die ist natürlich schon seit zwei Stunden weg.

– Die ist echt o. K., macht die bestimmt, sagt die Redakteurin noch. Ist mir schon mehrmals aufgefallen, daß bei Springer ein paar sehr nette Menschen arbeiten. Das kann man sich gar nicht erklären.

Und auch die Kartenlegerin ist wirklich nett. Sie heißt zwar Simone, aber das macht ja weiter nichts. Ich soll Simone besuchen. Ihre Stimme klingt sehr sexy. Und ich habe einen Auftrag. In einer halben Stunde bin ich da, schnell noch umgezogen, sogar eine neue Unterhose, also was ich da wieder erwarte, ist ja lächerlich. Vielleicht kommt das auch von dem Mikrophon, das der Radiomann mir mitgab, das sieht aus wie ein Penis. Simone hat eine große Wohnung und große Titten. Ich hatte noch nie eine Frau mit so großer Wohnung und so großen Titten. Ich hätte das aber gerne mal, beides. Wir machen ein Interview, sie legt mir für den annoncierten Weltuntergangstag die Karten, und es sieht ganz gut aus und ist wohl Quatsch mit dem Weltuntergang. Natürlich ist es Quatsch! Wir reden noch ein bißchen, ich gucke, wie die Titten wippen. Sie hat ein Samtkleid an, das sieht alles sehr gut aus. Sie ist so Ende 30. *Phantasie einsamer Nächte.* Die Erfahrene, die Ausgebuffte. Sie will meine Telefonnummer haben. Und das genaue Sendedatum von dem Beitrag, natürlich.

– Ich rufe dich dann an und sage es dir.

– Bis bald mal.

– Mach's gut, vielen Dank.

Solche Verabschiedungen sind ja eigentlich immer endgültig. Aber erst mal ist der Abend gerettet. Ich höre mir die Kassette mit ihrem Gerede noch mal an und denke dabei an die Titten. Ein schöner Abend. Der Beitrag wird ziemlich dümmlich, deshalb wohl wird er auch gesendet. Ist eben ein Privatsender mit Gutelaunewichsern am Mikrophon und Wumsmusik. Wenn es Geld bringt. Dann, zwei Tage später schon, hat Simone angerufen, ich soll zurückrufen. Ich bin so froh, daß irgendwas passiert. Ich weiß nicht, was *sie* will, aber *ich* will Sex. Ich nun wieder. Naja. Muß man verstehen.

Sie erzählt mir von einem Volksfest an einem See. So ein Vergnügungsfest für die, die noch nicht arbeitslos sind und dann mal am Wochenende fressen und saufen und Kackmusik hören wollen und sich abends dann gegenseitig Rosen kaufen und denken, das sei nun Romantik. So ein Fest. Da hat sie sich ein kleines Zelt aufgebaut und zockt die Leute ab. 20 Mark für 10 Minuten Quatscherzählen. Das liefe ganz gut, aber sie brauche natürlich jemanden, der vor dem Zelt rumrennt und Leute anspricht und Termine macht. Damit der Laden brummt. Das könne ich doch mal versuchen. Gibt 20 % ihrer Einnahmen. Da bin ich dabei. Dann ist erstens wieder Geld da und zweitens das Wochenende verplant und drittens einfach mal wieder irgendwas los, wovon ich nicht schon vorher weiß, wie genau es höchstens ausgehen kann. Ich bin dabei, und am Freitag abend schon darf ich anfangen.

Widerlich, was Menschen so in sich reinessen. Schon meine Eßgewohnheiten machen mich ja gruseln, aber was die da wegschlingen und wie fett die sind und wie häßlich angezogen und vor allem: WIE VIELE die sind. Da habe ich überhaupt keine Skrupel, denen 20 Mark abzuziehen. Ich renne geisteskrank aufgedreht vor dem Zelt auf und ab und spreche lauter Menschen an:

– 20 Mark und ein Blick in die Zukunft, ach was, ein Blick, ganz viele Blicke, kommen Sie, besiegeln Sie Ihr junges Liebesglück, die Frau kennen Sie bereits aus dem Fernsehen, das ist irre, Sie werden es nicht bereuen, 20 Mark, das ist ein Kennenlerntarif, so günstig kommt das nie wieder, man weiß nie – aber Frau Simone weiß alles, Antworten auf alle Fragen, dem Glück auf der Spur …

Und so weiter. Die Leute rennen uns das Zelt ein. Simone möchte nach 3 Stunden gerne mal Pause machen, aber ich sage:

– Wir haben noch 6 Kunden, danach dann gerne eine kurze Pause, aber nun mal weiter, ich hole dir was zu essen, sie verdreht die Augen, packt sich an den Bauch, kratzt ein bißchen dran rum und sagt müde:

– Du machst das ein bißchen zu gut, Süßer. Naja, wenn es Geld bringt.

Ich liebe sie. Sozusagen.

Nach den dann doch noch 8 Kunden (20 % für mich!!!!) machen wir das Zelt erst mal zu.

– Du machst das sehr gut, laß uns mal das Geld zählen!

– Hier, ein ziemlicher Batzen. Wir können noch weiterma-
chen, der Abend ist noch lang, kannst du noch?

– Erst mal 'n bißchen Pause. Du mußt unbedingt die ganze
nächste Woche mitmachen, das wird unsere Woche.

– Ja, klar, macht mir ja auch Spaß. Das, was du da mit den
Leuten machst, das ist ja, äh …

– Du meinst – Betrug?

– Ja, so was in der Art. Ich meine, es ist ja Quatsch. Oder
sagen wir mal vorsichtig: Lebensberatung, sehr gut ge-
tarnt.

Sie erzählt irgendwas von Konstellationen und Glücksbu-
ben. Sie legt mir die Karten. Es stimmt alles. Sie türmt alles
auf, was mich gegenwärtig bedrückt. Naja, ich erzähle es
ihr, sie vollendet bloß meine Sätze, das ist wohl so der
Trick. Alle ihre Äußerungen sind bloß vorsichtiges Tasten,
und dann, wenn sie die Reaktion abgecheckt hat, also das,
was man hören will, dann wird sie konkret. Beeindruckend
zunächst, aber doch ziemlich gut durchschaubar. Sie war
lange Zeit Schiffsköchin, erzählt sie. Das soll wohl ein Men-
schenkenntnisnachweis sein. Takatukaland. Ich mag sie. An
ihre Titten denke ich kaum noch. Sie erzählt von einem
Mittzwanziger, der ihr dann doch zu jung gewesen sei. Mit
mir nun würde sie ja wohl nichts anfangen:

– Also das dann nun nicht auch noch! lacht sie.

– Jaja, lache ich mit, genau.

Und denke dann wirklich nur noch ans Geld und schicke sie
wieder ins Zelt. Komme mir vor wie ein Zuhälter. Nach zwei
Tagen könnte ich mich auch ins Zelt setzen, ich höre mir die
Beratungen durch die Zeltwand an und erkenne alle Ste-
reotypen und bin begeistert. Natürlich lasse ich mir auch
jeden Tag die Karten legen, was nichts anderes ist als ein
Gespräch mit einer immer mehr Eingeweihten. Zu Katharina höre ich folgendes: Es wird vielleicht noch mal eine Art
Revival geben, allerdings lediglich, um uns beiden vor Au-

gen zu führen, daß das nun alles gar nichts mehr ist, und dann war es das endgültig, mit anderen Worten, ich könne mich also auch gleich lösen, das mache dann ja keinen Unterschied. So was Schlaues. So banal. Daß die Leute nicht wutentbrannt ihr Geld zurückhaben wollen und das Zelt eintreten, wundert mich nach einer Woche dann doch. Und dann doch nicht, man muß sie sich ja nur angucken in ihren Regenjacken und Hawaiihemden. Dumme Scheißwelt. Ich fasse an meine Tasche mit all dem Geld drin. Welt, du bist doch ganz o.k., gerade. Zumindest: im Vergleich. Am letzten Tag des Festes betrinken wir uns zusammen. AUF DIE ZUSAMMENARBEIT!

– Auf all die Idioten! sage ich.

– Na! sagt sie und lacht. Sie sieht das im Prinzip genauso.

Nächste Nacht mit Martin weitergetrunken. Ich wache auf, und eigentlich habe ich gar nicht geschlafen, denke ich. Mein Kopf fühlt sich an, als sei er ziemlich gewissenhaft mit Sandpapier geschmirgelt worden und nun mit furztrockenem Kies gefüllt, und zwar randvoll. Die Beine schmerzen, mein Atem riecht nach Pumakacke, und neben mir schnarcht Martin unverdrossen. Der schnarcht immer. Egal, wie es uns geht, wie spät es ist, nach einer Minute Ruhiglage schnarcht er. Ich gehe zum Kühlschrank und sehe, daß draußen die Sonne Terror macht. Es ist viel zu hell. Im Kühlschrank finde ich: Milch von weißichnicht, vergammelte Bananen, Joghurt und 1 Bier. Wo ist der schöne Aufbaudrink? Ein bekannter Joghurtfabrikant verkauft neuerdings einen sogenannten "ballaststoffhaltigen Drink" mit lauter Vitaminen und anderem Gutgemeintem. Nach einer Trinknacht ist das das einzige, was hilft. Ich habe ihn schon gestern getrunken. Das ist schade, denn ich glaube solchen Drinks. Ich muß zum Zahnarzt, in einer halben Stunde muß ich da sein. Das wird nicht klappen. Ich habe den Termin schon zweimal platzen lassen, das geht so nicht weiter, hat der

Zahnarzt gesagt. Das geht auch so nicht weiter, denn die Zähne tun ja weh. Heute merke ich das bloß nicht so sehr, weil heute ja ALLES weh tut. Ich dusche. Ich merke, wie meine Gesichtshaut zu spannen beginnt. Das Wasser ist zu heiß. Zum Kaltduschen reicht es heute nicht (es = meine Energie, mein Härtegrad, sozusagen). Dann Zähneputzen, abtrocknen. Komme nicht zu mir. War es eine gute Nacht? Ich weiß es nicht mehr. Ich denke – nicht. Ich denke nicht. Meine Haut fängt an, sich zu pellen. Ich weiß nicht warum. Ich kämme mich, ich weiß warum. Ich gehe raus, komme noch mal zurück, habe Martin ganz vergessen, lege ihm einen Zettel hin. Er soll warten.

Beim Zahnarzt ist es dann schlicht die Hölle, die Spritze und der Alkohol, wer weiß, ob das eine so gute Kombination ist. Jedenfalls liege ich da, und der Schädel brummt ja sowieso schon, dazu noch der Bohrer und diese vielen Hände in meinem Mund, mindestens drei. Ich muß zum Glück nicht kotzen. Öffne kurz die Augen: lauter Augen, lauter Licht. Im Hintergrund ein Radio, das während der Behandlung mindestens dreimal trompetet: "Die größten Hits der 70er, 80er und 90er!" Das alles würden sie spielen. Und das Schlimme ist, daß sie es auch tun, bei "Blue Hotel" ungefähr fängt die Spritze endlich an, ein bißchen zu wirken, und dann ist der Arzt auch schon bald fertig. Prima, jetzt wirkt die Spritze richtig. Eine Stunde später versuche ich, was zu essen. Das Trinken aus einer Wasserflasche war vorher mit komplettem Ausgießen auf dem Pullover richtig schön danebengegangen; was für eine Spritze. Jetzt das Brötchen, kaue schief drauf rum. Das Brötchen ist plötzlich rot, das ist Blut, warum? Gucke in den Spiegel, habe die ganze Zeit auf meiner Lippe rumgebissen, nichts gemerkt. Soso. Brötchen weg, Hunger. Vielleicht gut zum Abnehmen?

# Step Out

Also diese Nadja. Sie ist wieder da aus Frankreich. Sie hat angerufen, und da kam der ganze Pärchenscheiß (habe dich vermißt/was hast du gemacht/hast du an mich gedacht/ohne dich ist es so langweilig/wir müssen uns sehen/ich möchte mal wieder neben dir einschlafen) aus dem Hörer, das hat mich ziemlich erstaunt, ich dachte, das war eine Episode – nächste Episode. Immerhin hat sie beide Oasis-Platten und auch ein recht schönes Liam-Poster in der Küche hängen, daran erinnere ich mich gut. Ich war ja nur zweimal bei ihr. Allerdings ist es so ein blödes Stadtfest-Poster, kein Original-Tourposter oder so. Aber der Wille ist da. Sie raucht und kümmert sich um ihr Aussehen. Für die erste Begeisterung hat das locker ausgereicht. Auf die zweite warte ich jetzt ein bißchen ungeduldig. Wir fangen trotzdem nahtlos wieder an, große Liebe zu spielen. David wohnt ja bei ihr um die Ecke, und deshalb bitte ich ihn, ihr Blumen vorbeizubringen, so richtig scheiße halt alles. Völlig klar, daß ihr das gefallen hat. Sie ist sehr uninteressant. In, je nach Sichtweise, sehr starken oder sehr schwachen Momenten möchte ich sie sofort loswerden. Dann denke ich ans Ficken. Das Ficken mit ihr macht nicht sonderlich viel Spaß, aber der wenige Spaß ist angesichts der monatelangen Totalflaute natürlich immer noch kosmisch. Sie hat kleine Titten, ist dann aber mittig sehr fett, das ist also schon mal genau verkehrt herum. Sie wird vor allem immer fetter, mittig. Redet beim Einkaufen von Diätschokolade und Margarine und ißt dann lauter Dreck. Jetzt ist sie zu Besuch, keine Ahnung, wie lange sie bleiben will, der Größe der Tasche nach schätze ich mal: ziemlich lange. Sie liegt ganze Tage bei mir auf dem Bett rum – ich gehe arbeiten, sie liegt auf dem Bett und tut nichts, guckt bloß immer Fernsehen, und nur die dümmsten Programme: zwischen VIVA, RTL 2 und Pro 7 hin und her. Dabei ißt sie Chips, und abends, wenn ich wiederkomme, lacht sie und sagt, ihr wäre fast gar nicht langweilig gewesen, nur einmal kurz, aber da sei sie dann schnell zu H&M gegangen. Dann cremt sie sich ein und zieht sich unglaublich abtörnende Schlaf-Sweatshirts an. Ich denke wirklich oft und gerne an Sex, und da liegt nun diese Tante in meinem Bett, und da sie da schon mal liegt und einfach auch völlig überfordert ist von der vielen Zeit, die ihr zur freien Verfügung steht, was läge da näher? Beziehungsweise: Ficken wäre kein Problem, so gesehen. Aber es treibt mich überhaupt nichts, ich muß zumindest warten, bis es dunkel ist. Dann stelle ich mir einfach vor, Katharina sei ein bißchen rundlich geworden und rede ziemlichen Scheiß. Dann geht es. Sonst höre ich ja, wenn ich verliebt bin, erst mal ein paar Tage auf zu wichsen, und wenn ich dann wieder den Betrieb aufnehme, denke ich dabei wenigstens an die aktuelle Dame. Da würde ich bei Nadja dann aber lange zu tun haben. Ich denke also an Katharina.

Dann wird es wieder Tag, und ich frage mich, wann Nadja endlich meine Wohnung verlassen wird. Sie hat offenbar ÜBERHAUPT NICHTS vor in den nächsten Monaten. Sie hat gerade ihr Studium geschmissen, kriegt Geld von zu Hause und beschwert sich. Wenn ich sie – zunehmend eindringlich! – frage, was sie denn so zu tun gedenke, mit sich, mit all der Zeit, dann sagt sie solche Sachen:

– Ach, es gibt prinzipiell so viele Sachen, die mich interessieren könnten, da weiß ich gar nicht, wo ich anfangen soll. Also, so Journalismus finde ich erst mal gut, aber auch so Richtung Psychologie was, jedenfalls kein stupider Bürojob, und es muß halt sehr praktisch sein.

Da gefriert einem wirklich das Sperma in den Hoden. Ausserdem sagt sie dauernd "im Grunde genommen" und

"Ich gehe mal davon aus". Das finde ich abartig. Sie liegt auf meinem Bett rum, und wenn ich dauernd zu ihr gucke und seufze oder bloß noch "Scheiße, Scheiße" fluche, dann guckt sie nur kurz auf von ihrer Nichtsnutzigkeit und fragt, ob "alles o. k." sei, ob ich mir nicht mal "einen Kuß abholen" möchte. Sie denkt, das sei sexy.

David hat erzählt, daß ihm beim Blumenvorbeibringen was ziemlich Übles aufgefallen ist, was ich wohl im Taumel der Arbeitshypothese Liebe in den beiden Nächten glatt übersehen habe: Sie hat in ihrer Wohnung ÜBERHAUPT KEIN Bücherregal. Wenn sie jetzt mal eins von meinen Büchern liest, oder sagen wir: anguckt, dann legt sie es sehr bald wieder weg (nach höchstens 3 Minuten!), und dann auch noch falschrum, natürlich aufgeschlagen, was die ja sowieso verletzungsanfällige Buchbindung gefähr-det. Ich möchte an ihren scheißtoupierten Haaren ziehen, es ist zuviel, ich fange an, sie zu hassen. Irgendwann nach 5 Jahren, Quatsch, so kam es mir nur vor, also nach einer Woche zieht sie wieder aus bei mir, die Belagerung ist erst mal vorbei. Um diese abartig dumme Frau endgültig zu verwerfen, muß ich nur ihre Briefe lesen. Zwischendurch ruft sie an. Sie hat überhaupt nichts zu sagen und fordert mich auf:

– Erzähl mir mal was Schönes.

Ich schlage ihr vor, ins Krankenhaus zu gehen, sich einfach hinzulegen und durch Schläuche alles reingeblasen und auch wieder rausgepumpt zu kriegen.

– Du bist ja vielleicht drauf! sagt sie da treudoof.

Ich lese wieder ihre Briefe. Am Anfang habe ich ihr ein paar geschrieben, einfach, weil man das ja im Zuge des Werbens so macht. Euphorische, nichtige Notizen, über-schwenglich und leichtvergänglich, einfach so, um das Ge-fühl zu stützen. Ich war ja guten Willens, wollte unbedingt verliebt sein! Das hat sie dann alles falsch verstanden. Die

Briefe hat sie ernstgenommen, so ernst sogar, daß sie nun ihrerseits pausenlos unfaßbar lange Schreiben an mich verfaßt, völlig ungeordnet und belanglos, einfach so, was ihr gerade in den Sinn kommt, und das ist bei Gott nicht viel. Aber eine Menge, in Zeilen. In Seiten. In Kartons. Ich schmeiße den ganzen Schrott ins Altpapier, dann beende ich die Sache, es ist nicht eine Sekunde, in der ich dem ganzen Mist hinterhertrauere.

Nein, vorbei, endlich, gut so. Ich habe ja vor ihr nicht mal mein Anti-Schuppen-Shampoo versteckt. Noch die schlimmste Beziehung, in finsterster Jugendzeit, habe ich nach dem Ende mal kurz verklärt. An eine Wiederbelebung kurz gedacht, zumindest. Hier nicht. Der Fall ist klar und erledigt. Ich wollte doch bloß Katharina verdrängen und gleichzeitig aufleben lassen, in einer anderen, völlig nichtssagenden Person, meine Güte. Mir ist das alles sehr peinlich. Vor allem vor Martin und David, die meine Liebesschwüre zunächst überrascht, dann erfreut zur Kenntnis genommen hatten, nachdem sie Nadja dann kennengelernt hatten, aber extrem zurückhaltend wurden. Dochdoch, die sei "schon gut". Naja, sie hatten recht. Unvergessen der zweite Abend bei ihr, damals!, an dem die Erkenntnis zum ersten Mal (wenngleich nur kurz) aufblitzte. Wir hatten Wein getrunken, und es kam mir vor, als hätte ich mich seit Jahren nicht mehr SO gelangweilt. Plötzlich schrie ich sie an, sie solle ENDLICH MAL WAS SPANNENDES sagen, es sei alles so langweilig, was mit uns passiere. Wir waren beide verdutzt, und dann hat sie geheult, und ich habe sie natürlich getröstet, mich entschuldigt, war nicht so gemeint. Ich dachte plötzlich panisch, nun käme gleich der nächste Verlust, nach ein paar Wochen schon wieder – bloß das nicht. Ohne zu bemerken, daß es gar keiner gewesen wäre. Na(d)ja.

Jetzt ist es zu Ende, und sie hat noch CDs und eine Jacke

von mir. Aber das ist erst mal nicht ganz so wichtig, Hauptsache, ich kann mich wieder auf das Wesentliche konzentrieren. Auf die Wesentliche. Ich rufe Katharina an und erzähle ihr von Nadja, und zwar alles und auch das Ende und
begründe es wahrheitsgemäß:
– Einmal länger und konsequent an dich gedacht, fortan
war sie unhaltbar. Ging nicht mehr, da ging dann einfach
gar nichts mehr.
– Das tut mir leid für dich, du überschätzt mich im nachhin-
ein so, mein Lieber, das ist sehr traurig.
Finde ich auch.
Mit Christian unternehme ich eine Exkursion nach Popland:
Am Veröffentlichungstag der neuen Oasis-Single "D'You
Know What I Mean?" wollen wir natürlich vor Ort sein. Ei-
nen Tag vorher kaufe ich eine großartige Blur-Pudelmütze,
und aus Spaß verbrennt Christian sie nachts. Scheißspaß.
Dann nachts zum extra geöffneten Tower Records. Mit der
Platte ins Hotel, leichte Enttäuschung, aber Taumel trotz-
dem, einfach verordnet. Jemand zeigt uns Noels Stadtvilla.
ECHT!!!! Über der Tür steht in Mosaik "Supernova Height".
Vor der Tür – zwei Mod-Roller. Mit uns am Gartentor: zwei
sehr hübsche junge Damen, eine im Manchester City-Tri-
kot. Sie schreiben in runder Mädchenschrift mit Kreide auf
den Bürgersteig:

> Cos people believe that they're
> Gonna get away for the summer
> But you and I, we live and die
> The world's still spinning round
> We don't know why
> Why, why, why, why

Die beiden sind natürlich vollkommen textsicher, also das
wär's ja, denen jetzt aushelfen zu können. Ist aber nicht nö-

tig, und zack, steht da vor Noels Haus diese phantastische Passage aus dem großartigen "Champagne Supernova" auf dem heiligen Pflaster. Wahrscheinlich hadern die beiden Mädchen gerade mit dem Dasein. Da tun sie recht dran. "D'You Know What I Mean" geht natürlich von Null auf eins, in Popland. In Deutschland bloß Top 30. Ach ja.

# Morning Glory

Es ist wegen der Arbeit. Ich ziehe in eine andere Stadt, da ist ein anderes Büro, da kann ich hin, es ist wohl besser, ich verlasse DIESES Büro, bevor die mich entlassen. Ich wechsel die Stadt.

– Alles aufgeben, sagen Bekannte, das könnte ich nicht.

Ich überlege mal kurz. Was meinen die jetzt mit "alles"? Freunde, das wohl mal zuerst. Freunde. Sind nicht genug. Ist in dieser Stadt: einer. Ein richtiger. Die anderen sind zwar da, aber macht auch nichts, wenn die weg sind, wenn ich weg bin. Glaube ich.

– Und die tolle Stadt. Ja. Hm. Die tolle Stadt. Hamburg ist eine tolle Stadt. Alle sagen das. Alle, die nicht hier wohnen. Die sagen, das sei die schönste deutsche Stadt.

– Nach Hamburg wollte ich auch immer noch mal. Ich war da ein paarmal, und das war immer phantastisch.

Ich aber behaupte: Wenn man irgendwo wohnt, merkt man davon nicht viel, von dem Phantastischen. Auf die Dauer ist es egal. Wenn eine Stadt nur bloß nicht zu klein ist.

– Medienstadt!

Ach was. Was soll das heißen? Daß nicht immer bloß Fury In The Slaughterhouse und die Jazzkantine auftreten? Mädchenstadt. Ich bin hier nicht glücklich, und das liegt nicht an der Stadt. Es ist egal, wo ich wohne. Ich ziehe um. Hauptsache, man wohnt in einer Stadt mit nicht mehr als einem Buchstaben im Nummernschild, bei den schönen Hansestädten dürfen es natürlich zwei Buchstaben sein.

Ich habe noch *Resturlaub*, den nehme ich jetzt, sonst verfällt der. Ich habe Zeit, 2 Wochen. Ich brauche eine neue Wohnung in der neuen Stadt, ich muß die alte instandsetzen. 2 Jahre Leben haben ihre Spuren hinterlassen – meine. Und ihre. Der Blutfleck, haha. Den Balkon entrümpeln, die Wände streichen. Das Badezimmer, die Küche. Zum Glück habe ich nie gekocht. Der Teppich. Was mache ich mit dem? Wer hilft mir, und so weiter. Die ersten 5 Tage verschlafe ich komplett. Der Vermieter ruft an und will einen Termin. Ich sage, ich rufe wieder an. Er macht Terror, er will in den Urlaub. Er hat noch eine Kaution, 2 Monatsmieten (kalt). Ich brauche das Geld, ohne das Geld kann ich gleich alles bleibenlassen. Zuerst dachte ich, ich haue einfach ab hier, lasse alles so, nehme nur meine Bücher, meine wenigen schönen Sachen mit, und geschissen auf die Kaution. Das wäre cool und angenehm, geht aber nicht. Ich mußte mein Konto kündigen, wollte ich zumindest. Ich habe einen Auszug geholt, und es ist so: Wie soll ich das kündigen, die kriegen noch 4000 Mark von mir. Die habe ich nicht. Ich behalte das Konto und die Nerven. Die Ruhe.

# The Masterplan

Ich hole meine Hemden aus der Reinigung und die Anzüge. Ich gehe zum Friseur. Heute mache ich alles für mich, nichts für andere. Nämlich weil: Ich fahre nach Passau. Es könnte klappen. Wir haben lange nichts voneinander gehört. Naja, einmal noch habe ich angerufen, und sie hat einfach irgendwann aufgelegt. Ich weiß nicht warum. Sie hat mich das ganze kurze Gespräch lang bloß nach meinem Leben gefragt, und ich wollte ja mindestens über ihres reden, vielmehr über: unseres. Aber das hat sie durchschaut und all meine Umlenkmanöver irgendwann grummelnd beendet. Zack, einfach so, sehr unsentimental.

Ich liebe es, Sachen aus der Reinigung zu holen. Die Hemden frischgebügelt auf Drahtbügeln, mit Plastik umhüllt. Im frischgebügelten Hemd streckt man den eingefallenen Körper zumindest einmal durch, steht vor dem Spiegel und denkt: jetzt aber. Dann die Haare abschneiden lassen. Das überhaupt ist der Luxus, man läßt Dinge mit sich machen. Der Friseur im Hauptbahnhof ist prima. Das ist ein älterer Herr, der heißt Herr Eggert, und der erzählt immer von seinem Urlaub, immerimmer. Herr Eggert ist schwul, habe ich immer gedacht, weil er immer alleine in den Urlaub fährt. Aber in Herrn Eggerts Generation gibt es nicht so viele Schwule, glaube ich; jedenfalls, als Herr Eggert mal TATSÄCHLICH im Urlaub war, da hat mir dann eine Vertretungsfrau erzählt, daß der sehr nett sei und ihr immer auf den Hintern haue. Also nicht schwul, will sie damit sagen. Hm. Herrn Eggert muß ich auch nicht mehr erklären, wie das werden soll mit meinen Haaren, das ist sehr angenehm. Hinsetzen, Umhang um, 15 Minuten Augen zu und fertig, dazu meditatives Urlaubsgerede. In Lanzarote war er gerade, und demnächst, also im Spätsommer genauer gesagt

("Nachsaison!"), geht es dann mal für ein paar Tage nach Helgoland, das ist ja recht billig, dahin zu fahren.
– Da gibt es doch nur Duty-Free-Shops, muß man dann sagen, denn dann sagt Herr Eggert:
– Ach wo, da kann man herrlich Vögel beobachten.
Der Herr Eggert. Die dumme Chartwumsmusik grämt ihn:
– Ja, den Shit (Herr Eggert sagt wirklich "Shit!") stellt immer der AZUBI ein.
Aber einer wie Herr Eggert hält auch das aus. Er schneidet schon sehr gut, allerdings pinselt er einem danach nie all die kleinen Haare aus dem Gesicht, deshalb muß man nach einem Besuch bei Herrn Eggert immer erst mal nach Hause. Wollte ich sowieso hin. Ich rufe beim Fremdenverkehrsbüro an. Ich frage nach einer Pension. Es ist nicht allzu teuer, das ist es wert. Ich rufe bei der Bahn an. Die Fahrt *ist* teuer. Ich denke an mein Geld. Mir wird leicht schwindelig. Ich denke an sie, der Schwindel bleibt. Ich habe noch 10 Tage. Ich packe eine große Tasche. Alle schönen Anzüge und Hemden. Was werde ich am ersten Abend anziehen? Für Anzüge ist es viel zu warm, aber sie soll sehen, wie schick ich aussehen kann. Dann wird sie doch ihren surfenden Jeansdeppen (ob die überhaupt noch zusammen sind?) sofort verlassen. Wenn ich erst mal da bin. Ich denke, ich bleibe eine Woche, das reicht. Dann liebt sie mich wieder. Was soll ich ihr sagen, gibt es irgendeinen Grund, dort zu sein, der NICHT sie ist? Wahrscheinlich alles zu durchschaubar. Lügen kann ich jetzt sowieso bleibenlassen. Sie soll mir einmal, zweimal ins Gesicht sagen, daß sie mich nie wieder sehen will. Das soll sie erst mal machen. Das hat sie noch nicht gemacht, obwohl wir schon mehr als ein Jahr auseinander sind. Nur per Fax, und danach am Telefon. Naja, da muß man ja nichts zu sagen. Ich will es live HÖREN, sie dabei SEHEN. Das ist sie mir schuldig.
Was ist mit meinem Stolz? Ach, der, der ist weg, der war nie

da. Nach all der Zeit glaube ich nur noch an Liebe, das muß sie doch auch sehen, das ist doch nicht mehr bloß verletzte Eitelkeit. Die Fahrt wird mich insgesamt ungefähr 1000 Mark kosten. Ich kann mir das nicht leisten. Ich gehe noch neue Unterhosen kaufen. Neue Unterhosen sind ganz wichtig. Ich kaufe die bei H&M, da gibt es ziemlich gute Unterhosen, den Rest kann man vergessen, Strümpfe vielleicht noch, die sind auch ganz o.k. Bei H&M sind immer lauter Mädchen, die in den Umkleidekabinen rumkreischen. Während ein Mädchen mindestens vier (mehr als fünf darf man aber nicht gleichzeitig!) Sachen anprobiert, muß die Freundin immer zwischen Umkleidekabine und Kleiderständern hin- und herlaufen, weil die Größen nämlich nichts sind als unverbindliche Richtwerte, da muß man dreimal probieren, bis dann mal irgendwas FAST paßt. Deshalb riechen die Sachen bei H&M auch nicht so gut, weil da immer schon 20 stinkende Teenager drin waren. In den Unterhosen natürlich nicht. Abends am Telefon kriegt David einen Wutanfall. Es ist kein gespielter, der mich freundschaftlich zurechtweisen soll. Er schreit:

– Du spinnst, das ist dein Ruin, da gibt es nichts zu holen, das ist lächerlich, das ist ein Rückfall, du bist verrückt.

– Es wird klappen, es muß klappen.

– Sie hat diesen Surfer oder sonst irgendeinen, da sei mal sicher, sonst hätte sie sich ja wohl gemeldet, oder? Also, wenn da IRGENDEIN Bedürfnis ihrerseits wäre. Was bitte ist das Ziel, was nützt es, was erwartest du? LIEBE?

– Liebe. Genau.

– O Gott. Du mußt renovieren, du mußt umziehen. Du brauchst deine Zeit. Und dein Geld. Denk doch EINMAL nach. Mach dich nicht lächerlich. Ich dachte, das sei ausgestanden.

Verdammt, das dachte ich auch mal. Ich meditiere. Das heißt bei der Hitze: Ich liege auf dem Boden. Ich atme ein bißchen. Ich schließe die Augen und denke an die Zukunft. Ich fange an zu husten, da vor einem Jahr mein Staubsauger kaputtgegangen ist. Die Vergangenheit drängt sich in den Vordergrund, sagt hallo, winkt heftig. Hau ab, weg da. Ich onaniere erst mal, das führt ja immer zu kurzfristiger Klarsicht. Es geht leicht bei der Hitze, kein Problem, man ist eher dauererregt, überall Haut und Wärme. Fertig. Dieser Moment des Selbsthasses ist wichtig. O. k., sagt man. Was nun, na gut, seien wir mal ehrlich. Es ist der ehrlichste Moment.

*Orgasmus allein:* hoher Erkenntnisgrad, zurück auf die Erde, Wirklichkeit bläht sich auf.

*Orgasmus zu zweit:* völlige Verblödung, Verschiebung aller Koordinaten, Zeit der blödesten, dümmsten, erdenfernsten Schwüre und Heucheleien.

Trotzdem ist es zu zweit schöner, klar. Aber das Danach, das ist allein besser.

Ich fahre nicht nach Passau, packe den Koffer erst gar nicht wieder aus, der kommt schon mal in den Keller, für den Umzug; 1000 Mark gespart, die ich auch gar nicht gehabt hätte. Die Zimmerreservierung storniere ich nicht. Ich stürze mich nach dem Tränenmeer nun einfach mal in die Arbeit. Das ist jetzt dran, ich höre den Aufmarsch der Wirklichkeit, bald kommt es dicke. Ich wehre mich. In letzter Sekunde werde ich plötzlich vernünftig, konsequent. Ich denke an andere Menschen und deren Leben. Sie kriegen das hin. Ich verwalte das wogende Desaster. Wann bricht alles zusammen?

Ich gehe in den Heimwerkermarkt. Es riecht nach Lösungsmitteln und körperlicher Anstrengung. Gutgelaunte Hobbywerkler und emsige Wohnungsauflöser oder -neubezieher streunen rastlos wie Duracell-Hasen durch die Gänge. Da sind die Leute, die das Renovieren so geil finden, daß sie vorfreudig sabbernd schon kurz vor neun, noch vor Ladenöffnung!, vor der Tür stehen. Dann hüpfen sie Punkt neun rein, schieben den noch schläfrigen Türöffner schwungvoll zur Seite und suchen Schmirgelpapiere mit ganz bestimmten Codes. Die Codes stehen auf Notizblöcken. Der Bleistift hinterm Ohr ist auch nicht selten. Das sind die Männer, die abends mit schwarzen Jeans in Cafés sitzen und sich noch ein Hefeweizen bestellen (indem sie das halbleere Glas blödgrinsend hoch halten und so lange schütteln, bis die Bedienung des Elends gewahr wird, und dann trinken sie weiter und glauben, sie hätten gerade geflirtet). Dazu rauchen sie filterlose Zigaretten aus dem Soft-Pack. Klebeband, Maßband, Dichtungsmasse. Wie das alles heißt. Der Mann mit dem Fachpersonaletikett an der Brust hat ein rotgeädertes Gesicht. Er ist alkoholkrank. Ich wage kaum, ihn nach Deckenfarbe zu fragen, so derangiert sieht er aus. Aber wen sonst? In der Werbung habe ich gesehen, wie jemand über einem Konzertflügel, ungeschützt!, die Decke geweißt hat. Kein Tropfen, kein Spritzer.

– Die hätte ich gerne, die Farbe, haben Sie die?

– Es tropft immer, das könnense vergessen. Das ist Werbung. Wir haben hier nur das Reale.

– Ja, was tropft denn am wenigsten?

– Die tropfen alle gleich, das ist total egal. Den Teppich könnense hinterher vergessen, den müssense rausreißen, Se ham doch Teppich?

Habe Teppich. Rausreißen. Meine Güte.

– Und so Plastikplanen, helfen die nicht?

– Die reißen sehr schnell. Aber versuchen könnense das. Kann ich Sie nicht dran hindern. Aber hinterher nicht beschweren, ne, is klar.

Is klar. Der Mann hat ja recht. Ist alles Scheiße, ist alles egal. Ich kaufe Farbe, Pinsel und Plastikplanen. Ich kaufe einen Schraubenzieher, um den Küchenschrank zu reparieren, dazu einen Staubsauger (89 DM!) und einen Besen. Ich habe zwei Jahre ohne Besen gelebt und ein Jahr ohne Staubsauger. Das ging, aber so sehen meine Küche und mein Teppich auch aus. Ich packe meine Sachen in Kartons. Alles. Die Kartons hat mir der gutaussehende Nachbar geschenkt. Er findet es "voll witzig", daß ich "schon wieder" ausziehe. Ja, voll witzig, echt. 13 Kartons trage ich in den Keller. Ich schmeiße nichts weg. Ich finde lauter Briefe von Katharina. Die hatte ich sukzessiv hinter Regale geworfen, in Bücher gelegt – um sie aus den Augen, nicht aber aus der Welt zu verlieren. Ich konnte ja nicht ALLES verbrennen, dann wäre ja die Feuerwehr gekommen. Also, ein zweites Mal, nach dem Türaufbrechen. Jetzt sind die Briefe also wieder da, und sie ist immer noch weg. Ich baue die Möbel auseinander. Die Glasplatte vom Schreibtisch geht natürlich kaputt. Meine Möbel. Da wenigstens habe ich gespart. Andere Menschen in meinem Alter geben ein Höllengeld aus für Möbel, das ist ihnen das Allerschönste, sich einzurichten, es sich bequem zu machen. Ich weiß nicht, wie das gehen soll. Ich habe 3 IKEA-Regale und 1 antikes (also kaputtes) holzwurmdurchfressenes Vertiko vom Sperrmüll. 1 Schlafsofa, DAS Schlafsofa. Darauf hatte ich zum ersten Mal Sex, der Fleck ist immer noch da. Ich war damals ziemlich stolz, nicht der letzte in der Klasse zu sein, sonderns zweiter oder dritter. Wir waren eh nur 8 Jungs in der Klasse.

Dann einen Tisch, der mir nicht mal bis zum Knie geht. Das ist so ein Studententeetrink-Klassikermöbel. Ich habe Zeitungen draufgelegt und Bierflaschen drauf abgestellt. Gegessen habe ich im Bett oder am Schreibtisch. Meistens aber doch beim Trash-Italiener. Folgende Haushaltsgegenstände habe ich zu verpacken: 3 Gläser, 2 Messer, 5 Löffel, 1 Gabel, 1 Brotmesser, ein paar Teller, 1 Salzstreuer, 5 Becher, alle verschieden in Größe und Farbe. Nichts paßt zusammen. Der Korkenzieher mit Flaschenöffner, stummer Zeuge. Ein Aschenbecher, den ich in London beim Pulp-Konzert mitgenommen habe: Bierwerbung drin ("COOL AND REFRESHING LAGER") und schwarze Flecken. Der kommt mit, der ist cool.

Die Platten und Bücher sind das einzige von Wert. Und die paar schönen Sachen zum Anziehen. Das meiste ist Schrott. Eine ganze Weile bin ich rumgelaufen wie 'ne blöde Schwuchtel auf dem Weg zum Bahnhofsstrich. Lauter Glitzer, Plüsch und Engsitzscheiß. Ich kann es heute nicht mehr verstehen. Tausende habe ich für den Scheiß ausgegeben. Sah das lächerlich aus. Die Anlage bleibt noch oben, ein paar Platten auch, und dann höre ich Musik und breite die Plastikplanen aus. In 2 Tagen geht das Telefon aus, so lange habe ich es noch angemeldet. Der Vermieter ruft dauernd an. Menschen, die mir "Klar, mußt nur Bescheid sagen" helfen wollten, rufen nicht ganz so oft an. Am Ende stehe ich da mit Martin und seiner Freundin. Dann kommt am vorletzten Tag, als es wirklich eng wird, noch Isabell. Hätte ich nicht mit gerechnet.

– Jaha, sagen die anderen später, hättest du doch was gesagt.

Draußen ist es unglaublich heiß. Morgens kaufe ich Zeitungen und gehe frühstücken im Schwulencafé, ich achte nicht mehr aufs Geld – *nicht mehr* ist gut, als hätte ich das je getan! Aber jetzt ist es wirklich auch egal. Die Farbe reicht nicht, und das halte ich nicht aus, ein Eimer blöder weißer Farbe kostet 40 Mark. 40 Mark, da ist mir sonst doch alles so egal, 40 Mark, da gucke ich gar nicht hin. Aber für Farbe? Sie tropft tatsächlich, die Scheiß-Farbe, meine Schuhe sind hin, ab heute nur noch in Unterhose streichen. Sieht aus wie irgendeiner der zahllosen Dauerdarsteller in einer der idiotischen Komödien, die die Kulturkritik beständig zum Sprung von der Teppichkante befeuern. Fehlt jetzt noch ein Zeitungshut (das gefaltete Feuilleton?), und dann muß ich irgendwann von der Leiter direkt in den Eimer treten, und dann wird gelacht, vom Band. Aber ist ja keine Komödie, ist ja scheiß-echtes Leben.

Ich schwitze. Ich kann nicht streichen, tagsüber, da stirbt man sofort. Ich liege auf dem Fußboden, das Schlafsofa ist im Keller, die verbliebene Schlafmatratze ist noch da, aber im Moment überplastikt. Ich liege einfach so da, auf der Plane. Noch 5 Tage Hamburg, noch 2 Tage Telefon. Ich habe jetzt, per Telefon, eine Wohnung für 1 Monat in der neuen Stadt gefunden, suche dann vor Ort weiter. Das ist am besten, da hat man keinen Ärger. Also: nicht allzuviel Ärger.

Denn faszinierend am Umziehen in eine andere Stadt ist die schier unendliche Zahl möglicher verhängnisvoller Fehler. Man hätte doch eine zwar teurere, aber immerhin seriöse Autovermietung in Anspruch nehmen und die Kartons nicht zu monothematisch packen sollen (Bücher und Pullover immer mischen – ist viel leichter zu tragen!). Und das Geschirr in Zeitungspapier, und immer so fort. Da man ja telefonisch nun wirklich die Katze im Sack anmietet, sollte man wenigstens darauf achten, daß man ungefähr im richtigen Stadtteil landet. Und zwar in einem sozialen wie auch finanziellen und erst recht kulturellen Milieu, dem man sich zwar in jedem Fall behutsam nähern muß – aber immerhin auch will. Und kann. Das ist aus der Ferne immer sehr schwer zu beurteilen, und die Angabe "schöne Wohngegend" ist ungefähr so dehnbar wie die Bewertung "gute Musik".

Deshalb habe ich über die Mitwohnzentrale zunächst "befristet Wohnraum" angemietet. Menschen, die sich urlaubs-, berufs- oder amourbedingt für einige Zeit nicht in ihrer Wohnung resp. ihrem Zimmer aufhalten, bieten so was an, da sie die Miete gerne sparen möchten. Wegen der Kurzzeitigkeit des Aufenthalts lassen die meisten Vermieter ihre Möbel und nahezu auch den gesamten Hausstand zurück, was ja für alle praktischer ist: Der Zwischenmieter muß nicht sein ganzes Gerümpel mitbringen und in den 5. Stock tragen (und nach einigen Wochen wieder retour), dem Vermieter bleibt ebendies erspart, und wohin auch sollte er damit, schließlich ist ja der Keller feucht. Und der Mieter kann beim Umzug viel rigoroser sein beim Aussortieren für den Sperrmüll – weg mit dem alten Sofa und dem milbendurchsetzten Teppich und dem viel zu niedrigen Tisch. Und die windschiefen IKEA-Regale werden mitnichten noch ein weiteres Mal auseinander- und später wieder zusammengeschraubt, weg auch damit. Nachts gehe ich mit den Regalen zu einer Baustelle. Ich suche einen Container. Es gibt keinen. Ich stelle die Regale einfach auf das unübersichtliche Gelände.

Nun ist es verständlich, wenn Vermieter dem ihnen meist gänzlich unbekannten Zwischenmieter zunächst mal grundsätzlich latenten Vandalismus, Kleptomanie, Schmierfinkerei und grobe Fahrlässigkeit unterstellen und demzufolge um den Erhalt ihrer CDs, Bücher, Anzüge, Elektrogeräte usw. bangen. Aus diesem Grund hinterlegt der Mieter in der Regel eine Kaution und allerlei Versprechen. Kein Bier auf den Fernseher, kein Pudding auf den Teppich, kein Ärger mit den Nachbarn, Klo auch gerne mal putzen. Klar.

Regeln, die auch meiner Wohnung in den letzten Jahren gutgetan hätten. Noch 3 Tage. Das Streichen dauert viel länger als erwartet. Gestern habe ich EINE Wand geschafft. Meine Hand tut weh. Wieder in den Heimwerkerladen, ich kaufe einen "Teleskop-Pinsel". Damit kann man die Decke streichen, und zwar angeblich mühelos. Nach einem Quadratmeter hat man eine Sehnenscheidenentzündung, und kurz danach bricht das Scheiß-Teleskop. Ich werde nicht fertig, keine Ahnung, wie ich das alles noch schaffen soll. Ich gehe laufen. Es nützt nichts. Abends trinke ich Bier, und mir ist kotzschlecht. Der Farbgeruch ist nicht auszuhalten, ich kann die Balkontür nicht auflassen, weil es draußen so laut ist. Dauernd fahren Busse vorbei, das hört die ganze Nacht nicht auf, und die Schwulen gegenüber gackern die ganze laue Sommernacht durch. Ich liege da und wache irgendwann zerschlagen auf, wundere mich, daß ich überhaupt geschlafen habe. Draußen scheint schon wieder die Sonne, auf der Straße laufen lauter sonnenbebrillte Idioten herum und lecken Eis. Heute muß ich noch 3 ganze Wände schaffen, morgen dann noch den Flur und den Teppich reanimieren. Wir sind zu dritt. Ich könnte die beiden küssen. Wir reden nicht viel, wir sind alle drei keine Arbeiter, eigentlich. Aber wir bemühen uns, das muß man sagen. Es geht jetzt ganz gut voran. Die Wohnung sieht inzwischen wieder ziemlich o.k. aus. Hier hätte man es sich auch nett machen können. Das fällt mir jetzt auf: Ich hatte eine schöne Wohnung. Aha. Das ist ja wie mit Katharina – als die weg war, wurde sie mehr und mehr zur Traumfrau. Immer mehr, immer schöner, immer klüger. Nicht schon wieder dran denken. Ich habe verdammt viel zu tun, das ist gut. Sonst würde ich doch längst schon wieder Zimmer in Passau buchen. Ich Idiot. Sie Idiotin, so sollte ich das mal sehen!!!

Jetzt nur noch der Teppich. Noch 2 Tage Hamburg. Wir haben das Gröbste geschafft, die Möbel sind komplett auf die Baustelle verklappt. Nun noch der Teppich. In der Reinigung um die Ecke leihe ich – mit Isabell (solche Sachen weiß die!) – für 20 Mark einen "Feuchtsauger". Sieht aus wie ein Insektenvernichtungspanzer. Riecht auch so. Das Zeug muß eine Stunde einwirken, ich sitze solange auf dem Balkon und fange an, mir erstmals zu überlegen, was es WIRKLICH heißt, hier wegzuziehen. Ich könnte heulen. Aber ich muß nicht heulen. Es ginge, aber es ist nicht nötig. Eine Stunde rum, nicht geheult. Sauge das Zeug weg. Der

Teppich ist jetzt sehr hell. Die Ascheflecken – weg. Sogar der große Rotweinfleck. Alles weg. Da – eine Fliege. Ich nenne sie Jürgen und sprühe sie tot. Den Rest von dem Teufelszeug sprühe ich in das Ameisennest auf dem Balkon. Da ist dann augenblicklich auch Ruhe. Der Sauger ist gut. Wahrscheinlich längst verboten, aber der Reinigungsbesitzer ist ein Ex-Ossi, ist wahrscheinlich NVA-Material. Giftgas, keine Ahnung, jedenfalls: alles sauber. Der Vermieter kommt mit einem Makler. Der Vermieter sagt:

– Sieht doch gut aus.

Der Makler sucht Fehler, rennt mit Notizblock durch die Wohnung. Ein Wichser.

– Der Herd wird natürlich noch gemacht, wieselt er.

– Aber nicht von mir, der war schon so, als ich hier einzog! sage ich wahrheitsgemäß.

Der Vermieter nickt.

– Lassense man gut sein, jovialt er in Richtung Notizwichser.

Der ist ganz traurig. Scharfrichter sein dürfen, die paar Flecken und Dellen aufzulisten, das ist doch seine größte Leidenschaft. Und die hat ihm jetzt ausgerechnet der Vermieter genommen. Aber da kann man nix machen, der Vermieter ist sein Boß in diesem Fall, und er sagt:

– Nee, natürlich, ansonsten ist ja auch alles wunderbar.

Der Schleimscheißer.

– Tja, dann gebense mal die Schlüssel, junger Mann.

– Ich muß hier noch eine Nacht schlafen.

Er guckt irr durch den Raum, kratzt sich mit einem Zollstock (wozu er den wohl dabei hat?) am Rücken. Er ahnt Böses. Aber es ist o.k.. Keingarnichts mehr hierdrin, da kann ja kaum noch was schiefgehen. Ich will die Kaution haben.

– Die wird überwiesen, das macht meine Frau, sagt der Vermieter.

Scheiße. Ich hatte an einen Haufen Scheine gedacht, die

hatte ich fest eingeplant. Das kann ich vergessen. Ja dann. Ich habe ja keinen Führerschein. David kommt netterweise und wird den Wagen fahren. Ach du Scheiße, der Wagen, ganz vergessen. Ich gehe zur Telefonzelle (das Telefon ist, wie angekündigt, tatsächlich TOT), rufe bei lauter Autovermietern an. Die haben auf genau mich gewartet. Wollen eine irrwitzige Kaution in bar, und auch alles andere sieht eher schlecht aus:

– Morgen? Sie machen Witze?

Ich mache überhaupt keine Witze mehr. Schließlich findet sich aber doch noch ein Transporter, viel zu groß, viel zu teuer, aber immerhin. Ich hole David vom Bahnhof ab. Morgen früh geht es los, ein letztes Mal noch auf die Glocke hauen heute nacht, aber schon früh anfangen, damit wir auch früh aufhören. Wir gehen *auf die Kirmes* und trinken und amüsieren uns, gehen in lauter Schüttelmaschinen, es ist ein schöner Tag. Dann gehen wir indisch essen. Die Bedienung ist sehr umständlich, die Kernthese des Vortrags lautet: im Norden sehr lecker, im Süden sehr scharf oder so. Wir bestellen irgendwas. Abends treffen wir Martin noch in einer Cocktailbar. Cocktailbars sind zuweilen ein ganz schöner Spaß. Das mit dem Geld ist jetzt egal. Der Mann hinter der Theke ist widerlich gutgelaunt und macht schale Witzchen, und zwar ohne Pause. Er ist sehr braungebrannt. Er begrüßt jeden schmierig mit Handschlag und die "Sich mal was gönnen"-Horrorgestalten aus den Vororten, die heute abend mal so richtig schön "Urlaubsfeeling" (steht auf der Karte) haben (oder auch: "tanken") wollen, finden das super. Wir trinken einen "Deadly Shooter". Der wirkt, wie er heißt. David stiert nach dem zweiten den feixenden Barmann an, den keine Beleidigung anficht, der lacht einfach immer weiter. Da ruft David vernehmlich:

– Du bist so braun, gehste auch immer auf'n Proletentoaster?

Das war dann doch ein bißchen viel für die gute Laune.
Verlegen nuschelt er:

– Och jooh, mal so alle zwei Wochen tut das schon ganz gut, nich, das muß schon sein.

Wir haben ihn einmal runtergekriegt, das reicht, mehr ist nicht drin. Wir bezahlen. Teuer. Martin hat noch ein bißchen Koks. Wir müssen morgen auf die Autobahn. Der Wagen ist noch nicht gepackt. Egal, letzte Nacht, zur Feier des Tages, der Tage, die sind gezählt, einer noch – einer geht noch, einer geht noch rein. Um 4 oder 5 oder 6 Uhr geht keiner mehr rein. Wir liegen benommen auf dem verseuchten Teppich und der verbliebenen Matratze. Die muß dann gleich noch unbemerkt zur Baustelle. Wir liegen da und hoffen, daß der Unsinn, der aus uns rauskommt, nur uns selbst auffällt. Es ist schön, irgendwann ist es dann auch still. Wir hören "Evergreen", die neue Echo & The Bunnymen-Platte. Die Überraschung des Sommers. Wir hören einfach nur Musik. Wann sonst hört man Musik, ohne dabei irgendwas anderes zu tun? Diese Platte. Vielleicht dreimal, vielleicht einmal. Irgendwann kurz eingeschlafen und sehr fit danach. Keine Müdigkeit, geht gut alles. Ich gehe in die Dusche und wichse ein letztes Mal in dieser Dusche. Einfach mit dem Kopf an die Kacheln lehnen und Dusche von unten, schön warm, schön alles. Es kommt, ich gehe. Raus, zum Autoverleih. David fährt hervorragend. Das Auto ist sehr groß, zu groß. Wir verladen die Kisten, fangen wahnsinnig an zu schwitzen. Es ist noch früh, so 11 Uhr vielleicht, aber wir sind schon komplett durchgeschwitzt. Gehen aber wie aufgezogen durch den Tag. Klappe zu.

Fenster auf, Tankstelle: Cola. Manchmal ist Cola das beste Getränk. Im normalen Zustand mag ich Cola nicht, es ist süß, es ist klebrig, es schmeckt nach Dickwerden, nach Pikkeln sogar. Aber jetzt gerade ist Cola wunderbar. Musik.

Laut die neue Oasis-Platte. "Be Here Now" – ich sehe Hamburg hinter mir verschwinden und denke: Been There Then. Das Tape klingt ein bißchen ramschig, aber das liegt wohl am lauten Fahrgeräusch, an der schlechten Anlage, der miserablen Überspielqualität – jedenfalls ja wohl AUF GAR KEINEN FALL an der Musik. Nö. Wir fahren nahezu automatisch, ohne eine Pause, 6 Stunden. Nicht mal pissen müssen wir, was weiß ich warum. Wir trinken Cola, später Wasser wie die Bekloppten, aber müssen nicht pissen. In der Mitte hängt die Oasis-Platte leider etwas, muß man ehrlich sagen, da sind ein, zwei richtig schlechte Lieder drauf, aber der Rest ist TOP und wunderbar. Und den Mittelpart, den höre ich mir auch noch schön, da bin ich unbesorgt; wenn man eine Platte hundertmal hört, liebt man sie insgesamt, da gibt es nichts, da kann sie ja im Prinzip sein, wie sie will. Und das ist sie in der Tat, und ich WERDE sie hundertmal hören. Also, sie ist natürlich großartig, übertrifft aber eben nicht "Definitely Maybe", und auch an "Morning Glory" reicht sie nicht heran. Das geht wahrscheinlich auch gar nicht. Das ist das Problem: Man setzt einmal eine Marke, und dann wird alles Nachfolgende sich daran messen müssen. So ist es in der Musik, so ist es in der Liebe. Und ich komme nicht los von Katharina, einfach nur, weil sie meine bisher erfolgreichste Platte war, am längsten in den Charts, im Herzen und auf Tour. Sozusagen. Shut up.

Wahrscheinlich könnten wir so noch bis München durchfahren. Wir essen ein paar Brötchen, kein Hunger zwar, aber wir müssen wohl mal was essen. Da kommt die Vernunft zurück. Wenn die wüßte. Wir reden nicht mehr, werden vorsichtig, hoffen auf die Stadt, auf das Ankommen. Uns bangt vor dem Ausladen, plötzlich schwindet die Kraft. Ist so wie mit dem Dispokredit, das Koksen: zunächst ungeahnte Reserven, großkotzige Gedanken an Endlosigkeit, große Euphorie, da Grenzen nicht zählen und es weiter geht als gehofft. Doch dann irgendwann mußt du mit Zinsen zurückzahlen. Und dann ist Schluß mit Spaß. Das erleben wir nun, sind zum Glück aber jetzt auch da. Die neue Wohnung. Die Kisten in den Keller, 2 Koffer in die Wohnung. Die Wohnung ist nicht groß, sehr laut, da unten die Straße, ein Biergarten, das ist aber egal. Wir sind da. Dadada. Badewanne. Bier. Vollkommene Müdigkeit, erledigt, durchschlafen bis zum nächsten Mittag.

Brandsonne. Branddurst. Immer noch laut ist es da draußen, noch lauter sogar. 1 Monat hier, das wird überhaupt nicht schön. David schnarcht. Schnarcht immer, habe ich aber heute nacht zum ersten Mal nicht gehört, so müde war ich. Jetzt Anrufe, ein bißchen arbeiten. Alles konfus, kann nicht arbeiten, muß aber auch eigentlich nicht: Ist ja Urlaub. Richtig, 1 Monat frei, um die neue Stadt kennenzulernen, die alte Stadt zu vergessen, die alten Telefonnummern zu vergessen, zu merken, wie aus Freunden Bekannte werden, und dabei immer nur warten: auf neue Freunde, neues Zuhausegefühl, erstes Wiedererkennen von Straßenzügen, dann irgendwann betrunken nachhausewankend jeden Stromkasten kennen und wissen: hier/ich/nichtssonst/Gegenwart/zu Hause. Es sind rauschhafte Tage. David wohnt nicht weit von hier, 20 Minuten nur sind es mit der Bahn bis zur *Studentenstadt*. Bald leben wir endgültig identische Leben, zumindest jetzt in den Ferien. Studenten feiern ja pausenlos, besonders im Sommer. Mir ist es recht. Dann bin ich wieder tagelang allein. Liege einfach in meiner Wohnung, lese morgens Zeitung, lache über den ganzen Scheiß, der so passiert. Arabella Kiesbauer hat gesagt, daß sie für eine Million mit egalwem Sex haben möchte. Jetzt hat sich egalwer gemeldet, und Arabella will nicht mehr. Die Zeitungen haben eine Woche gut zu tun damit.

# Fade In-Out

Ich lese und dämmere. Nachmittags wird es so unerträglich heiß, da gehe ich oft ins Kino. Da bin ich allein, niemand sonst geht ins Kino im Sommer. Fürs Freibad fühle ich mich immer noch zu dick. Ich gucke mir all die Schmonzetten an, sogar "Knocking on Heaven's Door". Im Kino ist es schön kühl. Am frühen Abend dann fahre ich ein bißchen Fahrrad. Die Leute sitzen alle draußen rum und freuen sich. Über Bier und Sonne und Braunwerden. Niemand ist allein. Oder alle sehen gleich aus, und man erkennt deshalb die Zugehörigkeiten nicht, das kann auch sein. Ich bleibe dann irgendwo sitzen und esse zu Abend. Ich gehe morgens frühstücken und esse dann abends wieder – zwei Mahlzeiten statt dreier, ich glaube, das ist gut, ich werde noch ein bißchen dünner. Trinke auch viel Wasser, den ganzen Terror halt wieder. Ich setze mich zu Frauen, die unbegleitet aussehen. Ich starre sie an, ich lächele, ich spreche sie sogar an, habe immer Feuer dabei, falls mal eine Feuer will. Sie rauchen alle schon, wenn ich an den Tisch komme. Ich rauche dann auch manchmal, obwohl es mir nüchtern eigentlich noch nie geschmeckt hat. Ich werde Katharina nicht mehr anrufen, ganz bestimmt nicht. Es ist nun vorbei. Es hat eine solche Furche in mein Leben gezogen, aber ein Jahr und mehr, das reicht, das ist nun wirklich genug. Der Blick geht nach vorne. Ich trotte hinterher. Im Sommer geht alles langsamer, bis auf die Hormone. Ich frage mich, wie man überhaupt Menschen kennenlernt, das ist mir völlig rätselhaft. Wie soll das gehen? Sprechen die mich an, oder muß ich jetzt lauter Menschen ansprechen? Denke zurück, an vergleichbare Neuanfänge. Nein, die netten Leute, die wirklich wichtigen, die habe ich von selbst kennengelernt, gerade dann, als ich es nicht (mehr) erwartete. Bin sehr einsam. Manchmal glücklich. Ich höre immer nur noch Oasis. Ich habe ja manches versucht – eine andere große Sommerplatte ist zweifellos "Fat Of The Land" von The Prodigy, großartig, aber dann doch wieder: Be Here Now. Ich habe mir für 16 Mark eine alte Beastie Boys-Platte gekauft, habe versucht, so froh damit zu werden wie auf dem Gymnasium mit der Kassette, das klappt natürlich überhaupt nicht. Oasis aber, damit geht's. Das Stück "All Around The World" dauert 10 Minuten, es ist wunderbar, das schönste Stück im Moment. Zum Schluß ist da alles sehr durcheinander, und durchs Megaphon wird geechot "And I know and I know – it's gonna be allright". Das und auch das hymnische Scheitern "These are crazy days but they make me shine/Time keeps rolling by" beruhigt mich ungemein. Ich höre es pausenlos. Diese Dramaturgie! Denn direkt danach kommt ein Kracher mit dem noch besseren Motto: "It's Getting Better (Man!!)". Die beiden Lieder hintereinander höre ich morgens, wenn ich vom Bett in die Wanne schwanke (endlich mal eine Badewanne! Zwar nur für einen Monat, aber eine Wanne!), wenn ich zwei Stunden später erstmals das Haus verlasse, und abends, bevor ich wieder rausgehe. Und dazwischen auch. Alles ist drin.

In der Nähe der Wohnung liegt ein schöner Park. Da liege ich nun all die Nachmittage und gucke mir fröhliche Menschen an. Ich werde davon aber nicht unglücklich, bloß etwas unbeteiligt komme ich mir vor. Und mir ist weniger denn je klar, wie es zum Brückenschlag kommen, wie Kontakt entstehen soll. Unglaublich viele schöne Frauen sitzen rum und rauchen und sehen einfach nur gut aus. Sie lachen alle. Viele haben Männer dabei, und sie küssen sich, querdurch, einfach so, "unbeschwert" ist wohl das Wort. Meine Flirtversuche sind von einer so staatstragenden Verquastheit, daß es gar nichts werden kann. Es wird auch gar nichts. Ich bin nicht überrascht. Dann fahre ich doch mal ins

Freibad; mit allerlei Zeitungen lege ich mich in eine Ecke, auf den Rasen, habe Wasser und Wolldecke dabei, ganz klassisch, kaufe mir noch Kaffee und ein Eis und gucke mir die anderen Bäuche an. Dann ziehe ich mich beruhigt aus. Da kann ich mitliegen. Dann schwimme ich ein bißchen und gucke junge Mädchen an. Vielleicht geht Sommer so. Die komischen Naßspritztürken nerven etwas, das aber muß schließlich auch sein. Ich schlafe ein bißchen, wache auf, bin ich braun geworden, ja vielleicht, eincremen, vor allem die Fresse, die ist so empfindlich. Abends gehe ich in den Waschsalon. Ich spreche eine Frau an. Das ist peinlich, denn sie fürchtet sich offenbar vor mir. Ich weiß nicht warum. Aber ich habe es probiert. Dann gehe ich essen und bin ein bißchen zufrieden, ich kriege es hin mit der neuen Stadt. Einen neuen Herrn Eggert habe ich allerdings noch nicht gefunden. Gestern bin ich in einen Friseur- laden reingegangen, einfach weil NIEMAND drin war, da dachte ich, dauert es halt nicht lang, das war so ein Schwu- len-Snob-Friseur, mit lauter Chrom überall und nur zwei Schneideplätzen, egal, ich gehe also rein, latsche übers Parkett, setze mich auf so ein Chrom-Leder-Möbel, und dann kommt ein Glatzkopf und mäht in circa 3 Minuten meinen Kopf und sagt dann:
– So, das sind dann 50 Mark, war ja ohne Waschen.
Naja, aber ansonsten komme ich zurecht, bisher.

Lady Di ist gestorben. Über Lady Di haben sich immer alle lustig gemacht, oder sie war ihnen egal, was ich angemes- sen fand. Eine ordinäre, dumme Kindergärtnerin, die einen impotenten höheren Sohn geheiratet hat, dem die Haare ausgehen und bloß die Segelohren bleiben. Lady Dis Ver- dienst bestand, glaube ich, im wesentlichen im Hervorbrin- gen zweier gesunder Söhne. Sie hätte bestimmt lieber eine Tochter gehabt, mit der sie an der Strickliesel hätte üben können, für später. Ansonsten ging sie einkaufen, trug Kleider umher, setzte sich für den größten, schlimmsten, zynischsten Scheiß der Wohlstandsgesellschaft ein: humanitäre Maßnahmen. Dann noch Bulimie, und fertig war die Laube, ein völlig belangloses Leben in der Ewigspiegelung der Blätter, weil ja sonst nichts passiert und alle sich nach Autorität und Hochoben sehnen, und wenn da nichts ist, dann wird eben das Nichts angebetet, und das verkörperte sie beispiellos. Jetzt erfolgt posthum die Apotheose, ein ganz normaler Autounfall, aber jetzt ist sie plötzlich die "Königin der Herzen", welcher Herzen auch immer, das ist sie einfach, das ist Beschlußlage, aus, fertig. Gefragt hat mich zum Beispiel keiner. Andere beklagen, daß die ebenfalls gerade verblichene Mutter Theresa nicht annähernd soviel Post-PR bekommt wie Lady Di. Dabei ist es doch wurscht, beide tot. Die Menschen tun so, als würde der Tod dieser Damen IRGENDWAS ändern. Im Fernsehen brechen schmerzverzerrt Hunderte Menschen unter der Last ihrer Blumensträuße zusammen, da kommt einem das Kotzen, und trotzdem gucke ich 12 Stunden oder länger Beerdigung, die Zeit bleibt stehen, es ist alles zutiefst meditativ, die schwarzweißen Kacheln der Kathedrale, der praktisch bewegungslose Trauerzug, die Ansprachen, die Tränen, die Kameraeinstellung friert fest auf dem Sarg, da ist er, da ist sie, ja, und nun? Wenn jetzt ein Atomkrieg losbricht, haben die Menschen eine Erklärung. Lady Di ist ja auch tot. Diese Frau hat exakt keinen einzigen sinnvollen Gedanken je geäußert. Das finden die Leute geil. Mit jedem Tag wird Lady Di größer, und mit dem Verwesungsgrad nimmt stündlich der Verehrungsgrad zu und groteske Formen an. Am Jahresende dann beschäftigen sich spätestens alle mit "dem Phänomen". Die Königin der Herzen. Dann schon zwei Tage nach dem Tod die ersten Di-Witze, erst unbeholfen (ist geblitzt worden), später säuisch (wer war der letzte

In-diana – Dodi). Die Leute lachen darüber im Internet. In der richtigen Öffentlichkeit wird das Kursieren dieser Witze auch wieder als vollkommen interessanter Vorgang empfunden, Zeichen der Zeit und Witz der Herzen und wir alle schuld, gerade eben aber auch die Medien, und so weiter. Alle anderen Probleme, der Zusammenbruch des Sozialstaats, der Verlust der istjaauchegal und die neue Rechte, die alte Rechte, Fußball-Rechte, also Pay-TV, und das mit den Renten – all das tritt mal kurz zurück. Wenn man den Leuten etwas Übermenschliches zur Verfügung stellt, in Aussicht oder in den Glaskasten, dann halten sie gebannt die Schnauze. Das ist alles, was sie wollen. Kriegen sie das nicht, werden sie unruhig. Das sollte vermieden werden.

Alles funktioniert nach dem Di-Prinzip: Je länger es tot ist, je unerreichbarer es ist, desto lieber wird es uns. Dinge, die wir anfassen können, die erreichbar und machbar, Herr Nachbar, sind, interessieren uns nicht. Sonst klappt das mit der schlechten Laune nicht. Auch frische Liebe ist immer nur die Vorfreude auf das, was man schon kennt, aber nicht mehr hat, die Wiederwiederholung, darauf läuft es hinaus, und wenn es dann eintritt, langweilen wir uns und die Beziehung zu Tode, und weiter geht's. Die Leute stürmen jetzt die Plattenläden, weil es da ein Lied von Elton John für Lady Di gibt. Menschen, die seit Jahren nicht mehr im Plattenladen waren, stehen nun Schlange, ist wie beim Begrüßungsgeld, Leute heulen, die CDs sind aus, das gibt's doch nicht. Die Trauer ist medial zwangsverordnet, und die Leute sind beim Heulen so froh, daß sie endlich mal wieder wissen, was sie fühlen sollen.

# Live Forever

Ich beneide Studenten, sie haben kaum Sorgen. Ich habe es auch mal probiert, mußte aber schon während des ersten Semesters aufgeben. Es ging einfach nicht. Man muß keine Steuern bezahlen, keine Versicherung, alles läuft schallgedämpft, über die Eltern, unter der Wirklichkeit durch. Studenten haben immer Zeit. Sogar die, die ihr Studium ernst nehmen, haben meistens sehr viel Zeit, die meisten aber machen das gar nicht, die machen sich einfach ein schönes Leben. Ich bin mit all der Zeit nicht zurechtgekommen. Ich habe zuviel getrunken, zuwenig getan, dachte immer, gleich kommt meine Mutter rein und sagt, daß das so jetzt aber nicht weitergehe. Es ging in der Tat nicht. Ich habe auch die meisten Studenten nicht gemocht. Wahrscheinlich aber nur deshalb nicht, weil ich gar keine kennengelernt habe. Sie sind mir nur als Masse begegnet, die liefen da über das Gelände und durch die Flure, hatten es eilig, wußten, wo es langgeht, wo man sich hinsetzt, woher die Bücher kommen. Als man uns das Ausleihsystem der Bibliothek erklärt hatte, wußte ich genau, daß das mein letzter Tag war. Ich habe es schlicht NICHT BEGRIFFEN. Ich konnte nicht zuhören. Einige Wochen noch bin ich zu einem Französisch-Kurs gegangen, weil eine großartige Frau da drin saß. Ich weiß bis heute nicht, wie sie hieß, das konnte ich in all den Wochen nicht mal eruieren. Wahrscheinlich Wiebke oder Sarah, so eine war das.
Die Studentinnen auf der Gartenparty, zu der David mich freundlicherweise mitgenommen hat, heißen eher Conny, Nina, Claudia oder Ulrike. Sie trinken und reden ziemlichen Unsinn. Das macht ja noch nichts, so geht das ja auf allen Parties. Unsinn reden und trinken, da kann man erst mal mitmachen. Man muß dann nur genau aufpassen, ob der

Unsinn mehr oder weniger wird. Wenn man irgendwann aufhört aufzupassen, ist es eine gute Party. Viel zuviele sind jetzt barfuß. Was das wieder soll. Sie trinken Bowle und sind ein bißchen zu laut, also so verzweifelt laut. Als käme der Spaß dann automatisch. Sie spielen ein Spiel. Verstekken. Ach so. Ich setze mich an die Musikanlage, einfach eine Kompaktanlage in den Garten gestellt, alle haben ihre CDs und Kassetten auf einen Haufen geworfen. Einfach so. Die Idioten haben ihre Platten beschriftet, die Komplett-Idioten haben sie sogar mit Archivnummern versehen. Es spricht nichts dagegen, seine Platten behalten zu wollen, aber Namensbeschriftung ist sehr lächerlich, da paßt man halt auf, oder man läßt sie am besten zu Hause. Wenn man zuviel von der Musik erwartet, ist man eh falsch beraten, auf eine Studentenparty zu gehen. Ich lege eine Blur-Platte auf, die HIER gefunden zu haben mich gleichermaßen überrascht und erfreut. "The Great Escape" ist immerhin wirklich ein Grund zu bleiben. Völlig unterschätzt die Platte, das war damals *The Battle Of The Bands*, vor zwei Jahren, dieser viel zu ernst genommene Quatschkampf zwischen Blur und Oasis, den zunächst ("Roll With It" vs. "Country House") Blur, später aber dann, bei den Alben und der Tour und sowieso in ganzer Breite natürlich (rein mengenmäßig!) Oasis für sich entschieden haben. Meiner Meinung nach können die Bands musikalisch friedlich koexistieren, das hat doch wirklich kaum was miteinander zu tun. Beides super Bands. Oder – Blur: super, Oasis: supersuper. Manchmal kommen Leute mit schlechtsitzenden Hosen an und beschweren sich, daß man auf einer Studentenparty ausnahmsweise auch mal gute Musik auflegt. Eine recht lange Zeit, so 3 Lieder lang, beschwert sich keiner, wenigstens das. Gerade als mir die Musik selbst ein bißchen langweilig wird (man kann ja, wenn man betrunken ist, nie Platten zu Ende hören!) und ich die neue Supergrass-Platte einlegen

will (haben die auch hier, gut sortiert!), kommt ein langhaa-
riger Volldepp, streicht sich die Haare hinters Ohr, steckt
die Hände vorne in die Tasche seines "Gegen Nazis"-Ka-
puzenpullovers und raunzt:
– Spiel mal nicht nur so alten Scheiß.
In seiner Hand: Eine alte Faith No More-CD. Auf seiner
Hose steht mit Edding: "Leben ist wie Zeichnen ohne Ra-
diergummi". In seinem Gesicht haben sich 10 Jahre Ha-
schisch und ca. 28 Jahre Langeweile eingefräst.
– Äh, und dein Gegenvorschlag wäre dann jetzt Faith No
More, ja?
Bevor ich dann vielleicht doch die erste richtige Schlägerei
in meinem Leben verantworten und auch durchführen
kann, kommt gerade noch rechtzeitig eine Frau mit einem
samtenen Wickelrock und sagt "Spiel doch mal die Kru-
der & Dorfmeister". Das ist so ein Satz wie "Na, wie geht's"
oder "Das Wetter könnte auch besser sein" oder "Aldi ist
scheiße, bis auf den Champagner, also der ist schon super!" – das kann man immer sagen. Platten wie eben die
oder auch Portishead, Daft Punk, Massive Attack oder so
sind ein echtes Problem – gute Musik, aber eben doch von
allen so gnadenlos gerngemocht, daß man wirklich wieder
dieses gymnasiale Abgrenzungsproblem aufkeimen spürt:
Die sind blöd, die können also auch keine gute Musik
hören. Und Umkehrschluß: Dann ist ja vielleicht doch die
Musik doof? Ist sie natürlich nicht. Trotzdem ist "Kruder &
Dorfmeister: DJ Kicks" jetzt schon mit ziemlicher Sicherheit
die "Köln Concerts" dieser Generation.
Um die Menschen zu ärgern, lege ich Portishead auf, denn
an denen kann man tanzend nur scheitern. Alle rennen zur
Tanzfläche, gleich beim ersten Ton, denn das wissen sie,
daß dies zu kennen ihre Pflicht ist, ja gar, dies zu *lieben*.
Und dann wird's lustig: Betrunkene Jungs tanzen anfangs
wie zu Greenday, und später wie in den Achtzigern zu The

Cure, das sieht schön schrecklich aus. Und die Frauen achten so verbissen darauf, SINNLICH auszusehen, daß man umkippt vor Schadenfreude. Das Lied dauert auch so richtig schön viel zu lang, und schon nach 2 Minuten gucken alle erschöpft, aber natürlich müssen sie das jetzt zu Ende bringen, wie sähe das denn aus. Ich klaue die Blur-Platte, die kann man gut verschenken. Vielleicht treffe ich ja eine Frau, eine tolle Frau, die die nur auf Kassette hat. Frauen, die Blur noch nicht mal auf Kassette besitzen, sind keine tollen Frauen.

Ich gehe zum Bierfaß. Da ist ganz gute Stimmung, logischerweise. Nachher wird das Bier leer sein, und dann werden Rollkommandos zu Tankstellen ausschwärmen, bis dahin trinken wir, soviel eben reingeht. Eine Frau heißt Annelie und will nach "all dem Prüfungsstreß endlich mal wieder ein gutes Buch lesen". Ja, echt, sagen da alle verständnisvoll. Ich sage mal besser nichts. Ich verliebe mich gerade 4mal pro Minute, das macht großen Spaß. Neben mir brandet eine Wim Wenders- und Tom Waits-Gutfind-Diskussion los. Und Funny van Dannen und Max Goldt, hahahahaha. Ihr Dummies. Helge Schneider und Rüdiger Hoffmann können sie auch imitieren, was ja jeder kann, aber es kann ja auch jeder aufs Büffet kacken, und – macht das jemand? Nö. Aber das Imitieren und kollektive Hohoho hört gar nicht wieder auf. Und als reiche das noch nicht aus, kommt noch jemand dazu, der sagt:
– Die neue Cake ist echt so was von genial versponnen!
Aha, aha. Der Typ fummelt unkundig an einer Sektflasche rum, kriegt sie nicht auf und sagt stolz einen der stumpfesten Sätze der Jetztzeit auf:
– Es kann sich nur noch um Stunden handeln.
Hahaha.
Dann reden sie über Wochenenden. Ich kann es mitsingen:

Am Wochenende ausgehen ist ganz schön scheiße, also freitags, da geht man, nach mal wieder so einer anstrengenden Woche, am besten ganz früh schlafen, und rekreiert sich dann in einem durch bis Samstag mittag, dann läuft man in letzter Sekunde zum Supermarkt, kauft TOLL ein, weil man ja abends und sonntags dann auch TOLL kocht, mit Freunden, für Freunde, auf keinen Fall alleine, dann geht man wieder ins Bett, mit der Zeitung. Wenn man Glück hat auch mal mit einem Partner, hihi. Dann kommen irgendwann diese amerikanischen Serien im Fernsehen, also das ist ja so was von geil, sich die alle reinzuziehen, dabei kann man ein Fertiggericht essen, das Zubereiten dauert genau die Werbepause lang, das ist echt *supergenial*. Dann geht man irgendwann in die Badewanne und telefoniert so ein bißchen, und dann geht man irgendwohin, oder es kommen Menschen, und dann wird zusammen gekocht und gegessen und gespielt. Am Sonntagabend aber dann kann man wieder richtig ausgehen, dann sind die ganzen Idioten weg. Sagen diese Idioten. Ihnen fällt da aber jetzt nix auf.
Eine sehr gutaussehende Frau steht neben mir. Manche Frauen sehen sofort ganz und gar phantastisch aus, wenn sie einfach so mit einer Bierflasche und einer Zigarette rumstehen; das sind die Frauen, zu denen das eigentlich nicht paßt. Und deren Körpern man darüber hinaus auch ansieht, daß dies mal eine Ausnahme ist. Bei denen sieht dann sogar ein Nasenring gut aus. Sie hat keinen, das ist noch besser. Wahrscheinlich heißt sie Anna oder Christine. Es ist ja ein himmelweiter Unterschied, ob eine Frau Christine oder Christina heißt. Sie heißt aber Beate, erfahre ich später. Ich habe noch nie eine Beate gekannt. Ich dachte immer, Beates seien etwas trampelig und würden ständig Jugendgruppen in den Harz begleiten oder schlechtgelaunte Sängerinnen übler Bands sein. Aber vielleicht bin ich da auch durch jahrelanges Lindenstraßengucken assoziativ fehlge-

leitet. Diese Beate jedenfalls war ganz bestimmt noch nie im Harz, und mit einer Jugendgruppe schon gar nicht. Sie hatte in ihrem Leben nicht die schlimme Tigerentengut-findphase, nie, sie war wohl immer schon hundertprozentig wunderbar. Wahrscheinlich hat sie zu Hause alle alten Madonna-Singles, und ihr erstes Konzert waren nicht wie bei uns die späten Extrabreit im Jugendzentrum, sondern Depeche Mode VOR 1990. Sie erzählt, daß ihr Onkel der "größte Willy Bogner-Abnehmer in der Schweiz" ist. Ich glaube, mein Mund steht offen, sie redet so ganz toll und raucht dann leicht von sich weg, zuckt so zur Seite, guckt dabei aber weiter ihren Gesprächspartner an, das ist der Supersex, finde ich. Und dann diese Bogner-Geschichte. So was. *Der größte Bogner-Abnehmer*, was es so für Kategorien gibt. Sie guckt mich an und sagt:

– Ziemlich Scheiße hier.

Ich kann nur sagen:

– Och, findste?

Denn *natürlich* ist es Scheiße hier. Doch war das offenbar ein Vorwurf an mich, und ganz bestimmt nichts in Richtung "Laß uns doch mal schnell woanders hingehen", der Filmstandardwendung für "Komm, Ficken". Mir wird das zu anstrengend, solche Frauen kann ich überhaupt nicht länger angucken, und wenn ich mit ihnen reden muß, werde ich entweder viel zu laut, oder es fällt mir gar nichts ein. Heute fällt mir gar nichts ein. Später habe ich sie dann nicht mehr gesehen. Sie ist so eine Frau, die sich wahnsinnig freut über Lieder von Take That. Ab einem bestimmten Alter, so über 16, macht das Frauen meiner Meinung nach ziemlich sexy. Bedingung allerdings ist, daß sie dabei nicht huhuhu schreien, sondern eher yeayeap.

Wir gehen noch auf eine Schaumparty. Wahrscheinlich muß man mal auf einer Schaumparty gewesen sein, um auch ganz genau und für immer zu wissen: Schaumparties

sind das Allerletzte. Man kann das im Fernsehen sehen, wenn eines dieser heimlich pornographischen Vermeintlichnachrichtenmagazine mal wieder einen Vorwand fürs Tittenzeigen braucht. "Der wilde Osten" oder "Discofieber und nackte Haut daundda". Kaum jemand ist über 18 hier, außer eben uns. Nach einer Stunde schon haben sich die Ledersohlen meiner Schuhe abgelöst, wohl durch den Schaum, dann ist alles egal, und nach drei Stunden endlich bin ich vollends trunken und stehe bis zum Hals, manchmal drüber, im Schaum und japse nach Luft und greife einfach wahllos in den Schaum, in die Frauen. Das glitscht und fühlt sich recht schön an. Alle kreischen. Das Jungsklo ist völlig vollgepißt, da steht die Pisse knöchelhoch, ich gehe zu den Damen rüber, um mir unterm Handtrockner das Hemd zu trocknen. Mädchen um mich rum beschweren sich ein bißchen, aber je später es wird, desto egaler wird alles, ich gehe mit meinen Getränken immer wieder direkt zurück ins Mädchenklo, und die Mädchen ziehen sich einfach ihre Hemden aus, und wir lachen und wringen uns gegenseitig aus. Ich glaube, so stellt man sich den Ballermann vor. Jemand zeigt mir seine Doc Marten's-Schuhe, als ich ihm von meinem Ledersohlendesaster erzähle. Auf der Sohle steht, daß die Schuhe "resistant" sind gegen so manches: Öl, Fett, Säure, Alkaliwasauchimmer.
– Super! sage ich.
Ich gucke wieder nach Frauen. Ich bin jetzt wohl *Single*. Einer Frauenzeitschrift sind jeden Monat "100 Singles zum Verlieben" beigeheftet. Mit Foto und hirnamputierten Antworten auf nicht weniger hirnamputierte Fragen: Sind Sie mit Ihrem Gehalt zufrieden? Sonntagsfrühstück im Bett: Was gibt es bei Ihnen? Wie oft pro Woche/Tag hätten Sie gerne Sex? Beschreiben Sie eine ideale Nacht.
Lustig ist, daß die Männer nie schreiben, was ihr eigentliches Motiv ist für diese Verzweiflungstat, sich da abbilden

zu lassen (FICKEN), sondern immer "lange reden und ku-scheln, viel Zeit haben füreinander, lange tanzen". Frauen wie "Birgit, Bad Honnef" geben dann präzise das an, was die Männer meinen: "Liebe machen". Auch schön. Weiter-hin auffällig: Die Frauen aus dem Osten beschreiben ihr Frühstück immer extrem dezidiert; am besten fand ich da bisher Ute aus Dresden, die wollte "Toast (oder frische Brötchen), Rührei mit Zwiebeln und Tomate, Käse, Nutella, Obst, Milch oder Tee und frisch gepreßten O-Saft". Da bleiben kaum Fragen offen. Sexuell kann man mit Ute alles machen, "was keine Schmerzen bereitet".

Dieses Fick-Brevier ist wirklich eher erschütternd. Hier *meine* zehn Singles zum Verlieben:

### Supersonic (CRESCD176)
Supersonic
Take Me Away
I Will Believe (live)
Columbia (white label demo)

### Shakermaker (CRESCD182)
Shakermaker
D'Yer Wanna Be A Spaceman?
Alive (8 track demo)
Bring It On Down (live)

### Live Forever (CRESCD185)
Live Forever
Up In The Sky (acoustic)
Cloudburst
Supersonic (live)

### Cigarettes & Alcohol (CRESCD190)
Cigarettes & Alcohol

I Am The Walrus (live)
Listen Up
Fade Away

## Whatever (CRESCD195)
Whatever
(It's Good) To Be Free
Half The World Away
Slide Away

## Some Might Say (CRESCD204)
Some Might Say
Talk Tonight
Acquiesce
Headshrinker

## Roll With It (CRECD212)
Roll With It
It's Better People
Rockin' Chair
Live Forever (live)

## Wonderwall (CRECD215)
Wonderwall
Round Are Way
The Swamp Song
The Masterplan

## Don't Look Back In Anger (CRECD221)
Don't Look Back In Anger
Step Out
Underneath The Sky
Cum On Feel The Noize

**D'You Know What I Mean? (CRECD256)**
D'You Know What I Mean?
Stay Young
Angel Child (Demo)
Heroes

Wir gehen zurück zur Gartenparty.
– Da weiß man, was man hat, sagt einer aus unserem Späh-trupp. Ich weiß, was ich nicht habe, und komme mit. Da ist Christian, ich weiß nicht, wie er hierherkommt. Christian sieht mehr denn je aus wie Jarvis Cocker. Alle denken, er sei schwul, und Christian denkt das inzwischen auch. Vor kur-zem hat er mich mal geküßt – um mal zu gucken, wie das ist, denke ich. Er hatte noch nie Sex, weder mit einem Mann noch mit einer Frau. Kaum zu glauben. Christian ist mit Abstand der bestaussehendste Mann auf der ganzen Party, in der ganzen Stadt, möchte ich sagen. Er selbst weiß das nicht genau. Und schlimm auch: Es nützt ihm nichts, er ist ein bißchen zu ungeschickt. All die bekifften Sweatshirt-Doofis hier, die haben alle ziemlich viel Sex, also die meisten. Dabei sind sie so dumm und so wenig um Ästhetik bemüht, so eklig flexibel in ihrer Lebensführung, so ungenau in ihrem Urteil. Ihnen ist alles egal, vielleicht ist das das Rezept. Chri-stian hat eine Kassette dabei mit einer deutschen Version von "Three Lions On A Shirt (Football 's Coming Home)". Tatsächlich singen da Menschen: "Er kommt nach Haus, er kommt nach Haus, er kommt nach Haus – Fußball kommt nach Haus… Das W auf dem Trikot…" Eine Hommage an Werder Bremen. Super. Wir hauen die Kassette rein, und nach zweimaligem Hören kann ich den Text, und wir stehen auf dem Gartenhaus und singen. Das Bier ist leer. Nach dem drittenmal Singen drückt jemand auf Stop, und wir hören ihn fragen, wo denn eigentlich verdammt noch mal die Kru-der & Dorfmeister-Platte sei. Meine Güte, das meinte ich.

Wir spielen unser Lieblingsspiel: Wer kann mehr (übers bloß musikalische, bzw. unmusikalische hinausgehende natürlich) Gründe aufzählen, die die meisten deutschen Musiker hassenswert machen?

Heute hassen wir Fury In The Slaughterhouse (sonst auch):

– kommen aus Hannover

– singen in schlechtem Englisch schlechte simpelste Textchen

– haben eine Klezmer-Rock-Platte gemacht und sich nicht geschämt für solche Ethno-Spießigkeit

– sind extrem schlecht angezogen

– verstecken ihre Halbglatzen unter Mützen, das sollten Menschen über 30 nicht tun

– halten ihr lächerliches Nebenprojekt "Little Red Riding Hood" für musikalisch experimentell, dabei klingt es so wie immer

– nur ohne Schweinegitarren, dafür mit Casioklängen von 1990

– Sänger und Gitarrist sind Brüder und emotionen alles voll mit einer ganz ekligen Weicheiversion des Machotums

– Gefühl & Skepsis, dazu Pessimismus und Auchnichtweiterwissen…

– aber dann Spaß-T-Shirts tragen und Rock'n'Roll-Phrasen plappern!

– sagen oft den Satz "Wir machen seit Jahren unser Ding"

– rekrutieren ein sehr reines Idiotenpublikum

– Mit einer unausgegorenen Schnulze ("Time To Wonder") haben sie, und das ist ihnen besonders anzulasten, auch manch tolle Frau mal – kurzfristig, aber nachhaltig – fasziniert

– glauben immer noch, schwarzweiße Grobkornästhetik in Videos helfe dem Song, besonders "intensiv" zu wirken

(Mit dem Wort "intensiv" ist die Unterrubrik eröffnet: eklige Musikjournalisten-Attribute, die diese Band nicht ablehnt:)
– Ehrlichkeit
– echtes Songwriting
– nicht so 08/15-Techno
– eher eine Albumband als ein Single-Act
– Erfolg durch touren, touren, touren
– eine absolute Liveband

Leider schlägt Christian mich dann uneinholbar, als er mir die eindeutigsten Nachweise für die vollkommene Ekligkeit und Nichtsnutzigkeit von Heinz Rudolf Kunze vorliest, die ich je gehört habe. Und zwar einfach bloß dessen aktuelle Tourdaten, und bei den Städten kriegt man schon fast Mitleid:
– Oldenburg, Lüneburg, Flensburg, Steinheim, Holdensleben, Neuruppin, Berneburg, Großenhain, Dresden, Wernesgrün, Jena, Augsburg und best of all: Maisbach.
Tja, politisch einflußreiches Metropolenhopping würde ich sagen. Und freue mich, daß Christian wirklich einfach für unser Spiel die Tourdaten von diesem Penner dabeihat, das ist doch echter Kampfgeist. Dann diskutieren wir ergebnislos, wer ekliger ist: Pur oder Fools Garden. Da gibt es für beide Antworten genug Argumente. Und dann wenden wir uns wieder schönen Dingen zu: *Das W auf dem Trikot, er kommt nach Haus, er kommt nach Haus, er kommt nach… Fußball kommt nach Haus…*

Wenn ich auch schwul wäre, dann wäre alles geritzt. Christian ist das, was man sich mit Frauen ja immer gerne vorlügt, so als eines der größten Komplimente: seelenverwandt. Tja. In der Zeit, in der alle möglichen Menschen dachten, ich sei schwul, dachten das auch die Schwulen. Einer hat mich dann mal nahezu vergewaltigt. Es war ein komischer Abend im tiefsten Niedersachsen, auf dem Land, wir haben uns alles reingehauen, was es so gibt. Meine erste und letzte Ecstasy-Pille, und die hat mich mit ihrer Wirkung derart in Beschlag genommen, daß ich das Angebot des freundlichen Mannes "wo es doch jetzt so spät ist", dann doch gleich "auch hier im Hotel zu schlafen" gerne und bedenkenlos annahm. In seinem Zimmer sei "noch viel Platz", so ein Zufall aber auch.

Als ich ins Zimmer kam, war ich leicht irritiert, da das Bett ziemlich schmal war, also: schon für einen ziemlich schmal. Wir waren ja zu zweit. Hm. Aber ich war so durcheinander und fertig, daß ich mich einfach hinlegte. Der Typ legte sich dann hinter mich, ziemlich dicht, und fing an, an mir rumzuarbeiten, ich guckte einfach nur starr auf den Fußboden und tat so, als ob ich schlief, was nicht so glaubwürdig ist, wenn man die Augen aufhat. Aber ich kriegte sie nicht zu. Irgendwann, als er dann tatsächlich flüsterte (Männerflüstern ist ein schlimmes Geräusch), die Unterhose sei ja nun wirklich nicht länger vonnöten, besann ich mich meiner spätestens in diesem Punkt doch grundverschiedenen Ansicht und sprang aus dem Bett, nahm einen Pfirsichsaft aus dem Kühlschrank (daran erinnere ich mich sehr gut, niemals zuvor und niemals seither habe ich Pfirsichsaft getrunken!) und schaltete den Fernseher an, den Musikkanal, wo es prächtig bunt und laut zuging am frühen Morgen. Da war der Schwule dann auch verwirrt und sah ein, daß es so nicht weiterging, und dann hat er mich nach Hause gebracht. Durch Ecstasy oder weißichwas (Pfirsichsaft?) wurde ich plötzlich sentimental und sagte ihm, wie leid mir das alles täte, woraufhin er wieder Hoffnung schöpfte. Irgendwann war er weg und ich wieder runter. Aus Angst wurde dann logischerweise Zorn auf ihn, auf mich, auf alles. Seitdem ist mir ziemlich klar, daß das nichts ist mit mir und dem Schwulsein, das erkläre ich den Leuten auch immer wieder gerne.

Auf dieser Party sind die übriggebliebenen Frauen allerdings so, daß ich mir hier – im Zweifel – nicht so sicher wäre. Ich gehöre zum Rest von vielleicht 10 Leuten. Ich kenne niemanden mehr, Christian ist auch weg (WOHIN?), die verbliebenen Männer sind allesamt so Verbindungstrottel mit Uniform und vernarbter Fresse. Der eine guckt mich an, mein Pullover mißfällt ihm offenbar. Er ist nicht betrunken, er ist besoffen.

– Ist hier jetzt Pulloverparty, du kleiner Straßenköter?

– Ja, genau, Pulloverparty, aber Fettsäcke mit großem Latinum dürfen auch im Matrosenanzug kommen, das ist kein Problem. Oder hattest du Probleme, reinzukommen?

Das war jetzt ein guter Witz, würde ich sagen, auch angemessen, da er ja angefangen hat usw. Kann ich gleich vergessen diese Argumente, denn jetzt sagt er seinen Freunden Bescheid, so läuft das ja immer. Man muß dann einfach abhauen. Habe ich jetzt verpaßt. Ganz so böse meinte ich es auch nicht, im Gegenteil, ich finde es sogar fair, so Verbindungswichsern mal einen objektiven Tip zu geben hinsichtlich ihrer Kleidung, Gesinnung und Lebensführung, denn deshalb sind sie ja in einer Verbindung, um genau dem zu entgehen – das sind in der Schule immer die Dicken oder Stotternden oder Pickligen oder Schüchternen gewesen, die (gleich nach Lego-Technik statt Playmobil) zur Schach-AG rannten und dann später froh waren, daß es außer "Actionfilmen", Toten Hosen-Konzerten, der Zeitschrift P.M. und Stephen King-Büchern noch was gibt. Sie fangen an, ein bißchen zu schubsen. Es sind so Leute, die beim Falschparken lauthals rumidioten:

– No risk – no fun!

Statt Orangen- oder Apfelsaft sagen sie "O-Saft" und "A-Saft", diese A-Löcher. Amerika nennen sie "Amiland", und wenn ihnen was gefällt, knarzen sie:

– Das hat was!

Gerne auch sitzen sie 24jährig als unsympathische "Jung-unternehmer" in Talkshows rum und salbadern ohne sich zu schämen über so langweilige Dinge wie "Wirtschafts-standort D" oder "Todesurteil: Lohnnebenkosten" usw. Dabei benutzen sie stolz Vokabeln vom Typ "Kapitaldek-kungsverfahren" oder "Nettoentlastung" und verhalten sich weitaus greisenhafter als die ihnen zur Seite gesetzten alten Wirtschaftswundernazis.

Gleich gibt's wohl Haue. Aber ein Strickjackenhitler mit Kniebundhosen greift sich gerade noch rechtzeitig den Dicken und sagt ihm, daß "der kleine Aso-Penner" (ge-meint bin ich!) jetzt nach draußen befördert würde, "mit Nachdruck", und dann sei es aber auch gut.

– Das lohnt doch gar nicht, Mensch!

Finde ich auch! Ich gehe also, und der Dicke, den sie im-mer noch zu zweit festhalten müssen, schreit hinter mir her:

– Früher oder später kriege ich dich!

Danone Joghurt? denke ich und gehe. Da läuft eine Frau hinter mir her, die tatsächlich Maria heißt. Maria ist Kinder-gärtnerin, deshalb wohl auch hat sie der Szene eben nicht allzuviel Bedeutung beigemessen.

– Warte doch, ich meine, du kannst echt hier pennen, kein Problem, die Saufdoofis (gutes Wort, Maria!) sind eh gleich weg.

Ich bin zwar in der Tat sehr müde, aber jetzt in irgendeinem Bett schlafen, morgen dann wieder in die alten Sachen oder sogar: noch in den alten Sachen, das halte ich nie aus, ich fahre nach Hause, es ist eh schon morgen. Und Maria wäre wohl auch nicht so barmherzig, wenn sie EIN BISS-CHEN besser aussähe.

– Trotzdem danke.

In meiner Wohnung zurück. Die Augen brennen, das kommt wohl von dem Schaum. Ich kann nicht schlafen, stö-

ber in den Privatangelegenheiten des Vermieters rum. "Das bin ich" steht in Frauenschrift auf einer Kassette. Das höre ich mir natürlich an. Eine Telefonnummer ist auch dabei. Erst mal hören (dann anrufen?). Eine Frau, die ganz bestimmt mahagonifarbene Haare hat, erzählt:
– Ja, ich fand das eine sehr gute Idee von dir, mir so eine Kassette zu schicken und mir darauf von dir zu erzählen, das ist mal was anderes. Man erfährt da viel mehr von dem Menschen, da hast du völlig recht. Es ist ja schon komisch, so eine Kontaktanzeige aufzugeben, ich habe auch extrem lange gebraucht, mich das zu trauen, aber es ist heutzutage längst nicht mehr so verrucht wie vor – ich sag mal zehn Jahren. Da ist Deutschland an sich zwar noch sehr konservativ, aber auf die Dauer wird das ganz normal werden, das ist so, denke ich. Und da möchte ich dir nun natürlich auch gerne auf diesem ungewöhnlichen Wege antworten, ich habe ein paar Musikstücke ausgewählt, denn Musik ist mir sehr wichtig. Du hast erzählt, daß du sehr gerne Songschreiber der 70er Jahre hörst, die finde ich auch sehr interessant, ich höre sehr viel unterschiedliche Musik, ich gehe auch ganz gerne mal in die Oper zum Beispiel, obwohl, in letzter Zeit eher weniger, denn meine Zeit läßt das nicht zu. Ich bin Logopädin und habe eine Praxisgemeinschaft mit einer anderen Logopädin. Mein Beruf bereitet mir sehr viel Freude, und ich besuche auch oft Seminare…
Ich spule vor. Höre mal wieder rein:
– …deshalb jetzt ein sehr altes, aber wie ich finde, immer noch sehr schönes Lied von Fleetwood Mac…
Ich spule wieder vor. Unglaublich, daß es so was gibt, ich bin sehr fasziniert, die Stimme klingt extrem sexy, so ein bißchen müde, aber irgendwie nach großen Brüsten. Ich glaube, Frauen mit großen Brüsten klingen oft müde, vielleicht weil die Brüste so schwer sind.
– …hattest du ja auch gesagt, daß du da einige Enttäu-

schungen erlebt hast. Das geht mir genauso, deshalb ist es auch sehr schwer für mich ...

Alle Menschen leiden unter der Liebe. Die Kassette ist ziemlich scheiße, exakt ein gutes Stück drauf. Wie das da draufkommt, keine Ahnung: "Do You Remember The First Time?" von Pulp.

Ich wähle die Nummer der Frau. Nach vielleicht 20mal Läuten hebt jemand ab, ein verschlafenes Hallo, das nach Megatitten klingt. Oder einfach nur: sehr müde. Ich lege schnell auf.

Ich habe Hanteln in der Wohnung gefunden, sind nicht schwer, kann man hebensenkenheben, aber natürlich nicht so oft. Wie oft ist da oft? 20 mal? Das geht noch, aber kann nix nützen, ist kürzer als ein Lied auf "Be Here Now". Obwohl die natürlich auch wieder alle exorbitant lang sind. Diese Band, meine Güte.

Mit den Hanteln jedenfalls mache ich so rum und denke, wie gut ein "gestählter body" wäre. Wäre dann alles anders? Ja natürlich, dann wäre alles anders! Alles klar, Lebenslügen gehen noch. So schlimm kann es also alles gar nicht sein.

Ich könnte mich natürlich auch mit dem Computerspiel narkotisieren. Ich habe nur eines, aber das zu spielen heißt gleich mehrere Stunden fortzuwerfen, man kann dann nicht mehr aufhören, wenn man erst mal begonnen hat. Es gilt, zur Jahrhundertwende eine Stadt aufzubauen. Mit Industrie, Büros, Wohnanlagen, Zoos, Energieversorgung, Straßenverkehr usw. Die Leute sagen einem per Zeitung, woran es ihnen mangelt, und randalieren auch mal, wenn man die Steuern erhöht, obwohl man von dem Geld ja nur das Stadion kaufen will, das sie einfordern. Wie im Leben also. Genauso schizophren und raumgreifend und eigentlich bedeutungslos. Lustiger als die Wirklichkeit allerdings auch, weil dann irgendwann Monster die Stadt heimsuchen und alles zerstören, es sei denn, man hat jahrzehntelang die Feuerwehr und Polizei gut bezahlt und gut behandelt. Dann ist nicht alles verloren. Dann beginnt der Wiederaufbau. Wie es ja immer ist. Wie groß eigentlich muß eine Katastrophe sein, damit die Menschen mal aufhören mit dem dauernden Wiederaufbauen?

Habe wieder die Hanteln bewegt, so gänzlich unprofessionell und ohne jede erkennbare Wirkung. Werde das jetzt lassen. Man kann ja nicht gegen alle proletarischen Weihräucher anreden und ihnen dann hier im verborgenen huldigen. Genau wie mit dem Fernsehen, dem Alkohol. Mit der *Bild*-Zeitung ist das etwas anders gelagert. Die zu lesen, gibt ja immerhin noch Auskunft. Fernsehen dann auch, und Alkohol erst. Aber Auskunft worüber – im Zweifelsfall mir über mich. Was ich mich noch nie zu fragen gewagt habe. Ich mich. Du mich auch.

Im Zeitungsladen habe ich einen Ventilator gekauft. Wegen anhaltender Brutalstwärme. Er scheucht nun die heißen Moleküle durch den Raum, sie prallen an mir ab, und Linderung ist das auch nicht. Aber das Surren allein schon und sein mit Erfrischung assoziiertes Äußeres, das mag reichen. Überhaupt der Zeitungsladen – da stellen die sich plötzlich einen ganzen Haufen Ventilatoren hin. Und man sagt:

– So ein Scheiß!

Und eine Woche später fällt man selbst drauf rein, ausgerechnet. Im Krieg werden diese Trümmerfrauen Waffen verkaufen, und falls ich mich noch mal verlieben sollte – Kondome. Sonst eben Zeitungen. Neben dem Zeitungsladen kann man für "1,99 Kaffee satt" trinken. Habe ich noch nie gemacht. Wie soll das aussehen? Für einen Becher braucht man doch 1/4 Stunde, Kaffee kann man doch nicht schütten und schütten und noch mal schütten. Da wird einem doch ganz schwummerig. Deshalb wohl das Angebot.

Da der Briefkastenschlüssel abgebrochen ist, mußte ich mir eine "Grillzange, rot" kaufen. Die spärlichen an mich gerichteten Noten muß ich nun mühsamst herausangeln. Heute eine ganz besondere Frechheit: (nach Tagen mit nichts als Pizzakatalogen): ein Brief von Nadja mit einigen CDs, die ich endlich eingefordert hatte. Sind ja meine, habe ich ja gekauft, und zwar nicht von ihrem Geld. Von meinem? Ja, so ähnlich. Die wichtigste Platte aber, "Different Class" von Pulp nämlich, und meine Jacke waren natürlich nicht dabei. Dafür ein saublödes Anschreiben (mit Computer! unpersönlich! Distanz!! drüber weg!!! wie lächerlich) mit fadenscheiniger Begründung. Natürlich will man nach einer groben Fehleinschätzung im Bereich der Liebe das Ende generös gestalten, nicht zum Feilscher und Landvermesser werden. Nicht zum Trost, sondern zum Trotz hat sie mir ein Buch geschickt. Wo sie das wohl her hat? Ich stelle mir das so vor: Rein in die Drogerie oder zu H&M:

– Guten Tag, haben Sie auch diese, wie heißen die nochmal, äh, ja, richtig – Bücher?

Also: "Wunschloses Unglück". Naja, Titel klingt ja gut, wirst du da gedacht haben, du dummes Ding, aber hast du auch mal reingeguckt, es vielleicht sogar – gelesen? Hättest du übrigens schon vor langer Zeit sollen, wie so manches. Unsere Thematik wird da jedenfalls nicht berührt, tut mir ja nun auch leid. Aber war ein ganz niedlicher Versuch. Daß ich mit dieser Dame mal, also echt – das ist gar nicht zu glauben. Und daß sie nun noch meine schöne Mod-Jacke hat.

Daran erkennt man, ob es überhaupt irgend etwas wert war. Wenn man nur noch Dingen und Zeit nachtrauert (verloren beides), dann war das alles nichts. Wenigstens dieser Verlust schmerzt nicht, doch, tut er doch, und zwar dergestalt: viel zu spät reagiert, zu lange aus- und hingehalten.

Und eben die Jacke. Pulp werde ich nachkaufen, ohne geht es nicht. Es läuft schon wieder die Oasis-Platte. Was hätte ich nur ohne DIESE PLATTE gemacht in den letzten Wochen? Hätte gar noch mehr Scheiß passieren können? Ich glaube JA.

Ich ziehe mich an. Einen schönen Anzug. Allerdings: Ich glaube, in einem schönen Anzug ist mir noch nie was Aufregendes passiert. Oder nur die ganz sicheren Nummern, aber nach Abenteuer fahndend bin ich im Anzug immer leer ausgegangen. Woran das wohl liegt? Sieht man mir da die Intention von weitem an? Gestern im Supermarkt stand ich im Anzug am Obstregal und staunte einer Frau hinterher. Sie bemerkte mich mehrmals und tat doch nichts. NICHTS (natürlich nichts)! Dann fiel mir ein Marmeladenglas hin. Es war wie in einem Didi Hallervorden-Film, nur nicht so lustig. Ich floh in die Getränkeecke und hörte noch mehrere Regale weiter das knirschende Geräusch von Einkaufswagen, die mein Malheur durchmanschten. Die Frau war an der Käsetheke beschäftigt. Sehr lange. Und fuhr dann an mir vorbei, kein Blick, wieso auch. Aber ausgelacht hat sie mich nicht.

Ich will was erleben. Aber das geht eigentlich nur mit David, und der sitzt an einer längeren Arbeit – das Studium, die Zukunft. Klugerweise hat er beschlossen, daß wir während dieser Arbeit nichts zusammen machen. Denn das würde sein Projekt ernsthaft gefährden. Am Telefon erzählt er von Spinat und Karotten. Und von Säften. Er läuft jetzt auch, jeden Tag! Immer alles auf einmal, da ist er genauso dumm wie ich. Klug von mir dagegen: Ich bleibe dann jetzt auch zu Hause. Habe jetzt auch eins, richtig für mich, eine neue Wohnung, gar nicht mal so teuer.

# Round Are Way

Meine neue Wohnung ist in Ordnung. Keine Badewanne, sehr klein das Bad wieder, aber wenigstens ist da ein Fenster drin, das ist sehr wichtig. Noch kein Duschvorhang, ohnehin muß noch viel gemacht werden, aber es kommen auch täglich Handwerker, ich bin guten Mutes. Die Vermieterin auch. Die ist verrückt und schon über 60, aber gestern hat sie meine Treppe gewischt, wahrscheinlich ist ihr Mann tot. Ich habe ja überhaupt keine Möbel mehr. 2 Wochen lang lebe ich aus Kartons. Dann sind die Kartons leer, und die Wohnung ist voll. Alles liegt rum. Ich brauche Möbel. Wenigstens ist David mit der Arbeit durch. Wir fahren zu IKEA. Es ist Samstag, und IKEA hat bis 16 Uhr auf. Wir fangen an, wahllos Möbel auszusuchen. Wir wissen noch nicht, wie wir die dann in meine Wohnung kriegen sollen, wir sind mit dem Taxi gekommen. Wir werden einfach in 2 Taxis zurückfahren, das müßte ja gehen. Die Möbel sind ja immer so klein verpackt, oder? Dochdoch. Die Möbel sind schön bei IKEA, das hatte ich gar nicht in Erinnerung, früher war ich mit meinen Eltern manchmal bei IKEA, ich erinnere mich aber bloß noch an die Rutsche mit den Plastikbällchen und an die häßlichen Bücherregale, die eigentlich bloß für Schuhe taugen. Die habe ich ja in Hamburg weggeworfen. Außer uns sind nur Pärchen unterwegs, die Frauen sind schwanger und freuen sich auf das Kind. Die Männer wirken gehetzt, das hätten sie nicht gedacht, was man so alles braucht für ein Kind, für eine Familie. Wir kaufen ein Sofa, einen Tisch, ein paar Lampen, ein sehr großes Bücherregal, eine Kommode, zwei CD-Schränke, vier Stühle. Da fällt mir erst auf, was man in einer Wohnung, einem HAUSHALT so alles braucht: Handtuchhalter, Kerzenständer, Geschirrtücher und dann logischerweise auch Geschirr. Und so weiter.

Ich kaufe sogar eine Tischdecke, den Klassiker: rot-weiß-kariert. Irgendwann haben wir lauter Zettel, mit denen müssen wir zum Lager, es ist kurz vor vier. Wir finden nicht alles und nehmen andere Stühle, ein andersfarbiges Regal, Hauptsache raus. Dann mit der Karte bezahlen, das geht, komisch, woher kommt das Geld? Jetzt haben wir einen riesigen Haufen Möbel vor uns liegen, und die Taxifahrer winken nur lachend ab. Der Auslieferungsservice ist schon geschlossen. Das Gelände leert sich rasch, bald sind wir ganz allein, noch ein Würstchenverkäufer, aber der ißt jetzt seine letzten Würste selbst und ist auch bald weg. Wir dürfen sein Telefon benutzen. Die Autovermieter lachen uns wieder mal aus:

– Samstag und ein Transporter, haha, sehr gut, das hätte Ihnen mal früher einfallen können, das ist ja nun reichlich spät, nicht?

Wir sitzen da mit all den Möbeln. Auf dem Parkplatz kein Auto mehr, da kommt ein Bus mit vielleicht 10 Jungs, die fangen an, Hockey zu spielen. Die Jungs. Der Bus. Wir fragen sie.

– Och nö! sagen die verwöhnten Ärsche.

Wir bieten ihnen 100 Mark, sie sagen nur:

– Vielleicht nachher, wir wollen jetzt wirklich spielen!

Meine Güte, 100 Mark. Für 150 bequemt sich dann einer. Wahrscheinlich alles Arztkinder. Er fährt uns, hilft sogar noch mit, den Krempel in den dritten Stock zu tragen, will dann plötzlich 170, kriegt er, ist egal.

Es dauert eine Woche, bis ich alles zusammengeschraubt und hergerichtet habe. Zum ersten Mal habe ich einen Wohnraum, der auch formal einem Lebensraum ähnelt. Wo man gleich auf den ersten Blick nicht mehr das Wort HAUSEN, sondern das viel schönere WOHNEN verwendet. Ich fühle mich wohl, wasche ab und zünde sogar Kerzen an. Das machen sonst immer nur Frauen, und ich bin dann immer ganz überrascht, wie gemütlich und beschaulich und wohnlich es ist, einfach durch eine Kerze. Es ist schön, ein Zuhause zu haben. Ich höre Musik und bin zufrieden. Wenn Katharina mich bloß so sehen könnte! Sie würde es lieben. Sie kann mich nicht sehen/Ach ja, vergessen.

Ach ja: VERGESSEN!

Ich habe auch einen großen goldenen Spiegel gekauft. Im Kerzenlicht sehe ich darin eigentlich sehr gut aus. Die Diät hat ein bißchen funktioniert. Ich ziehe zwar den ganzen Tag den Bauch ein, aber das ist egal, er ist kleiner geworden, das auf jeden Fall. Im Kerzenlicht sieht man natürlich immer gut aus, besser zumindest. Aber das vergesse ich und schlafe ein. Katharina hatte vor 2 Wochen Geburtstag. Schon wieder. Hoffentlich ist ihr aufgefallen, daß ich mich nicht gemeldet habe. Mir fällt es erst jetzt, 2 Wochen (das sind 14 TAGE!) später, auf. Das ist eine eindeutige Besserung, wenn man es mit dem letzten Jahr vergleicht.

Auf dem Cover der neuen Oasis-Single "Stand By Me" sitzt ein englisches Ehepaar. Sieht cool aus, hintendrauf stolzieren Hunderte Hochzeitspaare durch ein Stadion. "Stand by me" ist eher eine schlechte Oasis-Single, aber natürlich eine gute Single, weil ja von Oasis. Und die B-Seite "(I Got) The Fever" fegt ohnehin alle Zweifel weg, zumindest meine, eine neue Single zum Verlieben:

**Stand By Me (CRECD278)**
Stand By Me
(I Got) The Fever
My Sister Lover
Going Nowhere

Am Telefon habe ich mit Christian mal wieder eine schöne Diskussion: Da wir nun die meisten Singles nur noch auf CD besitzen (mit Ausnahme meiner Pet Shop Boys-Vinyls, und Christian hat sogar auch ziemlich viele Oasis-Vinyls), stellt sich die Frage, ob der Begriff B-Seite da überhaupt noch statthaft ist. Erstens dreht man das Ding ja nicht um, und zweitens haben die allermeisten CD-Maxis ja insgesamt 4 Tracks, also dann 3 "B-Seiten". Christian sagt also, man solle künftig von Track 2, 3, 4 sprechen. Oder sogar Track 5, beispielsweise bei der US-Version von "Wonderwall", denn da sind ja insgesamt 5 Stücke drauf. Ich halte dagegen, daß B-Seite ja nicht nur Rückseite meint, sondern vielmehr für Rarität und Ausschuß und Sammlerfreude steht. In England ist ja eh alles viel besser. Dort gibt es jede anständige Single auch auf MC, was lauter Vorteile hat:

– sehr billig, zumeist 99 Pence, oder 1,49, ganz selten mal über 2 Pfund.
– prima handlich
– kann man super verschicken
– kann man im Auto hören
– und vor allem: Es gibt eine B-Seite! Zwar sind meistens A- und B-Seite der Single auf beiden Seiten der Kassette, aber das, was eine Single zur Single macht, nämlich das Umdrehen, das ist möglich.

Es wird Herbst. Ich halte so was von durch. Die neue Stadt geht in Ordnung, ich gehe zur Arbeit. Die neue Arbeit: Eine AGENTUR, so sagt man wohl. Ich glaube, 70 % der Herrschaften meines Alters arbeiten in einer Agentur (wenn sie Arbeit haben, haben sie Agentur). Ich arbeite bis zum Abend, jeden Tag. Dann gehe ich durch den Regen nach Hause. Ich habe mir vorgenommen, nicht mehr mit der Bahn zu fahren, sonst wird das mit dem Bauch wieder schlimmer. Gehen ist gut. Jetzt im Regen ist Gehen scheiße. Außerdem ist es schon ziemlich kalt. Kalt und Regen, das macht keinen Spaß. Ich bin dumm. Sollte lieber weniger essen. Ich esse immer noch zuviel Süßigkeiten, trinke zuviel Bier, esse auch zuviel anderes Zeug, mehr als bloß gegen den Hunger. Immer rein. Es macht Spaß, es hilft gegen Langeweile, kurzzeitig. Also laufe ich halt statt Bahn zu fahren, das ist ein Kompromiß. Man kommt in Schwung. Vom Bett in die Bahn an den Schreibtisch, da bricht man nach zwei Minuten zusammen, schläft quasi weiter. Aber einmal durchgepustet, einmal angestrengt – mit solchen Oma-Argumentationen prügel ich mich durch den Wind.

An der Brücke graben sie nach irgendwas. Zunächst sah es aus wie eine normale Baustelle (lauter Rentner an den Absperrgittern, die mit ihren Stöcken auf Bagger zeigen und manchmal fachkundig irgendeine Materialfrage in die Grube bellen), aber es ist wohl eine Ausgrabung. Lauter Menschen mit Helmen hühnern morgens wie nachts durch eine Grube. Sie kommen überhaupt nicht vorwärts, daran erkennt man, daß es eine Ausgrabung ist. In einem Container haben sie ein Museum errichtet. Steht ganz groß dran. Und sieht bloß aus wie ein Altpapier- oder Asylbewerber-Container. Das Museum ist immer geschlossen. Vielleicht steht es da aus steuerlichen Gründen. Was soll da auch drin ausgestellt werden? Sand? Rost? Sie werden hier noch fünf Jahre buddeln, und dann gibt es ein kleines Häuschen mit Glasscheiben, und daran kann man dann entlanglaufen und – Ach, guckmaleineran! sagen. Und dann kommen lauter Pensionäre und langweilen ihre Enkel. Eine schöne Perspektive für den Container.

Die Ausgräber sind sehr jung. Ich denke, es sind Studenten, die sowieso nichts anzufangen wissen mit sich und ihrer Zeit. Die Jungs sind eine bebrillte Katastrophe, Schachspieler, Internetbrabbeler, Douglas Adams-Leser. Aber erst die Frauen, wie durchweg häßlich die sind. In schlechtsitzenden Jeans präsentieren sie mir Morgen für Morgen nichts als wundersam fette Ärsche. Und Gummistiefel. Manchmal steigt auch eine gerade aus der Grube, Helm auf den fettigen Haaren, und grinst debil. In der Hand irgendwas Vermodertes, ein bahnbrechender Fund, herzlichen Glückwunsch. Der Humor dieser Leute ist auch ganz phantastisch, sie haben große Schilder angefertigt mit Jahreszahlen an den einzelnen Erdschichten. Ganz oben steht, haha!, "moderne Asphaltdecke, 20. Jahrhundert". Das haben sie wahrscheinlich im Rahmen eines *Workshops* oder so nachts in irgendeiner Jugendherberge ausbaldowert und sind nun völlig kicherich über die anerkennenden Blicke all der Omas. Auch die Lokalpresse hat den Spaß schon zur Kenntnis genommen, und die Frau mit dem wohl dicksten Hintern durfte den Witz erläutern. Man muß sich nur so doof wie möglich verhalten, dann hat man keinen Ärger. Sondern "jede Menge Spaß", wie die Tante versicherte. Ein Blick in ihre Fresse, auf ihren Arsch am frühen Morgen versichert natürlich die Wahrheit, nämlich das Gegenteil, das Hinterteil. Ich habe gestern nacht gegen den Ausstellungscontainer gepißt. Das machen die Hunde auch. Heute nacht pisse ich in die Grube. Da kommen die Hunde nicht hin wegen all der Gitter. Ich kann weiter pissen als die Hunde. Vielleicht ist meine Pisse ja morgen als gelbes, gefrorenes Naturspektakel auf den weißen Plastikplanen zu bestaunen. Bei dieser Kälte friert ja alles, gerade war noch Apfelernte und Erntedankfest usw., also eben Herbst, was man ja in der Stadt gar nicht so mitkriegt, und jetzt muß ich mir schon Handschuhe kaufen. Klimakatastrophe. Sogar die obligatorischen Wochenend-Kotze-Haufen von falschtrinkenden Vorstädtern an Bushaltestellen und vor Imbißbuden, die man Sonntag morgens in jeder Stadt ertragen muß, sind gefroren. Kann man ruhig reintreten, da bleibt nichts hängen.

Wo wir gerade bei Kotze sind: In meiner Sparkassenfiliale

stehen Menschen rum, am Abend! Sie drängen sich im Automatenvorraum, der auch am Wochenende und nachts begehbar ist. Da sitzen sonst immer nur Junkies und so drin, deshalb holt man lieber draußen sein Geld, am Außenautomaten. Die Leute da drin scheinen Mitarbeiter zu sein, die haben alle diese Bundesbahnjacketts an, in die auch Bankangestellte sich gerne reinstellen. Und da ist ja auch mein Sachbearbeiter, mit dem habe ich mein "Aktivkonto" oder wie das heißt eröffnet. Aktivkonto trifft es eigentlich ganz gut, aber ich glaube, die meinten was anderes damit als pausenlose Abbuchungen. Die Leute stehen rum und versuchen, sich zu amüsieren. Sie trinken Sekt. Wahrscheinlich stoßen sie an auf Deppen wie mich, die mit unglaublichen Zinszahlungen diese schrecklichen Ausstellungen im Foyer ermöglichen, Aquarelle von gelangweilten Arztgattinnen oder so. Ich könnte großes Hallo ernten, wenn ich jetzt mal vor Publikum einen Kontoauszug ziehen und laut vorlesen würde. Stattdessen gehe ich nach Hause und fange an aufzuräumen. Endlich, denkt die Wohnung. Ich habe ja schon ernsthaft darüber nachgedacht, eine Putzfrau zu engagieren. Einfach mal ein Wochenende nicht soviel Geld raushauen, da wäre das schon wieder drin. Aber erstens will man sich ja kein Personal halten – wenn das meine Eltern erführen! Und zweitens ist die Wohnung so klein (lohnt sich also kaum), dabei aber auch schon wieder so grundsätzlich verdreckt (ist gar nicht zu schaffen), daß ich diesen Sonderfall eigentlich keiner Putzfrau zumuten kann. So putze ich eben selbst, viermal im Jahr vielleicht. Ganz vielleicht. Wenn man das Klo erst mal geschafft hat, geht es eigentlich schon wieder.

Und wenn ich dann mal geputzt habe, runderneuere ich auch immer gerne meine Essensvorräte. Das heißt dann: alles aus dem Kühlschrank direkt in den Müll. Ich habe es noch nie länger als 3 Wochen geschafft, eine Kontinuität in meine Einkäufe zu bringen. Irgendwann höre ich auf zu spülen, dann ist kein Geschirr da, ich esse lange Zeit nicht zu Hause, damit ich nicht spülen muß, währenddessen verschimmeln die Vorräte. Das nennt man, glaube ich, Missmanagement. Ich bin die Miss Management meines Stadtteils.

# Talk Tonight

Ich werde mitgenommen zu einer Vernissage. Die Leute fangen mit dem Irrsinn ja schon in meinem Alter an. Da war man sich gerade mal generationsintern halbwegs einig, daß anthrazitfarbene Rollis, Weißwein, runde Brillen und dummes Geschwätz nicht unbedingt beibehalten bzw. fortgeführt werden müssen (so dachte ich!), da wird andernorts schon munter ausgestellt und eröffnet. Fuck. Das Ganze natürlich nicht in einer Galerie, sondern in einem Parkhaus, das haben die wahrscheinlich aus Amerika oder so. Dazu läuft Drum & Bass, denn Drum & Bass muß immer laufen, wenn Leute sich jetzt aber mal wirklich einen ganz schönen Abend machen wollen, ohne die da draußen. Ich verstehe nichts von dieser Musik. Aber sie gefällt mir, was natürlich sehr naiv ist, ganz sicher, aber vielleicht ist es auch so, daß es an der Musik nicht viel zu unterscheiden und zu begreifen gibt. Das wäre für manchen vielleicht Grund, die Musik abzulehnen, für mich aber nicht. So was ist ja wurscht. Die Musik ist gut, stört nicht, ist schönes Geräusch, aus, fertig, man muß ja nicht alles begreifen, um es zu mögen.

Auf der obersten Ebene des Parkhauses, auf Deck D, steht, würde jetzt die Wochenendbeilage der Lokalzeitung sagen: "moderner Zivilisationsabfall aufwühlend abstrakt montiert". Oder so, jedenfalls das Übliche: lauter Bildschirme und Tastaturen und so weiter. An jeden Pfeiler ist irgendwas projiziert, und überall stehen kleine Täfelchen mit Hinweisen, die ich nicht begreifen kann. Man muß sich Infrarot-Kopfhörer aufsetzen, die von hübschen (sehr hübschen!) Damen verteilt werden. Auf den Vernissagen, die ich bisher (mitgeschleift!) besucht habe, haben solche Frauen Prosecco verteilt. Heute Kopfhörer. Aus denen quillt wieder, einmal mehr: Drum & Bass. Vielleicht anderer

Drum & Bass, keine Ahnung. Da drunter, da drüber spricht jemand, vielleicht deutsch, vielleicht holländisch, vielleicht auch esperanto. Ich verstehe kein Wort. Ich nehme den Kopfhörer ab. Ich bin froh, immerhin einen Anzug anzuhaben, das schützt einen schon mal, da fühlt man sich wohl und sicher. Es ist ein graukarierter, der hat mir zwischendurch mal nicht gepaßt, jetzt brauche ich sogar einen Gürtel, so gesehen – volle Kanne selbstbewußt. Bis ich dann endlich mal die anderen Leute zur Kenntnis nehmen kann. Wenn man irgendwo hinkommt, zum ersten Mal, dann dauert es ja eine gute halbe Stunde, bis aus der Flut der Wahrnehmungen mal Einzelbeobachtungen werden können. Die Leute sehen alle verdammt gut aus. Sie sind hip gekleidet und lachen alle. Ich bin der einzige Nichtraucher. Ich besorge mir Zigaretten, so einfach geht das. Nicht auffallen. Mir wird leicht schwindelig, meine Begleitung unterhält sich aufgeregt mit nicht minder aufgeregten Menschen. Alle sind aufgeregt. Sie trinken alle wahnsinnig schnell und reden behende, dabei ganz bestimmt Unsinn, das muß ich mal schutzbehaupten. Denn ich verstehe nichts. Ich stelle mich zu einer Gruppe und höre 5 Minuten zu. Sie werfen mit Namen, Erlebnissen, Meinungen rum, in einem Tempo, in einer Codiertheit, die mich nicht einen Satz, nicht einen einzigen, begreifen läßt. Ich gehe zu der nächsten Gruppe. Dasselbe. Ich war mal mit einem Mitte 30jährigen, den ich eigentlich ganz gerne mag, bei einer Fernsehshow für Kinder, naja – Jugendliche. Da stand er rum und guckte ungläubig und fragte nach einer Viertelstunde, angesichts eines Lachgasstands und höchstens 13jähriger Sexbomben und lauter Musik und Irrsinn: "Ist das jetzt so ein Rave?" Da war ich doch extrem gerührt. Im Moment begreife ich, wie er sich da wohl gefühlt hat. Er wollte dann sehr schnell weg da. Ich will jetzt auch weg hier. Man muß immer ganz schnell weg von solchen Parallelkosmen, sonst dreht man durch. Aber meine Begleitung will noch bleiben, ist immerhin wiederaufgetaucht und sagt leider den saudoofen Satz:

– Amüsierst du dich? den ich natürlich nicht wahrheitsgemäß beantworten kann, da ich sie nicht so gut kenne und nicht beleidigen möchte. Denn es beleidigt Menschen ja immer, wenn es einem nicht gefällt, wo es ihnen gefällt, und sie einen extra dahin mitgenommen haben. Ich sage, daß es mir gefällt, das hört sie noch, na sagen wir: halb, und so stehe ich also schon wieder mitten in einer Sabbelrunde extrem gutaussehender Menschen. Also: AMÜSIEREN!!! Amüsier, amüsier. An der Bar steht ein Amerikaner mit großer Sonnenbrille und bepißtem Hosenlatz. Ich denke mal, es ist ein drogenabhängiger Austauschabsolvent oder so. Er bellt laut und sehr dicht am Original immer wieder:

– Right now my job is eating these doughnuts… und so weiter, diesen sehr lustigen Dialog von der Bodycount-Platte. Ich bin mir nicht sicher, ob er ein ganz normaler Wohnheimamerikaner ist, der mir vielleicht ein bißchen Koks abgibt, oder doch bloß auch wieder so eine ambitionierte Installation. Wenn, dann gefällt sie mir. Endlich fällt mir ein Beitrag zum Gesumme ein. Ein Satz, mit dem man nie verkehrt liegt in solch vertrackten Situationen: Man nennt zusammenhangslos irgendein Café (man kann sich auch eins ausdenken, das ist am besten). Und dann sagt man:

– Da gibt es den besten Milchkaffee in der ganzen Stadt.

Keine Ahnung warum, aber das finden die Leute immer irre, wenn sich jemand hinstellt und völlig unbewiesen einfach mal so vom "besten Milchkaffee in der Stadt" erzählt. Das klingt sehr beeindruckend, und die Leute halten einen für weitgereist und für außerdem sehr exakt und feingeistig. Man kann auch schon im März von einer Platte, einem Konzert oder einem Film behaupten, daß das "jetzt schon

Filmplattekonzert des Jahres" ist. Das bleibt unwidersprochen, ganz sicher, die Leute mögen solch kategorische Behaupterei. Es sind dies übrigens auch dieselben Leute, die Kinowerbung großartig finden, einfach bloß, weil sie im Kino läuft, und außerdem gehen diese Typen nicht zum Bäcker, sondern zu "meinem Bäcker". An der Bar treffe ich dann doch noch einen Bekannten, also jemanden, den ich SCHON MAL gesehen habe: ein Typ, dem ich unbekannterweise mal 10 Mark geliehen habe, beim Blur-Konzert in Hamburg. Ich weiß nicht, wie er hierherkommt. Ich weiß nicht mal mehr, wie ich hierhergekommen bin.

– Bist du jetzt auch so ein Designer? fragt er mich.

– Ein was?

– Ein Designer, das sind doch alles Designer hier. Guter Anzug!

– Ja, danke, nee, Designer, gar nicht. Ich verstehe das hier überhaupt alles nicht…

– Was gibt es denn da zu verstehen?

– Ich meine, ich kapiere nichts, nichts von den ausgestellten Sachen, nicht, wie die funktionieren, nicht, wie die warum gebaut wurden und vor allem nicht: was die Leute hier REDEN.

– Hmhm, ja. Und sonst?

– Nichts sonst.

Vielleicht sollten wir über Pop reden. Wir reden über Pop. Er erzählt von einem Deppen, dem er die letzten drei Blur-Platten ausgeliehen hat.

– Und der meinte dann, als er sie mir zurückgegeben hat, er hätte sich die besten Stücke auf einer Kassette zusammengestellt, und das wären insgesamt 27 Minuten.

Da sind wir uns in unserer Ablehnung dieser Idiotenmeinung natürlich einig, ich meine, die Kassette will ich mal hören, da ist dann vielleicht "Girls & Boys" drauf und "Parklife", "Country House", "Charmless Man", "Stereotypes", "Song 2", "On Your Own" und "Beetlebum", vielleicht noch "The Universal". Aber was ist mit "M.O.R" und "Look Inside America", mit "It Could Be You" und "Clover Over Dover", "End Of A Century" und "London Loves"? Und "Mr. Robbinson's Quango" und all den anderen ("Jubilee", "Death Of A Party" usw.)? Poor boy.

Konsens auch darin, daß Oasis live zwar die Beatles B-Seite "I'm The Walrus" covern dürfen und sollten, allerdings habe das auf ihren eigenen B-Seiten nichts zu suchen, hat man ja auf "Cigarettes & Alcohol" gesehen, wohin das führt; wie auch das Bowie-Cover ("Heroes") auf "D'You Know What I Mean" und erst recht das Stones-Cover "Street Fighting Man", das wohl auf der nächsten Single "All Around The World" drauf ist (hat zumindest Christian behauptet). Denn die anderen Stücke auf den Singles sind ja immer viel besser, also was soll der Scheiß. Sonst eigentlich alles o.k. Ich hasse es zwar, wenn Menschen mir vom Internet vorschwärmen, nichts ist schlimmer, aber wenn es natürlich aufregende Neuigkeiten gibt von http://www.oasisinet.com, dann zählt die Abneigung gegen das Medium (nicht so sehr, ist nur eher egal) und seine nimmermüden Fürsprecher (die sind schon ziemlich quälend) nicht, und ich höre zu. Auf der offiziellen Oasis-Homepage also könne man derzeit seine Lieblings-B-Seiten angeben, und irgendwann gebe es dann eine Compilation. Das ist eine sehr gute Idee, finde ich, denn natürlich hat man die alle im Schrank, aber da bleiben sie eben auch immer, einfach weil es recht umständlich ist, Maxis zu hören. Das hat man ja bei "Alternative" (dem großartigen B-Seiten-Album der Pet Shop Boys von 1995) gemerkt, wie toll so was sein kann. Vollgültige Superstücke, weil diese Bands es gut meinen mit ihren treuen Alleskäuferfans – und kein Schnickschnack bloß für Obskuranten. Eine gute Nachricht also.

Ich hätte natürlich "Ist nicht nötig, laß mal gut sein" gesagt, aber anbieten hätte der Typ es ruhig mal können, mir die 10 Mark wiederzugeben. Ich gehe früh nach Hause. Natürlich habe ich vorher noch ein bißchen nutzlos herumgestanden, habe mich neben Frauen aufgebaut, mich in vehementen Flirts gewähnt, bis sie ohne einen Blick davonhüpften. Kontakte sind da nicht entstanden, die wurden da allenfalls ausgebaut, das war ein inzestuöses Gefeier, wie es immer ist, wenn es den Beteiligten Spaß macht; und gerade das macht Außenstehende, Eindringlinge so wütend, so machtlos. So schlaflos. Zu Hause gucke ich Fernsehen. Ein schillernder Dialog zwischen Alfred Biolek und Ulrich Wickert:

W: – Wenn ich meine freie Woche habe, schreibe ich ja meine Bücher, meistens.
B: – Das muß ja eine Obsession sein, dieses Bücherschreiben. Elf oder zwölf, glaub ich …
W: – Nein, nein, sieben oder acht oder so was.
B: – Jetzt ist ja das neueste auf dem Markt: 'Deutschland auf Bewährung'.
W: – 'Deutschland auf Bewährung', jaja. Das ist ein sehr … naja … wichtiges Thema, meines Erachtens.

Zweifelsohne. Als Nachtrag fällt mir noch ein, daß "Cum On Feel The Noize" (ursprünglich ja von Slade) auf der "Don't Look Back In Anger"-Maxi schon *ziemlich* gut ist, also verhältnismäßig gut. Aber es bleibt dabei: Jede eigenkomponierte B-Seite von Oasis ist jeder A-Seite von 95 % aller anderen Britpop-Bands um ein Vielfaches überlegen. Und nachdem die Beatles und Slade nun einmal gecovert sind, reicht es ja auch. Gute Nacht.

# Rock'n'Roll Star

Am Wochenende fahren wir zu Oasis nach Berlin. Wir sind natürlich nur Herren, aus verschiedenen Städten kommen wir mit dem Zug angereist, Christian aus Hannover, Martin aus Hamburg. Treffpunkt im Hotel, Alfred Biolek kocht im Fernsehen, wir wühlen in der Minibar, und es gibt sogar eine Badewanne. Erstes Bier und immer so weiter. Es ist mal wieder Zeit, umzufallen bei einem Konzert. Oasis sind ja die Größten, das sagen wir, das sagen die. Ist ja völlig egal, was die anderen behaupten, von wegen "Klingt ja alles gleich und ist ja langweilig und arrogant und geklaut". Die nun wieder. Männerbündelei, die gerade noch in Ordnung geht, das erleben wir hier. Nicht wie bei den Toten Hosen, wo gewölbte Witzshirts über Jeans quellen und der Wurmfortsatz der Bundeswehr uns das Fürchten lehrt. Das Klischee der "Jungs" wird von Oasis durch groteske Übersteigerung der Anfechtbarkeit enthoben. "I was looking for some action, but all I found was cigarettes & alcohol" ist ja nun nicht nur irgend so ein Satz, sondern DER Satz, einer von den Sätzen, da stimmt dann alles. Denken die Jungs. Und auch, daß die Mädchen aus anderen Gründen da sind und dennoch für das Ereignis von tragender Bedeutung. Denn würden sie nicht Liam begehren und kreischen, daß es weh tut, wäre die Coolness ja nur behauptet, nicht bewiesen. Unlogisch, aber verständlich, daß die Herren trotzdem behaupten: This one's for the boys. Wegen Prollerei und Dosenbier und überhaupt auch Schweinerock. Und weil ja alles so cool ist. Man stünde schon auch gerne da oben. Ganz klare Ansage, Noel und Liam steigen aus einer dekorativen Telefonzelle, ihre Blicke fragen, was wir denn nun wieder wollen. Exakt DAS wollen wir. Und dann geht es aber los, da sind zwar noch drei andere Männer mit dabei, oder sogar vier, die nicht gut aussehen und auch völlig egal, aber eben unverzichtbar sind, um das Gefälle zu verdeutlichen. Undankbarer Job, aber wahrscheinlich gutbezahlt. Sie spielen natürlich auch mit, aber doch keine Rolle, die doch nicht, wie heißen die überhaupt (NATÜRLICH kennen wir ihre Namen, ist ja klar)? Und dann ist es passiert, schon beim ersten Gitarrenton, also ganz kurz davor sogar, geht ein monströser Ruck durch Adlon-City, und die ersten kippen um. Das gehört dazu, hier besteht den Elchtest nur, wer umfällt, die anderen sind Weicheier. Oder Mädchen, das ist dann o.k. Wir hüpfen, singen, fallen natürlich auch, Domino im Prinzip. Wichtig ist nur, wie beim Memory, dann die einander Zugehörigen möglichst schnell aufzuheben und wieder zusammenzuführen. Und dann stehen wir auch schon wieder, ziehen noch ein paar kleine Mädchen mit hoch, die gucken dankbar, alles gesund, und der Sänger hat indessen noch nicht mal die Sonnenbrille abgenommen, wozu auch. Das Konzert dauert gerade 1 Minute.

"Kicking up a storm from the day that I was born"

Hinterher, viel später, in einer anderen Zeitrechnung, in der Stunde soundso nach Oasis, werden wir bemerken: Uhr verschrammt, Schlüssel weg, Hose schmutzig, Schuhe nicht wiederzuerkennen, und das T-Shirt – this one's for the Müll. Aber merken wir jetzt gar nicht, da ein Ton, kennen wir, ist Lied Nummer 6 von der ersten Platte, eines der besten, aber sind ja alle gut, im Grunde. Und es ist so laut. Wir wollen es noch lauter. Lauter! Lauter Engländer da, phantastisch. Es ist freundlich, aber natürlich auch nicht unbrutal. Was dann bedeutet: vorne immer mehr Jungs, Mädchen nach dem dritten Sturz, aua, nach hinten und gucken und schwärmen, aber mit offenem Mund, ganz klar. Die Jungs würden es nie wagen, dieses Konzert bloß "schön" zu finden. Schön ist vielleicht das Wetter oder der Tag in der

Bier-Reklame, aber hier muß Freude begründet werden, und das geht ja auch gut. Man kann hinterher schwärmend die genaue Songreihenfolge rekonstruieren. Das letzte Stück, was war denn das? Tja, das war ganz genau die B-Seite der zweiten Single aus dem dritten Album. Soso. Ganz bestimmt haben sich die Herren auf der Bühne am wenigsten Mühe gegeben, mühelos cool auszusehen: Das Hemd von Noel ist sogar richtig scheiße, aber der Body ist die Botschaft, ach, der Bierbauch, und er könnte wohl auch Tennissocken – hat er bestimmt auch, der darf das, darf alles.

Nach dem Konzert geht es direkt weiter. Erst das Bier, dann das T-Shirt kaufen, schön schlicht, nur das Logo drauf oder gerade mal der LP-Titel. "Be Here Now" – das kann ja alles heißen! "Be Here Now" kann nicht nur, sondern will auch unbedingt – alles heißen. Clevere Clubbesitzer bewerben auf schnellkopierten Flyern eine "aftershowparty", natürlich ohne die Stars, aber dafür mit der Musik der Bewegung, und da geht es natürlich hin, da gibt es Bier, da gibt es dauernd unsere Lieblingsstücke, jetzt wieder in echt, nämlich vom Band, denn das eben war ja nur eine Illusion, ist völlig klar. Und die Ohren piepen. Nach einem normalen Konzert kann man viele Tage keinen einzigen Ton der Band mehr hören, ist dann erst mal gut. Nach einem Oasis-Konzert kann man überhaupt GAR NICHTS MEHR hören, erst mal, nur noch das Piepen.

Nachts wieder im Hotelzimmer. Michael Hutchence ist gestorben, ach je. Wir trinken auf ihn. Der hatte nun überhaupt nichts verstanden. 3 Wochen später schon hat seine Frau für 1,5 Millionen irgendwelche Sexerinnerungen verscherbelt, steht in der großen Zeitung. Das ist natürlich eine Menge. Ich könnte mit dieser Summe ungefähr 10.000mal mit der Bahn nach Passau fahren. Aber das würde ja wahrscheinlich auch nichts ändern. Man weiß es nicht. Ja. "Definitely Maybe", das ist der beste LP-Titel aller Zeiten.

Mindestens eine guterhaltene Nähmaschine, eine wertvolle Spielesammlung oder einen unaufgepumpten Lederball haben sich in der Vergangenheit die im folgenden aufgeführten Personen verdient, denen der Autor dieses Buches so herzlich wie alphabetisch dankt:

Ingmar Bartels, Kerstin Gleba,
Petra Husemann, Friedrich Küppersbusch,
Helge Malchow, Hanna Niemann, Sven Regener,
Christoph Reisner, Lutz Reulecke,
Christiane Ruhkamp, Ingemarie Sautter,
Anne Sieger, Arne Willander

Frau Sieger verdient sogar auf jeden Fall zwei der abgebildeten Gegenstände.

# Ulrich Hoffmann
## Journalist & Autor & Übersetzer

Ulrich Hoffmann · ████████████ · 22087 Hamburg

Fax an:
Benjamin von Stuckrad-Barre

Seiten ges.:
1/eine

Hamburg, 24. August 1998

Sehr geehrter Herr von Stuckrad-Barre,

ich schreibe für die MAXI eine Geschichte mit dem Arbeitstitel "Kein Kult ohne Koks". Dazu würde ich gerne mit Ihnen über "Soloalbum" sprechen. Wenn die Zeit es nicht anders erlaubt, nehme ich sonst auch eine rückgefaxte Antwort.

- Der Held in "Soloalbum" ist dem Drogenkonsum ja zumindest nicht abgeneigt, ist das drogenverherrlichend?
- Sind Drogen "schick", oder gefährlich, oder beides – oder was?
- Steht der erwähnte Drogenkonsum tatsächlich für Tatsachen, oder (auch) als Symbol für ein Lebensgefühl?
- Haben Sie selbst auch schon Drogen genommen, d. h. sind Ihre Berichte hierzu mehr oder weniger autobiographisch, oder ist das alles "nur" gut recherchiert?

Mit Dank und Grüßen
Ulrich Hoffmann

████████████████ · 22087 Hamburg
████████████████████████████████
████████████████████

Köln, 26. August 1998

Sehr geehrter Ulrich Hoffmann,

„I did experiments with substances /
 but all it did was make me ill"

Jarvis Cocker: „Glory days"

Kaufen Sie sich die Platte „This is hardcore" von Pulp.
Könnte helfen.
Als Symbol für ein Lebensgefühl stehe ich nicht zur
Verfügung.

Alles Gute: B. v. Stuckrad-Barre

# Nick Hornby
# About a Boy

Titel der Originalausgabe: *About a Boy*
Aus dem Englischen von Clara Drechsler
und Harald Hellmann
Gebunden

Ein Roman über Singles, Väter, Mütter und Kinder, denen das Leben manchmal hart zusetzt und die sich trotzdem nicht unterkriegen lassen. Hornbys entwaffnender Humor und seine immer wieder durchscheinende Liebe zur Popkultur machen »About a Boy« zu einem großen Lesevergnügen.

»Der Brite Nick Hornby ist der Schriftsteller, auf den alle gewartet haben [...]. Er schreibt die Geschichten nieder, die das Leben schrieb, und er bedient sich dazu einer Sprache, die das Leben halt so spricht, wenn man es läßt.«
*FAZ*

VERLAG
KIEPENHEUER
&WITSCH

# Nick Hornby
# High Fidelity

Roman
Titel der Originalausgabe: *High Fidelity*
Deutsch von Clara Drechsler und Harald Hellmann
Gebunden

Ein ebenso komischer wie trauriger, verspielter wie weiser Roman über die Liebe, das Leben – und die Popmusik. Nick Hornby schildert mit entwaffnendem Charme scharfsinnig und direkt das Lebensgefühl seiner Generation, er trifft seine Leser mitten ins Herz und in den Kopf.

»Ich kann mir nicht vorstellen, mit jemandem befreundet zu sein, der dieses Buch nicht liebt.«   *Daily Telegraph*

»High Fidelity zu lesen, ist wie einer guten Single zuzuhören. Du weißt, es ist von der ersten Minute an wunderschön, und sobald es vorbei ist, willst du es von vorn anhören.«   *Guardian*

»Ein Triumph, bewegend, wahnsinnig komisch, unglaublich authentisch.«   *Financial Times*

VERLAG
KIEPENHEUER
& WITSCH

# Irvine Welsh
# Ecstasy

Titel der Originalausgabe: *Ecstasy*
Deutsch von Clara Drechsler und Harald Hellmann
KiWi 442
Deutsche Erstausgabe

Drei wilde, radikale Geschichten über die Liebe oder das, was man dafür hält. »Ecstasy« – der Spitzenreiter der englischen Bestsellerlisten – führt den Leser an Orte, wo das Herz flattert und der Puls rast ...

Paperbacks
bei Kiepenheuer
& Witsch